七魔仙門
칠마선문

칠마선문(七魔仙門) 9

허담 新무협 판타지 소설

초판 1쇄 찍은 날 § 2023년 7월 21일
초판 1쇄 펴낸 날 § 2023년 7월 28일

지은이 § 허담
펴낸이 § 서경석

총괄팀장 § 황창선
편집책임 § 김우진
디자인 § 스튜디오 이너스

펴낸곳 § 도서출판 청어람
등록번호 § 제387-1999-000006호
등록일자 § 1999. 5. 31
어람번호 § 제2-2921호

본사 § 경기도 부천시 부일로 483번길 40 서경B/D 3F (우) 14640
편집부 § 서울특별시 구로구 디지털로 272 한신IT타워 404호 (우) 08389
전화 § 02-6956-0531 팩스 § 02-6956-0532
http://www.chungeoram.com
E-mail § chungeorambook@daum.net

ISBN 979-11-04-92493-4 04810
ISBN 979-11-04-92472-9 (세트)

도서출판 청어람

허담 新무협 판타지 소설

9

七魔仙門
칠마선문

FANTASTIC ORIENTAL STORY

七魔仙門
칠마선문

목차

제1장. 일초의 검식 ·· 7

제2장. 침묵 속의 대치 ·· 37

제3장. 황사평 ·· 69

제4장. 혼돈(混沌)의 땅 ·· 101

제5장. 기습 ·· 133

제6장. 절대고수 ·· 165

제7장. 길 없는 길 ·· 197

제8장. 간웅들 ·· 229

제9장. 옛 사람들 ·· 259

제10장. 사악한 마공 ·· 289

제 1장

—

일초의 검식

바람이 불어 옷깃을 날렸다. 시월은 산보를 나온 사람처럼 바람에 몸을 맡기고 서 있었다.

검은 그의 허리 중단에서 살짝 고개를 들고 있었는데, 그 자세가 공격을 하려는 자세인지 방어를 하려는 것인지 짐작하기 어려웠다. 어찌 보면 아예 싸움을 그만두려는 모습 같기도 했다.

더군다나 그렇게 서 있는 시월에게선 어떤 진기의 흔적도 찾을 수 없었다. 전혀 공력을 끌어올리지 않은 모습. 당연히 그의 검에도 검기의 흔적이 없었다.

반면에 천마후의 검은 기운은 처음에는 그녀의 몸을 완전히 휘어감고 있다가 서서히 그녀의 검으로 그 기운들이 흡수되고 있었다.

그녀의 기운이 검에 모일수록 검은 더욱더 짙은 검은색으로 변해 갔는데 급기야는 그 검은 기운마저 사라져 한순간 검의 형체가 사라져 버렸다.

검의 모습이 사라진 자리에는 오직 검의 잔영만이 아지랑이처럼 일렁이며 그녀의 검이 여전히 진기를 머금고 그 자리에 존재하고 있다는 것을 말해 주고 있었다.

꿀꺽!

시월의 뒤쪽에서 검옹 천복이 침을 삼키는 소리가 들렸다.

시월의 실력을 알고 있으면서도 검을 투명하게 만드는 천마후의 전율적인 공력에 긴장하지 않을 수 없는 검옹 천복이었다.

그는 만약의 경우 시월을 구하기 위해 달려들 준비를 하기 위해 두 사람과 마찬가지로 진기를 끌어올리고 손은 검의 손잡이에 얹혀놓았다.

시월과 천마후의 생경한 대치는 일각 정도 이어졌다. 두 사람을 지켜보는 사람들에게는 그 일각이 영원처럼 느껴졌다.

그러던 어느 순간, 투명하게 변한 천마후의 검이 그녀의 손을 떠났다.

그러고는 천천히 앞으로 전진하는가 싶더니 한순간 굉음과 함께 시월을 향해 폭사했다.

쾅!

검에 깃든 강력한 진기와 빛처럼 움직이는 속도가 만들어내는 파공음이 산을 뒤흔들었다.

그리고 굉음이 터지는 순간 시월이 가볍게 검을 사선으로 그어 올렸다.

아이가 손에 든 나뭇가지를 휘두르는 것 같은 가벼움. 하지만 군더더기 하나 없는, 오직 검의 빠름에 집중한 시월의 초식은 천마후의 검보다 빨리 허공을 갈랐다.

그리고 다음 순간 믿을 수 없는 광경이 벌어졌다.

쩡!

아무것도 없는 허공에서 쇠 부러지는 소리가 터져 나왔다. 앞서 천마후가 만들어낸 파공음보다 약하지만, 그 소리보다 훨씬 날카로운 파열음이었다.

그 파열음이 터져 나오는 순간 허공 한 지점에서 흑과 백의 빛이 뒤섞인 섬광이 사방으로 퍼져 나갔다.

쿠우우!

빛의 파도가 퍼져나가자 주변의 나무들이 강풍에 휘어지듯 한쪽으로 기울어졌다.

주르륵!

시월의 몸이 일 장 정도 뒤로 밀리더니 비틀거리며 다시 반 장을 물러난 후에야 겨우 몸을 바로 세웠다.

그의 얼굴은 파리하게 변해 있었고, 검을 든 팔은 잘게 떨렸다.

천마후 역시 이번만큼은 자신의 자리를 온전히 지키지 못했다. 대여섯 걸음 뒤로 물러난 천마후도 검을 내린 채 크게 숨을 고르고 있었다.

적지 않은 내상을 입어 내부에서 들끓는 진기를 진정시키고 있는 것이 분명했다.

그러면서도 두 사람은 상대에게서 시선을 떼지 않았다. 조금이라도 빨리 회복한 사람이 선공에 나설 경우 당하는 쪽은 치명적인 위험에 빠질 것이 분명했기 때문이었다.

그런 면에서 누가 먼저 상대를 다시 공격할 수 있는 힘을 회복하느냐가 승패를 결정지을 가장 중요한 요인이었다.

그런데 그때 갑자기 검옹 천복이 몸을 날려 두 사람 사이에 내려섰다.

"그만합시다!"

검옹이 검을 뽑지 않은 채 천마후를 바라보며 말했다.

그러자 천마후를 따라온 중년 마인이 재빨리 천마후 앞을 가로막았다.

"검을 들었으면 승부를 내는 것이 무인의 도리 아닌가요?"

거친 숨을 쉬며 천마후가 물었다.

"젠장… 무인의 도리 따위를 거들먹거리는 건 정파의 영웅입네 하는 자들의 몫 아니겠소? 명색이 마도 종주라는 천마궁의 후계자에게 어울리는 말은 아닌 것 같소. 아! 오해는 마시오. 그런 말을 할 자격이 없다는 것이 아니라 어울리지 않는다는 것이니까."

"…지금 검옹께서 날 공격하면 날 벨 수도 있을 텐데 왜 이 싸움을 멈추려 하시죠?"

천마후가 다시 물었다.

그녀의 말은 사실이었다. 시월과의 마지막 충돌에서 천마후는 적지 않은 내상을 입었다. 지금의 그녀 상태로는 검옹 천복 같은 절대검객의 공격을 막아내기 힘들었다.

도주는 가능할지도 모르지만, 그건 천마후의 명성에 어울리지 않은 일이어서, 그녀처럼 도도한 성정을 지닌 여인이 택하기에는 어려운 일이었다.

물론 시월이라면 당연히 도주를 선택할 테지만.

"뭐… 나도 명색이 정파에 속한 사람이니 잘난 체 좀 한다고 생각하시오. 난 온전한 상태의 천마후와 일 검을 겨루고 싶소. 그게 검을 수련한 자의 도리 아니겠소? 하하하!"

검옹 천복이 천마후가 앞서 한 말에 빗대어 자신의 생각을 말하며 호탕하게 웃음을 터뜨렸다.

그러자 천마후가 잠시 검옹 천복을 바라보다 결국 검을 거뒀다.

"좋아요. 오늘 내 사정을 봐주신 것에 대한 답례로 언젠가 반드시 검옹님과 한 수 겨룰 것을 약속드리죠."

"고맙소. 기대하겠소!"

검옹 천복이 밝은 표정으로 대답했다.

그러자 천마후가 이번에는 시월을 보며 물었다.

"마지막 초식… 어떤 검법인가요? 소문에 의하면 그대는 월문에서 무공을 배우고 칠선문에 몸을 의탁했다고 하던데, 칠선문의 무공인가요? 월문의 무공인가요?"

아마도 그녀는 시월이 마종삼검의 세 번째 초식을 막아낸 것에 대한 충격에서 여전히 벗어나지 못하고 있는 모양이었다. 그래서 마종삼검을 막아낸 시월의 무공에 대한 호기심을 참을 수 없는 듯했다.

"누구에게 배운 초식이 아닙니다. 물론 지난 세월 누군가에게 배워온 무공들이 바탕이 된 것이겠지만, 초식 자체로만 보자면 어느 날 문득 깨닫게 된 일초의 검식이죠. 사실, 조금 전까지… 이 초식이면 천하에 적수가 없을 거라 생각했는데 오늘 제가 얼마나 오만했는지 알게 되었군요."

시월이 씁쓸하게 미소를 지었다.

그의 말은 진심이었다. 그는 천마후의 마종삼검을 상대하면서 앞선 두 번의 초식에서는 밀렸지만, 세 번째 대결에서는 승리할 수 있을 거라 기대했었다.

무형검에 대한 절대적 믿음. 적은 방심하고 있었고, 시월은 자신의 모든 것을 쏟아 낼 수 있는 무형검을 펼칠 것이기 때문이었다.

그런데 그 무형검을 온 힘을 다해 펼쳤는데도 시월은 천마후를 꺾지 못했다. 서로 입은 피해를 생각하면 오히려 시월이 손해를 본 것이 분명했다.

시월로서는 자괴감이 느껴지는 결과였다. 하지만 자괴감을 느끼는 것은 시월만이 아니었다.

“나 역시 무림에 마종삼검 세 초식을 모두 받아낼 고수가 있다고는 생각지 않았어요. 그런데 오늘 그런 고수를 만나게 되었군요. 스승께서 왜 강호에선 항상 숨은 고수를 경계해야 한다고 말씀하셨는지 이제야 알겠어요. 전 그런 스승님의 말씀을 그저 가벼운 충고라 생각했지요. 그런데 오늘 제대로 낭패를 당하는군요. 상대를 두고 물러나야 하는 수모를 겪을 줄을 몰랐어요.”

“…나중에 다시 한번 겨룰 수 있기를 바랍니다.”

시월이 말했다. 그의 말투에서 은은한 투지가 느껴진다. 천마후와의 대결에서 손해를 봤다고 생각하고 있어서인지, 더욱더 투지가 일어나는 시월이었다.

“나 역시 그럴 기회가 있기를 바라겠어요.”

천마후가 고개를 끄덕였다.

그러자 두 사람의 대화를 듣고 있던 검옹이 천마후에게 물었다.

“천산으로 돌아가실 것이오?”

“…그건 어렵겠네요.”

천마후가 고개를 저었다.

"그럼, 요동의 정천대 별동대를 공격하겠다는 뜻이오?"

검옹 천복이 무거운 표정으로 말했다. 만약 그렇다면 짧은 시간 안에 다시 천마후와 싸워야 하는 시월과 검옹이었다.

그런데 천마후가 다시 고개를 저었다.

"아뇨. 요동의 정천대가 요하를 넘어 오지 않는 한 내가 삼룡협의 요동 무림인을 공격할 일은 없을 거예요. 처음 생각에는 나 혼자 삼룡협으로 가서 정파의 몇몇 인물들을 베면 자연스럽게 정천대가 흩어질 거라 생각했었죠. 그런데 보다시피 여기서 이렇게 길이 막혔으니 이젠 돌아가서 방어를 할 수밖에요."

"…그 결정을 천마후께서 할 수 있소?"

천마궁과 천마의 명성은 마도제일이지만, 실질적으로 마련을 움직이는 사람은 만계지마다. 아마도 천마후를 이곳으로 보낸 사람도 만계지마일 것이다.

"마도에서 제게 싸우기를 명령할 수 있는 사람은 오직 한 분, 스승님뿐이에요."

천마후가 냉정하게 말했다. 그 역시 검옹 천복이 만계지마를 염두에 두고 한 말이라는 것을 알기 때문이었다.

"그렇구려. 천마후님의 말을 믿겠소. 그리고 삼룡협의 요동 무림인들에게 천마후의 말씀을 전하겠소. 요하를 건너지 않으면 충돌은 없을 거라고."

검옹 천복이 말했다.

그러자 천마후가 고개를 저었다.

"아뇨. 그 말은 틀린 말이에요. 정확하게 요하를 건너지 않는 이상 제가 이 싸움에 관여할 일은 없다고 해야죠."

"…이곳에 나와 있는 마련 사람들의 통제권이 천마후께 없다는 것이오?"

검옹 천복이 의아한 표정으로 물었다.

"누구도 제게 명령할 수 없지만, 나 또한 누구에게도 명령할 생각이 없어요. 이번 싸움은 내가 시작한 것이 아니니까."

천마후가 냉정하게 말했다.

"…알겠소. 그 말 그대로 전하겠소. 그런데 내 말도 마련에 전해 주시오. 마련의 요하를 넘어 삼룡협으로 오면 나 검옹을 만나게 될 거라고 말이오."

"그러죠."

천마후가 짧게 대답했다.

"그럼 안녕히 가시오."

"다시 뵙기를 바라죠."

천마후가 시월과 검옹 천복에게 짧게 시선을 준 후 몸을 돌려 야산을 내려가기 시작했다.

"후우!"

천마후가 산을 내려가자 시월이 길게 한숨을 쉬었다.

"괜찮으냐?"

검옹 천복이 시월에게 물었다.

"며칠 고생해야겠어요."

시월이 고개를 저으며 말했다. 그러면서 품속에서 화노가 만약을 위해 준비해 준 신단을 꺼내 들었다.

"신단이 필요할 정도냐?"

검옹 천복이 놀란 듯 물었다.

"이 정도도 다행이에요. 자칫했으면 죽을 수도 있었어요."

"음… 사람들이 천마, 천마 하더니 정말 무서운 자구나. 그 자신도 아니고 제자일 뿐인데도 이렇게 강하다니."

검옹 천복이 어두운 표정으로 말했다.

"어떤 사람인지 한번 만나보고 싶기는 해요."

"천마를?"

"예."

시월이 고개를 끄덕였다.

"아서라. 그가 강호에 나오면 무림은 지옥으로 변할 거다."

"그렇게 강할까요?"

"마도의 최후의 보루라는 말이 괜히 있는 게 아니야. 물론 그가 나온다고 해서 무림이 마도의 손에 들어가진 않겠지. 한 사람이 무림의 운명을 좌우하는 것은 거의 불가능하니까. 그렇게 되면 운중오문도 강호에 나올 명분이 생길 것이고. 하지만 적어도 그로 인해 강호가 혈해로 변할 것은 확실하다. 지금과는 비교할 수 없을 정도로……."

검옹 천복이 두려운 듯 말했다.

"그런데 그는 왜 강호에 나오지 않은 거죠?"

"그 속을 어찌 알겠느냐? 어쩌면 정말 무도만 추구하는 사람일 수도 있고, 아니면 다른 이유가 있을 수도 있겠지."

"흠… 결국 그를 만나려면 천산으로 찾아가는 수밖에 없겠네요."

"천산으로? 그런 생각 말아. 살아 돌아올 수 없는 길이다."

"천마후에게서도 살아남았잖아요. 그럼 그에게서도 살아남을 수 있지 않을까요?"

"청출어람이라는 말이 있긴 하지만, 적어도 천마의 경우에는 해당하지 않는다. 삼십육마의 난 때 의천무맹이 천산까지 진격하지 않은 이유가 바로 그 때문이다."

"…그래도 지금 당장은 아니지만 언젠가는 그를 만나러 갈 수 있으면 좋겠어요. 물론, 그가 그때까지 살아 있다면 말이죠."

"그때가 언제인데?"

검옹이 물었다.

"제가 천마후의 마종삼검을 전혀 두렵게 느끼지 않게 되었을 때쯤이겠죠?"

"그렇게 될 수 있겠느냐?"

검옹 천복이 기대가 담긴 눈으로 시월을 보며 물었다.

"그건 저도 모르죠. 다만, 무형검 그 이상의 경지에 대해 의문을 가지고 있었는데, 이제 확실한 목표가 생겼으니 다시 노력해야죠. 그래서 이번 대결은 위험했어도 제게 좋은 싸움이었습니다."

시월이 손에 든 신단을 입에 넣으며 말했다.

*　　　*　　　*

산에서 내려 온 천마후가 작은 계곡을 지나 맞은편 기슭에 도착하자 갑자기 걸음을 멈췄다. 그리고 헛기침을 했다.

"큭, 큭!"

"괜찮으십니까?"

천마후의 행동에 놀란 중년 마인이 얼른 천마후에게 다가서며 물었다.

그러자 천마후가 손을 들어 보이며 말했다.

"괜찮아요."

"어떻게 된 것입니까?"

"마지막 초식에서 방심했어요. 그 대가를 치르는군요."

천마후의 얼굴이 시월과 마주했을 때보다 부쩍 파리해져 있었다.

대답을 한 천마후가 자신의 가슴을 손으로 가볍게 만졌다. 그러자 검은색 무복이 살짝 벌어졌다. 맨살이 드러날 만큼 깊이 잘려 나간 것은 아니지만, 손가락 길이로 날카롭게 잘려 나간 흔적이 여실했다.

"천마후님!"

중년 마인이 뒤늦게 천마후의 옷자락이 베여 나간 것을 알아채고는 충격을 받은 듯한 표정을 지었다.

"그자가 마종삼검 일, 이초식을 어렵게 받아내서 세 번째 초식은 받아내지 못할 거라 생각했어요. 그래서 방심한 거죠. 자칫했으면 심장이 다쳤을 거예요."

천마후 자신도 정신적으로 충격을 받은 것 같았다.

"무림에 그런 고수가 있을 거라고는……."

중년 마인이 말을 잇지 못했다.

"모르겠는 건, 앞선 두 번의 대결에서 그 자가 수세에 몰린 것이 날 방심시키기 위해 일부러 그랬던 것인지, 아니면 정말 그 마지막 초식 하나만이 그가 가진 유일한 절대검초인 것인지예요. 만약 일부러 약세를 보였던 거라면 그는 천부적인 싸움의 본능을 가진 자라고 할 수 있겠죠."

"설마 그자가 일부러 약세를 보였겠습니까."

중년 마인이 고개를 저었다.

천마후 같은 고수를 상대할 때, 일부러 약한 모습을 보일 정도의 여유를 가진 자가 존재한다고는 생각할 수 없는 것 같았다.

"나도 그렇게 생각하지만 이상하게 느낌은 그렇지 않군요. 나의 방심을 유도한 것 같다는 느낌이 떠나질 않아요."

"…저로서는 동의하기 어렵지만, 만약 그렇다면 그자는 만계지마 이상의 간교함을 갖춘 자일 겁니다."

중년 마인의 말투에선 만계지마에 대한 일종의 경멸감이 느껴졌다. 천마궁의 마인들이 만계지마를 어찌 생각하는지 은연중에 드러나는 행동이었다.

"하지만 만계지마와는 확실히 달라요."

"어떤 면에서 말입니까?"

"글쎄요. 정확히 말하기는 어렵지만, 만계지마는 자신의 야심을 위해 살아가는 자고, 그자에게선 그런 야심은 느껴지지 않았어요."

"한 번 보고 알 수 없는 일 아닙니까?"

중년 마인이 반문했다.

"사람에게는 누구나 자연스럽게 느껴지는 본성이란 게 있으니까요."

천마후가 자신의 느낌을 확신하듯 말했다.

그러자 중년 마인이 잠시 침묵을 지키더니 조심스럽게 입을 열었다.

"천마후께서 그렇게 느끼셨다면 그럴 가능성이 크겠지요. 천마후님의 육감은 천마께서도 인정하셨으니까요. 그런데 이참에 천마궁으로 회궁하시는 것은 어떨지요?"

"아뇨. 아직은 회궁할 때가 아니에요. 우리가 지금 천산으로 돌아가면 마련 형제들의 비난을 감수해야 할 거예요. 그럼 마련은 완전히 만계지마의 손아귀에 들어갈 거예요."

"그렇긴 하지만 부상을 당하셨으니……."

중년 마인이 걱정스러운 표정을 지었다.

"걱정마세요. 며칠 추스르면 회복될 부상이니까. 천산을 떠날 때 사부께서 주신 신단도 있고요. 걱정할 일이 아니에요."

"그들이 결국 요하를 건너지 않겠습니까? 그렇게 되면 무리하실 수밖에 없는데……."

"그들이 쉽게 요하를 건너지는 않을 거예요."

천마후가 단정적으로 말했다.

"어째서 그렇게 생각하십니까?"

"그들이 삼룡협에 진영을 구축한 것은 공격보다는 방어를 위한 선택이죠. 공격을 생각했다면 삼룡협이 아니라 요하변에 자리를 잡았을 거예요. 그러니 내가 왔음을 알게 된다면 더더욱 요하를 건널 생각을 하지 않겠죠. 천마궁이라는 이름에는 그 정도 무게가 있잖아요."

"듣고 보니 천마후님의 말씀이 맞습니다. 의천무맹이 아무리 도도해도 감히 천마궁의 이름 앞에서는 두려움을 느낄 수밖에 없을 겁니다."

"두려움이란 백만대군보다 무섭죠. 절대 쉽게 요하를 건너지 못할 거예요. 그 두 사람이 다시 날 찾아오지 않은 한은."

천마후가 시월과 검웅 천복의 행보에 대해 걱정했다.

"약속한 것 아닙니까?"

“확약을 받은 것은 아니니까요.”

“그들이 앞서서 공격에 나설 것 같지는 않습니다만.”

“나 역시 그렇게 생각해요. 아무튼 요동 무림인들이 요하를 넘지 않으면 내가 할 일은 다 한 것이고. 나머지는 만계지마가 알아서 하겠죠.”

천마후가 더 이상 이 싸움에 흥미가 없다는 듯 말했다.

“만계지마가 승리를 거둘까요?”

“의천무맹이 만만한 곳은 아니죠. 지금까지야 내부의 권력 다툼 때문에 지리멸렬 했지만, 일단 힘을 하나로 모은 이상은 아무리 만계지마의 지략이 뛰어나도 쉽지 않은 승부가 될 거예요. 아시잖아요. 의천무맹의 저력이 얼마나 대단한지.”

“그렇지요. 그에 비해 만계지마의 계책은 작은 변수에 지나지 않지요.”

중년 마인이 고개를 끄덕였다.

“가요. 이제 몸을 움직일 만 하군요.”

천마후가 걸음을 옮기며 말했다.

중년 마인이 그런 천마후를 걱정스럽게 바라봤다. 그는 오랫동안 천마후를 따랐지만, 그녀가 이렇게 걷기를 멈추고 몸을 추스르는 것을 이번에 처음 보았던 것이다.

*　　　*　　　*

검웅 천복은 바위에 등을 기대고 서서 나무 아래 앉아 운기를 하는 시월을 바라보고 있었다.

혹시라도 모를 적의 공격에 대비하는 것이기는 했지만, 사실 그럴 필요가 없다는 것은 그 자신이 더 잘 알고 있었다.

시월과의 대결에서 천마후 역시 크든 작든 내상을 입은 것이 확실하기 때문에 그녀가 다시 수하들을 데리고 이곳으로 올 상황은 아니었다.

아니, 그런 것보다 천마후라는 여인이 자신이 한 말을 뒤집을 사람이 아니라는 믿음을 가진 천복이었다.

그녀는 자존감이 너무 강해서 누군가에게 허언을 할 사람이 아니었다.

허언 따위의 행위를 한다는 건 스스로를 모욕하는 일이라고 느끼는 부류이기 때문이었다.

하지만 그럼에도 검옹 천복은 오랜 시간 시월을 지켜보고 있었다. 외부의 공격도 공격이지만, 혹시라도 운기 중에 문제가 발생할 수도 있기 때문이었다.

시월은 천마후와의 대결에서 입은 내상을 치료하기 위해 화노의 신단을 복용했다. 화노의 신단은 영험하기 이를 데 없지만, 또한 그만큼 강력한 기운을 지니고 있어서 자칫하다가는 내상을 입은 시월을 위험에 빠뜨릴 수도 있었다.

그래서 검옹 천복은 언제라도 시월의 운기를 도울 수 있게 그의 곁을 떠나지 않고 있었던 것이다.

하지만 검옹 천복이 걱정하는 일은 일어나지 않았다. 시월의 운기는 안정적이었고, 그의 주변에 아른거리는 진기의 기운들은 전혀 위험해 보이지 않았다.

"정말 마공을 수련한 게 맞는 걸까?"

시월의 몸을 에워싸고 있는 투명한 기운들을 보며 검옹 천복이 중얼거렸다.

운기 중에 시월에게서 일어나는 기운들에게서는 어떤 마기도 느껴지지 않았다. 강호에서 마인들이 자신의 정체를 온전히 감출 수 없을 때가 이렇게 운기를 할 때였다.

마공은 그 무공이 지닌 특유의 마기 때문에 운기 중에 반드시 특이한 기운을 드러나게 마련이었고, 그 흔적은 검옹 천복 같은 고수의 눈을 결코 피할 수 없었다.

그런데 월문에서 마공을 수련했다는 시월에게서는 전혀 마기가 느껴지지 않고 있었다.

"마공에서 마기를 완전히 없애는 극마의 경지라는 것이 정말 있는 것일까? 아니면 저 아이가 수련한 무공이 사실은 마공이 아니었던 것일까. 정심한 무공을 수련해도 마음이 사악해 마인으로 사는 자도 적지 않으니 구서령도 그런 자였을 수 있지."

검옹 천복이 시월의 무공에 의문을 드러내며 말했다.

그런데 그때 시월의 몸을 아우라처럼 에워싸고 있던 투명한 진기들이 갑자기 소용돌이치는 듯 움직이더니 일순간에 시월의 모공을 통해 그의 몸 안으로 흡수되어 사라졌다.

"후……!"

시월이 길게 숨을 내쉬며 눈을 떴다.

"끝났느냐?"

시월의 등 뒤에서 검옹 천복의 목소리가 들렸다.

"예, 어르신!"

"몸은?"

"얼추 회복된 것 같습니다만. 완전히 나으려면 며칠 시간이 필요하겠어요."

"음, 그것만도 다행이지. 난 내상이 깊을까 봐 적잖이 걱정했다."

"화노님의 신단이 큰 도움이 되었습니다."

"그렇겠지. 그분의 의술은 신비롭기 이를 데 없으니까. 그런데 네가 수련했다는 그 불사적공 말이다. 정말 그 무공이 마인 구서령의 무공이 맞느냐?"

검옹 천복이 물었다.

"그렇습니다. 그런데 왜 갑자기 그걸……?"

"이상해서 말이다. 네가 운기를 하는 동안 줄곧 지켜봤는데 네게서 흘러나온 기운에서는 전혀 마기가 느껴지지 않았다. 내 눈이 삼류는 아니니 네 기운의 특징을 못 알아볼 수는 없는데 말이다."

"그랬나요?"

시월이 되물었다.

"음, 그래서 묻는 거다. 정말 마공인지 의문이 생겨서. 아니면 네가 극마의 경지를 넘었다는 말이 되는데, 사실 극마의 경지라는 것도 정신이 마기에 영향을 받지 않는다는 것뿐이지 마공 특유의 특징이 사라지는 것은 아니거든."

검옹 천복의 질문에 시월이 잠시 생각에 잠겼다. 그러다가 느리게 입을 열었다.

"제가 운기하는 동안 마기가 드러나지 않았다면 제게는 좋은 일이죠. 그런데 불사적공이 마공이 아닌 것은 아닙니다. 어릴 때는 분명히 마기를 가지고 있었으니까요."

"그럼 정말 네 힘으로 마기를 완전히 사라지게 만들었다는 거냐?"

검웅 천복이 눈을 크게 뜨며 물었다.

"그건 잘 모르겠습니다. 하지만 어쩌면 이 불사적공의 또 다른 특징 때문일지도 모르겠습니다."

"또 다른 특징?"

"예, 불사적공은 수련이 무척 어려운 무공입니다. 난해해서가 아니라 무공의 진보가 너무 느리기 때문이지요. 그래서 끈기 없는 사람은 대성하기 어려워요. 일단 일정 수준에 올라야 그때서야 수월하게 수련할 수 있습니다."

"그래서?"

검웅 천복이 호기심을 드러내며 물었다.

"어쨌거나 수련에 오랜 시간이 걸리고 무공의 진보가 느리기 때문에 상대적으로 마기의 발현도 다른 마공에 비해 폭발적이지 않아요."

"마기 자체가 적다고 할 수 있구나."

"그렇게 말해도 무관할 것 같습니다. 사형들의 무공이 만들어 내는 마기에 비하면 조족지혈이죠."

"거기에 네 무공이 절대의 경지를 넘보고 있으니까 자연스레 마기가 자취를 감춘 것이구나."

"그냥 추측해 본 겁니다. 확실한 것은 아니고요. 화노님의 신단도 영향을 주었겠지요. 워낙 선기가 강한 신단이니까."

"그럴 수도 있겠군. 하지만 그렇다고 해도 내가 찾아낼 수 없을 만큼 마기가 사라졌다면 역시 네 무공의 경지가 그만큼 높다는 뜻이겠지."

검웅 천복이 대견한 표정으로 말했다.

그러자 시월이 건너편 산을 바라보며 말했다.

"천마후에게 고맙다고 해야 할 것 같습니다. 몸은 상했지만 덕분에 제 무공이 한 단계 더 진보한 것 같습니다. 한동안 무공이 정체된 느낌이었거든요. 그런데 천마후와의 대결에서 보이지 않던 길을 본 느낌입니다."

"좋구나! 지금도 훌륭한데 그 경지에서조차 새로운 길을 보았다니……."

검옹 천복이 기쁘면서도 한편 부러운 표정으로 말했다.

* * *

몸을 추스린 시월과 검옹 천복은 밤이 되자 산에서 내려왔다. 그리고 조용히 삼룡협으로 이동해 삼룡협 서쪽 입구에 진을 치고 있는 정천대 요동 별동대의 숙영지로 향했다.

두 사람 모두 이가검문의 사람들을 제외한 다른 무림인들을 만나는 것이 부담스러웠지만, 그렇다고 천마성의 천마후가 근방에 나타났고, 시월이 그녀와 겨룬 사실을 숨길 수는 없었다.

이가검문 무인들을 이끌고 있는 이장룡은 갑자기 밤중에 나타나 요동 정천대 수뇌들을 모아달라는 검옹 천복의 말에 당황했지만, 천마후가 나타났다는 말을 들은 이후에는 황급히 각 문파의 수뇌들을 별동대의 지휘 막사로 쓰이는 중앙 막사로 소집했다.

삼룡협에 모인 의천무맹 정천대의 요동 별동대에는 요동에서 이름난 문파의 고수들과 홀로 활동하는 고수들까지 대거 모여 있었지만, 그래도 그 중심은 십대천문 모용세가와 이가검문이었다.

이들 두 문파는 다른 문파에 비해 압도적인 전력과 전통을 가지고 있어서 다른 문파들이 감히 두 문파의 권위에 도전할 엄두를 낼 수 없었다.

그래서 당연히 요동 정천대를 이끌고 있는 사람들도 두 문파의 고수들이었는데, 특히 모용세가는 세가주 모용황이 두 아들을 데리고 직접 삼룡협에 나와 있어서 자연스럽게 요동 정천대의 우두머리로 인정받고 있었다.

그 모용황이 조금 늦게 정천대의 지휘 막사로 이용하는 중앙 막사로 들어섰다.

아직 잠자리에 들 정도로 늦은 밤은 아니었지만, 그래도 한밤중에 이런 갑작스러운 소집 요구는 특별한 일이라 막사로 들어선 모용황의 시선은 자연스럽게 이장룡에게로 향했다.

"무슨 일이 벌어졌소이까?"

모용황의 표정이 심각하다.

그가 아는 이가검문 사람들은 작은 일에 호들갑을 떨 사람들이 아니었다. 그래서 이 밤중에 사람들을 불러 모은 것은 분명 특별한 일이 일어났기 때문이라고 생각할 수밖에 없었다.

"늦은 밤에 가주님을 모시게 되어 죄송합니다."

이장룡이 사과부터 했다.

"일이 있으면 언제라도 나와야지 때가 중요하겠소. 그런 예법은 지금 우리에겐 지나친 사치가 아니겠소. 그래 무슨 일로 사람들을 모으셨소?"

모용황이 자잘한 예법 따질 때가 아니라는 듯 고개를 저으며 말했다.

“검옹께서 중요한 소식을 가지고 오셨습니다.”

“검옹께서… 아! 저분이!”

모용황이 이장룡 조금 뒤쪽에 젊은 무인과 함께 서 있는 노인을 보고는 놀라 앉았던 자리에서 벌떡 일어났다.

검옹 천복의 이름이 강호에 널리 알려진 것은 최근의 일이었다. 그전에는 이가검문에 검옹 천복이라는 은거고수가 있다는 것을 알고 있는 사람이 극히 드물었다.

모용황은 모용세가의 주인으로서 당연히 이가검문의 사정에 정통해서 이전부터 검옹 천복이라는 뛰어난 검객이 은거해 있다는 이야기는 듣고 있었다.

하지만 그가 삼십육마 한 명쯤은 너끈히 벨 능력을 지닌 절정고수라는 것은 최근에서야 알게 된 사실이었다.

그리고 당연히 그 역시 그동안 검옹 천복을 직접 만난 적이 없었다. 그래서 그의 얼굴을 알지 못했던 것이다.

그런데 그 유명한 검옹 천복이 갑자기 눈앞에 나타났으니 모용황이라해도 놀랄 수밖에 없었다.

“가주께 인사드리오. 이가검문의 늙은 검잡이 천복라 하오.”

자신을 보고 놀라는 모용황에게 검옹 천복이 담담하게 먼저 인사를 했다.

그러자 모용황이 얼른 마주 포권을 하며 인사를 받았다.

“제가 평소에 이가검문의 노 기인을 뵙기를 소원했는데 오늘 이렇게 뵙게 되니 놀랍고 반갑습니다.”

요동 무림 최고의 권력자인 모용황임에도 그는 검옹 천복을 극진하게 반겼다.

모용황도 지금 요동 정천대에게 검옹 천복이라는 인물이 얼마나 중요한지 알고 있기 때문이었다.

무림의 싸움은 무인 수백을 동원한다 해도 절대고수 한 명의 존재로 인해 승패가 결정되는 경우가 다반사여서, 검옹 천복같은 절대검객의 존재는 수백의 무인보다 더 가치가 있었다.

그가 검옹 천복을 극진히 대하는 것은 그래서 당연한 일이었다.

"이렇게 반갑게 이 늙은이를 반겨 주시니 고맙소이다."

검옹 천복이 가볍게 미소를 지으며 말했다.

"무슨 말씀을! 지금 이곳에 모인 요동의 형제들이 검옹 어르신께 의지하는 마음이 무척 큽니다. 검옹께서 우리 곁에 계신다는 것 자체가 요동 무림의 큰 행운이지요."

모용황이 재차 검옹 천복에게 극진한 찬사를 보냈다.

"이가검문의 문도로서 당연히 할 일을 하는 것이니 가주께 그렇게까지 칭송받을 일은 아니지요. 음… 시월, 너도 가주님을 뵙는 것은 처음이지? 인사 드리거라."

검옹 천복이 자신에게 쏠리는 관심이 부담스러운지 얼른 시월에게 말꼬리를 돌렸다.

그러자 시월이 모용황에게 포권을 하며 고개를 숙였다.

"칠선문의 문도 시월입니다! 대모용세가의 가주께 인사 올립니다!"

"아, 자네가……! 이거 오늘 내 눈이 호강을 하는군. 최근 무림에서 등장한 가장 유명한 고수 두 분을 한 곳에서 만나게 되었으니까. 반갑네!"

모용황이 시월을 보며 고개를 끄덕였다.

시월을 보는 그의 눈에는 감탄과 함께 약간의 부러움이 담겨 있었다. 시월이 칠선문 사람이기는 하지만, 지금은 이가검문의 사위로서 이 자리에 있다는 것을 그도 알고 있었다.

모용세가는 요동에서 늘 이가검문보다 한 걸음 앞에 있었는데, 오늘날 이가검문에 검옹 천복과 시월이라는 절대고수들이 등장했으니 모용황으로서는 위기감과 부러움을 동시에 느낄 수밖에 없었다.

그나마 다행인 것은 이가검문주 이장춘이 강호 패권에 욕심이 없다는 것이었다. 만약 그가 강호의 권력에 욕심이 있었다면 이 두 사람의 존재만으로도 이가검문은 의천무맹 십대천문에 드는 것은 물론, 모용세가의 권위를 능가했을 가능성이 컸다.

그로서는 강호 패권에 초연한 이장춘의 선택이 고마울 수밖에 없는 상황이었다.

"이렇게 귀한 분들을 만나게 되니 한밤중에 달려온 것이 전혀 헛되지 않은 것 같소이다. 이 대협! 이런 자리를 마련해 주셔서 고맙소!"

시월과 검옹 천복과 인사를 나눈 모용황이 이장룡을 보며 말했다. 그의 말대로 시월과 검옹 천복을 만나는 일이라면 새벽에라도 달려올 수 있는 모용황이었다.

그만큼 현 요동 정천대에게 두 사람의 존재감은 엄청난 것이었다.

그런데 그런 모용황에게 이장룡이 고개를 저어 보였다.

"가주님을 급히 오시라 청한 것은 검옹 어르신과 시월을 소개해 드리기 위해서가 아닙니다. 그럴 생각이었다면 날이 밝을 때 가주님을 모셨을 겁니다."

"…그럼 정말 급한 일이 있는 모양이구려?"

모용황이 얼굴을 굳히며 말했다.

검옹 천복과 칠선문의 젊은 고수 시월, 이 두 사람을 만나는 것보다 더 중요한 일은 그리 흔치 않기 때문이었다.

"천마후가 나타났다고 합니다."

"……."

이장룡이 말에 모용황은 쉽게 반응하지 못했다. 막사에 모인 요동 정천대의 고수들 역시 믿을 수 없다는 듯 얼굴이 굳었다.

"그게… 사실이오?"

겨우 놀란 가슴을 진정시킨 모용황이 이장룡에게 물었다.

"확실합니다. 검옹께서 직접 천마후를 만났답니다."

"정말 그러셨습니까?"

모용황이 얼른 시선을 검옹에게로 돌렸다.

그러자 검옹 천복이 고개를 끄덕였다.

"그렇소이다. 그래서 이렇게 한밤중에 삼룡협으로 온 것이오."

"음!"

"천마후라니……."

사람들의 웅성거림 속에 천마후에 대한 두려움이 느껴진다.

강호에서 천마후를 모르는 사람은 없다. 그녀가 마도의 종주라 불리는 천마궁의 지배자 천마 석제의 제자이자 후계자이기 때문이었다.

하지만 그녀를 만났다는 사람은 강호에 전무했다. 정사 양도를 떠나 그녀를 만난 자가 없는 것은 그녀가 천마궁이 있는 천산을 떠난 적이 없기 때문이었다.

하지만 강호에 한 번도 나온 적이 없는 천마후를 무림인들은 마련의 그 어떤 마인보다도 두려워했다.

천마 석제의 후계자가 되었다는 것은 천마궁에 득실댄다는 절대마인들을 모두 제압한 인물이라는 뜻이기 때문이었다.

천마궁이 특별하기는 해도 마도의 문파다. 그런 마문에서 궁주의 후계자가 되는 것은 단순히 궁주의 제자라는 신분으로만 가능한 일이 아니었다.

궁주의 후계자가 되기 위해선 천마궁의 절대마인들보다 뛰어난 능력을 증명해야 한다. 그 일을 천마후는 해낸 것이다.

그렇다면 그는 과거 천하를 피에 잠기게 했던 삼십육마 개개인보다 훨씬 강한 인물임이 분명했다.

그래서 그런 천마후가 삼룡협에 왔다는 소식은 요동 무림인들에는 마른하늘에 날벼락이 떨어진 것과 같은 충격적인 소식이었다.

"만나보시니 그녀는 어떤 인물이었습니까?"

모용황이 검옹 천복에게 물었다.

"모두가 짐작하는 만큼 강했소."

검옹 천복이 대답했다.

"혹시 그녀와 겨루셨습니까?"

모용황이 긴장한 표정으로 다시 물었다.

"시월이 검을 섞어 보았소."

"시월… 소협이 말입니까?"

모용황이 놀란 눈으로 확인하듯 물었다. 그로서는 아무리 시월이 최근 들어 큰 명성을 얻은 무인이라도 검옹을 대신해 천마후를 상대했다는 것이 믿기 힘든 모양이었다.

"그렇소."

"…결과는 어떻게 되었습니까?"

질문은 계속 검옹 천복에게 하고 있지만, 자연스럽게 모용황의 시선은 시월에게 향해 있었다.

물론 장내의 무림인 역시 모용황과 마찬가지로 시월에게서 시선을 떼지 않았다.

"보시는 바와 같이 시월은 무사하오. 물론 천마후 역시 무사히 돌아갔소."

"그럼 평수를 이뤘다는……?"

모용황이 믿을 수 없다는 듯 다시 물었다.

그러자 그제야 시월이 입을 열었다.

"굳이 승패를 논하자면 제가 손해를 봤다고 해야 할 것 같습니다. 천마후의 마종삼검을 모두 받아내긴 했지만, 얼마간 내상을 입을 수밖에 없었으니까요."

"아! 부상을 입었구려. 그래, 몸은 괜찮으신가?"

모용황이 한편으로는 놀라면서도 한편으로는 그럼 그렇지 하는 표정으로 물었다.

"큰 부상은 아니어서 얼추 회복은 하였습니다."

시월이 담담하게 대답했다.

그러자 한쪽에 서 있던 초로의 인물이 입을 열었다.

"천마 석제의 마종삼검은 지금껏 강호에서 그 일초식조차 받아낸 인물이 없다는 절대마검인데, 그녀의 마종삼검을 모두 받아냈다니 시월 소협의 무공은 정말 우리를 놀라게 만드는구려."

"황룡문의 문주시네."

초로의 인물이 시월의 무공을 칭찬하자 이장룡이 재빨리 그의 신분을 시월에게 알려 주었다.

그러자 시월이 황룡문주에게 포권을 하며 고개를 숙였다.

"과찬이십니다. 아마도 천마후는 천마 석제만큼 마종삼검을 완벽하게 완성하지는 못했을 겁니다. 또, 절 얕잡아 보고 방심한 면도 있었습니다."

"그래도 시월 소협이 대단한 것은 부인할 수 없는 사실이오. 절대 겸손하실 필요가 없소."

황룡문주 황설문이 손을 저으며 말했다.

그러자 다른 사람들도 저마다 시월에 대한 칭송을 늘어놓았다. 그들로서는 천마후의 등장으로 가졌던 두려움이 시월이 그녀를 상대로 평수를 이뤘다는 말을 듣고 안도감으로 바뀐 듯했다.

"그녀가 아주 물러간 것입니까?"

사람들의 반응을 지켜보던 모용황이 검옹 천복에게 물었다.

그러자 검옹 천복이 고개를 저으며 말했다.

"아니오. 그녀는 여전히 삼룡협 근처에 있소. 사실 오늘 우리가 이곳에 온 것은 그녀의 말을 전하기 위함이기도 하오. 그녀가 말하길, 요동 정천대가 요하를 넘지 않는다면, 그녀 역시 이 싸움에 관여치 않겠다고 했소이다. 아마도 그녀는 요동 정천대와 정면으로 충돌하는 상황을 피하고 싶은 듯하오. 이 싸움에 대해서도 그리 적극적이지는 않았소이다."

"그렇군요. 그렇다면 다행입니다. 사실, 우리의 목적도 마련이 요하를 넘어와 요동을 무림을 공격하는 것을 막는 것이었으니 말입니다. 그런데 그들이 요하를 넘지 않겠다면 서쪽의 전황을 보면서 차분하게 앞으로의 행보를 결정해도 되겠습니다."

모용황이 안도한 표정으로 말했다.

그러자 이장룡이 시월을 돌아보며 말했다.

"시월, 이번 일에는 자네의 공이 큰 것 같네. 천마후가 이곳에 자신을 상대할 고수가 있다는 사실을 알고 그런 제안을 한 것 같으니 말일세."

말을 하는 이장룡의 얼굴에 지울 수 없는 뿌듯함이 드리워져 있었다.

그 역시 이장춘과 마찬가지로 강호의 패권을 추구하고 싶은 마음은 없었지만, 무림인들에게 이가검문의 강함을 드러내고 싶은 무인으로서의 욕구는 있기 때문이었다.

그 욕구를 오늘 시월이 제대로 채워줬던 것이다.

그러자 시월이 미소를 지으며 대답했다.

"저 때문이 아니라 검옹 어르신 때문이지요. 그녀는 저와의 싸움에서 부상을 입은 상태에서 다시 검옹 어르신을 상대하는 것이 꺼려졌을 겁니다."

시월의 말이 끝나자 가만히 듣고 있던 검옹 천복이 미소를 지으며 말했다.

"아니다. 그래도 싸운 것은 시월 네가 아니냐. 그러니까 그녀가 한발 물러난 것은 모두 네가 이룬 공이다."

제 2장

침묵 속의 대치

삼룡협에 아연히 활기가 돌기 시작했다. 요동 무림인들이 처음 삼룡협에 진영을 구축했을 때 그들은 언제 있을지 모르는 마련의 공격에 늘 긴장한 상태로 지내야 했다.

밤에 잠을 설치는 것은 물론이고, 낮이 되어서도 웃고 떠들 여유가 없었다.

정천대 요동 별동대의 전력은 정천삼대 중 가장 약하다고 평가되고 있었다. 다른 정천대에는 각기 세 개의 십대천문이 포함되어 있었지만, 요동 분대는 비록 정천일대에 속해 있다고는 해도 본대와 수천 리 거리에 있었고, 십대천문도 모용세가 하나뿐이기 때문이었다.

비록 이가검문이 십대천문에 버금가는 전력을 가지고 있다고 해도, 월문을 무너뜨린 마련 세력이 일거에 기습하면 이 전력으로는 그들의 공격을 막아내기 어렵다는 것이 중론이었다.

그래서 그들이 바라는 것은 만계지마가 마련의 주력을 서쪽 정천일대 본대와의 싸움에 투입하고 요동으로 검 끝을 돌리지 않은 것이었다.

그렇게 수세적인 마음이었던 삼룡협의 요동 무림인들이 전설적인 천마궁의 후계자로 지목된 천마후가 시월과의 대결에서 승부를 보지 못하고 물러났다는 소식을 듣자 한순간에 두려움을 떨쳐버리고 마련을 향한 전의를 불태우기 시작했던 것이다.

무림은 늘 천마궁에 대한 근원적인 두려움을 품고 있었다. 천마석제가 천산 천마궁에서 한 걸음조차 움직이지 않았지만 감히 그 근방으로는 정파의 토벌대를 몰고 갈 수 없어 삼십육마에 대한 추격도 화록산에서 중지했을 정도였다.

그런 천마궁의 후계자 천마후를 물러나게 할 수 있다면, 그 어떤 자가 도발해 와도 이겨낼 수 있다는 자신감이 요동 무림인들에게 생긴 것이다.

그래서 삼룡협의 무림인들은 마치 당장이라고 말을 달려 요하를 넘을 것 같은 기세를 뿜어내고 있었다.

그런데 그들의 사기를 올린 시월과 검옹 천복은 정작 그런 요동 무림인들의 변화를 걱정하고 있었다.

"쯧쯧… 저러다 갑자기 요하를 넘겠다고 하는 것이 아닌지 걱정이군."

검옹 천복이 위태로운 삼룡협 협곡을 이루는 절벽 위쪽에서 요동 무림인들의 숙영지를 내려다보며 혀를 찼다.

일부 무인들이 숙영지 앞에 세워 놓은 방책 밖으로 나가 소리를 지르며 말을 타고 초원을 질주하고 있었다.

북방의 초원에서 말과 함께 자란 요동 무림인들은 불타는 전의를 그런 식으로 해소하고 있었다.

"모용가주가 요하를 넘을 일은 없다고 했잖습니까. 그리고 만나 보니 신중한 사람인 것 같던데요."

시월이 걱정할 일이 아니라는 듯 말했다.

"그렇긴 하지만 어제 보니 그 역시 제법 흥분한 듯 보이더구나. 만계지마가 천마후를 보낸 것은 마련의 주력이 요동으로 오지 않는다는 걸 뜻한다고 생각한 것 같더라."

"그럴 가능성이 큰 것 아닌가요?"

"난 반반이라고 본다."

"여전히 말입니까?"

시월이 놀란 눈으로 검옹 천복을 바라봤다.

애초에 만계지마가 천마후를 삼룡협으로 보낸 것은 그녀의 말대로 요동 무림의 수뇌들을 제거해 요동 정천대를 흔들 목적이었을 것이다.

천마후가 이를 성공했다면 만계지마는 기습적으로 요하를 넘어와 삼룡협의 무림인들을 공격할 가능성도 없지 않았다.

하지만 천마후가 아무런 성과 없이 물러난 지금은 요동 무림을 공격하는 것은 만계지마로서도 큰 모험이었다.

요동 무림을 단번에 장악하지 못하면 서쪽의 정천일대가 신검산으로 몰려갈 것이 분명하기 때문이었다.

그래서 천마후의 명성을 이용해 요동 무림이 요하를 넘는 것을 막고, 그사이 장성을 넘어온 정천일대와 승부를 보는 것이 만계지마가 선택할 수 있는 유일한 전략이라는 것이 시월의 생각이었다.

그런데 검옹 천복은 여전히 만계지마가 요동 무림을 공격할 수도 있다고 생각하는 것이다.

"그자는 워낙 계략에 능한 자니까. 두어 수를 더 생각할 수 있지."

"하지만 단기간에 승부를 내지 못하면 신검산을 빼앗길 수도 있지 않습니까?"

"그런 위험을 감수할 만한 사람이란 거지. 일단 요동 무림을 빠르게 장악할 수 있다면 서남쪽의 정천일대도 쉽게 북방으로 올라오지 못할 테니까."

"그야 그렇긴 하죠. 하지만 이가검문과 모용세가가 그렇게 쉽게 무너질 문파는 아니잖아요?"

"맞는 말이다. 사실 그래서 만계지마에게 천마후가 필요했던 거지. 본문과 모용세가의 수뇌들을 제거하면 일이 한결 수월해질 테니까."

"그 일이 실패했으니 그는 요하를 건너지는 못할 겁니다."

시월이 검옹의 걱정이 기우에 지나지 않을 거라는 듯 말했다.

"그렇긴 한데… 그가 만약 삼룡협의 정천대만 깨뜨리는 것을 목표로 한다면 이야기가 달라지지. 그렇게만 해도 남쪽에서 장성을 넘어온 정천일대를 상대하는 동안 후방을 걱정할 일은 없을 테니까. 그래서 여전히 그가 마련의 마인들을 요하로 보낼 가능성이 있다는 거다."

검옹 천복이 말했다.

"천마후가 동의하지 않을 겁니다. 우리와 한 약속이 있으니까."

"그건 천마후의 약속이지 만계지마의 약속은 아니지 않느냐."

"그가 천마후를 무시할 수 있을까요?"

"천마 석제도 아니고 그 제자를 두려워할 만계지마는 아니다. 그런데 그보다 더 걱정인 것은 바로 저렇게 전의가 오른 요동 무림인들이다. 혹시라도 요하를 넘어갈까 하여… 그럼 이 싸움이 어떻게 전개될지 예측하기 어려워질 거다."

"…모용가주가 통제력을 보여 줘야 할 텐데요."

"음, 나도 그러길 바란다. 어쨌든 우린 좀 움직여야 할 것 같다."

"어디로 가시려고요?"

"요하를 건너가 보려고."

"예?"

갑작스러운 검옹 천복의 말에 시월이 놀란 눈으로 검옹 천복을 바라봤다.

방금 전까지 요동 무림인들이 요하를 건너 마련을 자극하는 것을 걱정했던 천복이었다.

"요하를 건너가 보면 만계지마의 생각을 알 수 있겠지. 마련의 마인들을 얼마나 요하 근처로 이동시켰는지가 중요하니까."

"…천마후가 가만 있을까요?"

"우리 두 사람만 움직이는데 어떻게 알겠느냐?"

"만약에라도 알게 되면요."

"그럼… 싸우면 되지."

검옹 천복이 빙긋 웃으며 말했다.

순간 시월은 검옹 천복이 천마후가 그들의 행보를 알아채고 싸움을 걸어오길 은근히 기다리고 있다는 것을 깨달았다.

"이제 보니 그녀와 만나길 기대하시는군요?"

"즐거운 일이지. 그렇다고 그것 때문에 요하를 건너자는 것은 아니고. 들키지 않으면 좋고, 들켜서 그녀가 싸우자면 그것도 좋고. 미리 말해 두지만 이번에는 어떤 일이 있어도 내가 그녀를 상대할 테다."

다시는 자신의 싸움을 빼앗지 말라는 듯 검웅 천복이 시월에게 경고했다.

*　　　　*　　　　*

"요하를 건너시겠다고요?"

이장룡이 놀란 눈으로 검웅 천복을 바라보며 물었다.

"저쪽 사정을 살펴보는 것이 좋을 것 같아서."

"그래도……."

"위험한 일은 없을 걸세. 우리 두 사람만 가는 거니까. 오히려 덜 위험하지."

"그렇긴 하지만……."

이장룡은 여전히 검웅 천복과 시월 두 사람이 요하를 건너 마련의 세력권으로 들어가는 것을 꺼려하는 표정으로 말꼬리를 흐렸다.

"적이 방어를 준비하는지 공격을 준비하는지 그거라도 알아야 이쪽도 준비를 할 것 아닌가? 돌아가는 모양새를 보니 누구라도 기회만 되면 요하를 건널 태세들이던데."

"그렇긴 하지요. 시월이 천마후를 물러나게 했다는 소문이 퍼지니까 삼룡협에 모인 무인들이 모두 전의가 들끓는 것 같습니다."

"그래서 하는 말이네. 어찌 됐든 저쪽 사정을 자세히 알아 봐야 하지 않겠나. 물론 이미 간자들을 보내 놓긴 했겠지만……."

"알겠습니다. 하지만 조심하셔야 합니다."

이장룡이 당부했다.

"후후, 내가 어디 일부러 싸움을 만들 사람이던가. 오히려 싸움을 피할 사람이지."

"그렇긴 하지요."

이장룡이 그 말에는 수긍했다.

검옹 천복은 절정의 무공을 가지고 있으면서도 꼭 필요한 경우가 아니면 검을 뽑는 일이 거의 없었다. 지금보다 훨씬 이전부터 명성을 얻었다 해도 이상하지 않았을 그의 무공이 최근 들어서야 널리 알려지게 된 것도 그 때문이었다. 일월문과의 싸움이 없었다면 아직도 천복의 실력은 무림에 알려지지 않았을 것이었다.

"그런데 매제 괜찮겠어? 몸이 아직 회복되지 않은 것 같은데?"

옆에서 검옹 천복과 이장룡의 이야기를 듣고 있던 이해검이 시월에게 물었다.

"괜찮습니다. 내상은 거의 회복했습니다."

"무리하지 말게. 매제에게 무슨 일이 생기면 난 평생 화검을 보지 못할 거야."

"그런 일 없을 테니 걱정 마세요."

시월이 가볍게 미소를 지으며 대답했다.

그러자 검옹 천복이 다시 입을 열었다.

"모용가주에게 말해서 삼룡협의 무인들을 좀 진정시키시게. 누구라도 준비 없이 요하를 넘으면 예상치 못한 반격을 당할 수 있어. 천마후 역시 근처에 머물고 있으니 말일세."

"알겠습니다. 그리하겠습니다."

이장룡이 대답했다.

"자, 그럼 우린 가볼까?"

검옹 천복이 시월을 보며 말했다.

"그러시죠."

시월이 가볍게 자리를 털고 일어났다.

"그런데 어떻게 요하를 건너시려고요?"

이해검이 급히 같이 일어나며 검옹 천복에게 물었다.

"삼룡협 인근은 사람들의 시선이 집중되어 있으니까. 남쪽으로 내려가서 배를 타고 건널 것이다."

"그럼 배를 타는 곳까지 함께 가겠습니다."

"아서라. 사람이 많아지면 적의 눈에 띄기도 쉬워. 그리고 삼룡협은 지금 결코 안전하지 않다. 이가검문이라도 경각심을 갖고 주변을 잘 살펴야 한다."

검옹 천복이 이해검의 동행을 만류하며 말했다.

"…정말 그렇게 위험할까요?"

"늙은이 예감을 무시하지 말거라."

"알겠습니다. 그렇게 하겠습니다."

이해검이 순순히 검옹 천복의 말에 수긍했다.

"만약에라도 천마후를 만나게 되면 무조건 몸을 피해야 하네. 천마후는 절대 객기를 부려 상대할 사람이 아니야. 그녀를 상대하다가 이가검문의 형제들이 모두 죽을 수도 있네,"

검옹 천복이 이번에는 이장룡에게 주의를 줬다.

"알겠습니다. 명심하겠습니다."

"음, 그럼 열흘 뒤에 보세."

"조심해서 다녀오십시오."

"걱정 말게. 시월, 가자."

검웅 천복이 말하자 시월이 이장룡과 이해검에게 가볍게 인사를 한 후 이장룡의 막사를 빠져나갔다.

"별일 없겠지요?"

시월과 검웅 천복이 떠나자 이해검이 이장룡에게 물었다.

"난 현 강호에 저 두 사람을 상대할 무인이 있다고 생각지 않는다. 그러니까 당연히 무사하겠지. 걱정은 검웅 어르신의 말대로 남아 있는 우리다. 마련에 대한 경계심이 너무 풀어졌어."

"그렇긴 하죠. 경계병들이 자리를 지키지 않는 경우도 허다해 보입니다."

"우리 이가검문이라도 정신을 차리자. 당장 오늘 밤부터 문도들을 단속해 경계를 강화해라."

"알겠습니다. 숙부님!"

*　　　*　　　*

시월과 검웅 천복은 밤길을 걸어 다시 삼룡협 남쪽 절벽 위로 올라왔다.

그러자 삼룡협 서쪽 출구에 펼쳐진 요동 무림인들의 진영에 밝힌 불빛들이 은하수처럼 펼쳐졌다. 수백 채의 천막에 불이 밝혀진 모습은 장관이었다.

"어리석은 일이야. 쯧쯧……."

검웅 천복이 아름답게 펼쳐진 요동 무림인들의 진영을 보며 혀를 찼다.

"저렇게 불을 밝혀놓았으니 어떻게 포진해 있는지 한눈에 알아볼 수 있겠군요."

"모용가주는 신중한 사람인데 왜 저렇게 사람들을 풀어놓을까. 마련에서 기습을 하고자 한다면 쉽게 진영을 깨뜨릴 방법을 찾을 수 있을 텐데."

"숙부님이 주의를 줄 테니 바뀌겠지요."

"그러길 바라야지. 하지만 계속 저 모양이라면 천마후 혼자서라도 저 진영를 깨뜨릴 수 있을 거다."

"설마 그녀가 약속을 깨고 직접 공격을 할까요?"

"그렇지 않겠지만, 그래도 혹시 하는 게 있으니까. 아무튼 서둘러 돌아와야 할 것 같구나. 불안해. 저런 흐트러진 모습이라니……."

검옹 천복이 고개를 저으며 말했다.

"그럼 서둘러 다녀와야겠네요."

시월이 검옹 천복의 말에 대답을 하고는 남쪽을 향해 어두운 밤길을 걷기 시작했다.

시월과 검옹 천복은 삼룡협으로부터 하룻밤 밤길을 걸어 새벽녘에 요하 하류의 작은 강변 마을에 도착했다.

그리고 그곳에서 배를 빌려 타고 조용히 요하를 건넜다.

* * *

강물은 평화롭게 흐른다. 시월과 검옹 천복은 그 부드러운 물결에 배를 맡겨 놓고, 천하를 유람하는 조손처럼 배 위에서 마주 보고 앉아 강의 경치를 즐겼다.

그러다가 문득 시월이 입을 열었다.

"같은 산천이라도 주인에 따라 그 분위기가 달라지는 것 같죠?"

"그렇게 보이느냐?"

검옹 천복이 미소를 지으며 물었다.

"보지 못했던 곳도 아니고, 요서 지방은 예전 저희 사형제들의 안방이나 다름없었지요. 그런데 지금은 마치 처음 가보는 곳 같은 느낌이 듭니다. 왠지 모르게 공기도 어두워진 것 같고……."

날은 맑았다. 구름이 있기는 했지만 해를 가릴 정도는 아니었고, 살짝 가린 정도로는 오히려 눈부심을 막아줘 하늘의 청명함을 더 드러내 줄 뿐이었다.

그런데도 시월이 바라보는 요하 서쪽 벌판은 왠지 모르게 어둡게 느껴졌다.

"강산은 변하지 않는다. 그건 주인이 누구냐는 것과도 관계가 없다. 단지 바라보는 사람의 마음에 달린 것일 뿐."

검옹 천복이 대답했다.

"제 마음 때문이란 거군요."

"선입견이라고도 할 수 있지. 이제 저 땅이 마도인들의 땅이라는 생각 때문인 거지. 그런데 장사치들에게 들으니까 신검산에 새로 들어선 마정궁의 성채는 외려 월문이 있을 때보다 더 화려하고 웅장하다고 하더구나. 어찌 보면 오히려 더 번성한 것이지. 하지만 세상 사람들은 그 소리를 들을 때 오히려 거대한 두려움을 느끼겠지."

"그렇군요. 저도 모르게 그런 선입견을 가지고 저 땅을 보고 있었군요. 역시 전 아직은 어린가 봐요."

"하하하, 나이야 어릴지 모르지만 네 무공과 경험은 절대 어리지 않지. 네가 느끼는 그 감정은 아마도 무림의 안위를 너무 걱정해서 일어나는 감정일 것이다."

"제가요?"

"아니냐?"

"솔직히 전 무림의 안위 같은 것에는 관심이 없는데요. 설혹 무림을 마도가 제패한다 해도 그리 큰 관심이 없어요. 다만 칠선문이나 이가검문 등 내 가족들에게 위협이 되기 때문에 이 일에 나선 거죠. 무림의 안위는……."

"후후, 그런 면에선 아직 어리군. 세상 누구도 처음부터 세상을 걱정하지 않는다. 나를 걱정하고, 가족을 걱정하고, 자신이 속한 무리를 걱정하다 보면 생각이 커져서 세상을 걱정하게 되는 거지. 사실 인간은 자신이 사는 세상과 결코 단절될 수 없는 존재거든."

"…그런가요?"

"나만 해도 그렇지. 내가 이가검문에서 평생을 살아온 이유는 청하 소저 때문이지만, 사실 청하 소저는 이미 예전에 죽은 사람 아니냐? 그녀를 그리워한다 해도 굳이 이가검문에 머물 이유는 없었지. 하지만 난 그녀와 인연이 있는 사람들 곁에 머물고 싶었다. 그들에게서 그녀를 느낄 수 있으니까. 그러다 보니 이가검문을 걱정하게 되고, 또 이가검문과 연결된 이 무림의 일에 관여하지 않을 수 없게 된 것이지."

"저 역시 무림에서 자유로울 수 없다는 뜻이군요?"

"음."

검옹 천복이 고개를 끄덕였다.

"씁쓸한 현실이네요."

시월이 실소를 흘렸다.

"칠선문이 은거지문으로 자리한다 해도 문도들 모두가 세상과 인연을 끊고 살 수는 없으니까. 가장 강하게 연결된 곳이 이가검문이고 이제는 항주 금가장까지……."

"그렇군요. 이젠 정말 이 싸움은 제 싸움이 된 것이군요."

시월이 수긍할 수밖에 없다는 듯 고개를 끄덕였다.

"그렇다고 해서 너무 우울해하지는 말거라. 아무리 그래도 결국 네가 마음먹기에 따라 어느 정도 거리는 둘 수 있으니까. 자신을 아는 모든 사람을 만족시킬 수 있는 사람은 지금까지 인간사에 존재한 적이 없거든."

"하하, 그러네요. 오지랖만 넓히지 않으면 되는 거군요."

시월이 큰 소리로 웃었다.

그러자 검옹 천복이 혀를 찼다,

"쯧쯧… 몰래 적의 땅을 살피러 가는 녀석의 웃음소리가 너무 크구나."

"아무도 우릴 의심하지 않을걸요? 검도 없는데요."

시월이 마주 웃으며 대답했다.

"낚싯대나 치워라. 이제 배를 대자."

검옹 천복의 말에 시월이 바늘 없는 낚싯대를 그대로 강물에 떠내려 보내고는 서쪽 강변을 향해 노를 젓기 시작했다.

*　*　*

쿵쿵쿵!

산에 오르자 맞은편 계곡에서 큰 울림이 들려왔다. 자세히 보면 사람들이 계곡 입구에 거대한 기둥을 박아 넣고 있는 모습이 보였다.

아름드리나무 기둥을 박아 넣고 있는 사람들의 복장은 모두 검은색 일색이였다.

그들 주위에는 도검을 든 자들이 사주를 경계하고 있었는데, 그 모습을 봐선 분명히 마련의 마인들이었다.

"흠……."

건너편 산에서 마인들을 보던 검옹 천복이 낮게 침음성을 냈다.

"뭘 하는 걸까요? 저곳에 보루라도 세우는 걸까요?"

시월이 물었다.

"그럴 수도 있지. 하지만 보루라면 지대가 높은 곳에 세워야지 않을까? 방책을 세우는 것이라면 모를까."

검옹 천복이 대답했다.

"그렇군요. 하지만 방책을 세우는 것 같지도 않아요. 그럴 만한 자재도 부족하고, 계곡을 막는 방책을 세우려면 저 정도 나무로는 턱없이 부족하죠."

"그러게 말이다. 참 알 수 없는 일을 하는구나."

검옹 천복도 고개를 갸웃하며 말했다.

"만계지마가 하는 일이니 분명 이유가 있을 텐데요."

"그렇겠지. 일단 다른 곳도 살펴보자꾸나. 그러다 보면 뭔가 알게 되는 게 있겠지."

검옹 천복이 발길을 옮기며 말했다.

그러자 시월이 얼른 천복에게 따라붙었다.

*　　　　*　　　　*

"벌써 세 번째군요."

시월이 이번에는 작은 야산 산비탈에서 나무 기둥을 박아 넣고 있는 마인들을 보며 말했다.

"이번에는 제법 규모가 크구나. 방책은 아니어도 작은 산채는 될 것 같은데?"

"그렇게요. 그자가 요동 무림인들의 공격에 대비해 요지에 저런 망루나 산채들을 만드는 것 아닐까요?"

"하지만 그건 만계지마답지 않은 선택인데. 요동 무림의 정예고수 수백이 몰려올 텐데 저렇게 작은 산채와 방책들에 사람을 두어 전력을 분산하면 마른 수풀처럼 연달아 쓰러지고 말 거다. 그렇다고 초소라고 보기에도 지나치게 크고… 알 수 없구나."

검옹 천복이 이해할 수 없다는 듯 고개를 저었다.

그러자 시월이 양피지를 꺼내 들고 양피지에 그려진 지도 한 곳에 표식을 하며 말했다.

"일단 빠짐없이 표시를 해둘게요."

"그렇게 하려무나. 혹시라도 요하를 건너야 하게 되면 도움이 될 테니까."

검옹 천복이 고개를 끄덕였다.

*　　　　*　　　　*

"뭔가 이상한데요?"

지난 이틀 동안 마련의 마인들이 사방에 흩어져서 거대한 나무들을 땅에 박거나 망루 같은 것을 세우는 것을 확인하고 그 지점을 지도에 표시하던 시월이 문득 입을 열었다.

"뭐가 말이냐?"

"그냥 마구잡이로 하는 일이 아닌 것 같아요."

"그렇겠지. 요동 정천대의 진격로를 예상해서 그들을 막을 준비를 하는 건데."

검옹 천복이 당연하다는 듯 말했다.

"그게 아니라. 이 점들이 하나의 모양을 이뤄가는 것 같아서요."

"모양을 만들어 간다고?"

검옹 천복이 그제야 관심을 보였다. 그러자 시월이 천복에게 자신이 들고 있던 양피지 지도를 건넸다.

검옹 천복이 지도를 받아들고 잠시 그 위에 찍힌 점들을 바라보다가 이내 고개를 끄덕였다.

"그렇구나. 이건 정말 그냥 하는 일이 아니었어."

"진(陣)일까요?"

"그럴 가능성이 큰 것 같은데. 내 생전에 이렇게 거대한 진을 펼칠 수 있다는 말은 들어본 적이 없는데……."

의심을 하면서도 확신할 수는 없다는 듯 검옹 천복이 중얼거렸다.

그도 그럴 것이 지난 이틀간 두 사람이 이동한 거리는 백 리 가까이 되었다.

그런데 아직도 두 사람은 마련의 마인들이 만드는 구조물을 전부 파악하지 못한 상태였다. 그건 마련이 만드는 구조물이 백 리 이상으로 퍼져 있다는 뜻이었고, 만약 그게 진이라면 백 리가 넘는 지역에 진이 펼쳐진다는 의미였다.

무림 사상 그 누구도 그런 거대한 진을 만든 적이 없었다. 전설에서라도 그런 거대한 진이 만들어졌다는 이야기는 들은 적이 없는 천복이었다.

"정말 진이라면 만계지마는 정말 무서운 인물이군요."

시월이 두려운 듯 말했다.

"그렇구나. 만약 이게 정말 진이라면 요동 무림인들이 요하를 건너는 순간부터 자신도 모르는 사이에 진 속에 빠져들 수밖에 없게 되는 거지."

"이런 진이 실제로 가동이 가능할까요?"

시월이 믿을 수 없다는 듯 물었다.

"그가 헛일하는 것은 아닐 거다."

만계지마가 이 엄중한 시기에 쓸모없는 일을 벌이고 있을 이유는 없었다.

"모양이 마치 벌집 같죠?"

시월이 다시 검옹 천복의 손에서 양피지를 받아들며 말했다.

"음, 그러면서도 그 벌집들이 거대한 태극의 모양을 만들어 가는 걸 보니 두 가지 변화가 함께 혼재되어 있다고 봐야겠지."

"어떤 변화를 일으킬지 궁금하긴 하네요."

"아서라. 만약 만계지마가 요동 정천대를 상대하려고 만든 진이라면 반드시 사진(死陣)일 텐데. 그런 죽음의 진에 자진해서 들어갈 이유가 없지 않느냐?"

꿈에도 그런 생각 말라는 듯 검옹 천복이 말했다.

"그냥 진의 실체가 궁금하다는 말이었어요. 그런데 이쯤에서 돌아갈까요?"

시월이 물었다.

이런 거대한 진의 존재를 확인했으니 당연히 돌아가서 요동 무림인들에게 진의 실체를 알리고 요하를 건널 생각 자체를 하지 못하게 해야 했다.

그러자 검옹 천복이 잠시 생각에 잠겼다가 고개를 저으며 말했다.

"좀 더 돌아다녀 보자꾸나."

"조금 더요?"

시월이 의아한 표정으로 물었다.

"음, 만계지마가 이 진의 넓이를 얼마나 키워 놓을지 궁금하구나."

검옹 천복이 두 사람이 서 있는 산 너머 봉우리들을 바라보며 말했다.

"그럴 필요가 있을까요? 진이 확인되었으니 빨리 삼룡협에 진의 존재를 알리는 게 중요하지 않을까요?"

"그럴 수도 있지만, 혹시라도 이 진을 깨뜨려야 하는 상황이 오면 그때는 진의 실체를 자세히 알고 있는 것이 좋겠지. 다행히 아직은 진이 완성되지 않아서 이렇게 자유롭게 돌아다니며 진을 살펴볼 수 있지만, 나중에 완성이 되고 나면 그때는 이 진의 실체를 전혀 파악하지 못하게 될 거다."

검옹 천복이 걱정스럽게 말했다.

"그 말씀은 정천대가 결국 요하를 건널 거란 말씀이군요?"

"예감이 그래."

"진이 있다는 걸 알고도요?"

"생각해 봐라. 일단 서쪽에서 정천일대와 마련 본대가 충돌하면 어느 쪽이 승기를 잡던 요동 무림인들이 삼룡협에서 움직이지 않을 수 있겠느냐?"

"그야……."

시월이 바로 대답을 하려다 말고 말을 얼버무렸다.

그러자 검옹 천복이 다시 말을 이었다.

"애초에 요동 정천대는 삼룡협에서 마련의 요동 공격을 막으려는 것이 목적이었지만, 서쪽에서 정사 대전이 벌어지면 요하를 넘지 않을 수 없을 거다. 아마도 만계지마는 그걸 예상하고 이렇게 거대한 진을 준비하고 있는 것이겠지."

"정천일대가 승기를 잡으면 이 싸움을 끝내기 위해서, 만계지마가 우세하면 정천일대를 돕기 위해 요하를 건너야 한다는 말씀이죠?"

"그래, 나중에는 어쩔 수 없이 강을 건너게 될 거다. 오히려 마련이 요하를 건너 삼룡협을 공격한다면 그때는 요하를 건널 필요가 없었겠지만… 만계지마가 이런 준비를 하는 걸 보면 그는 서쪽에서의 싸움을 택한 듯하구나."

"그렇군요. 그럼 이 진의 실체를 확실하게 알아야겠군요."

"음. 진을 무력화하는 방법은 두 가지다. 진의 범위를 확인한 후 그 외곽을 따라 우회해 신검산으로 진격하는 것, 아니면 진의 약점을 파악해 그곳을 공격함으로써 진을 파훼하는 것, 어떤 경우든 우리는 좀 더 이곳에 머물러야 할 것 같구나."

"무슨 뜻인지 알겠습니다."

시월이 검옹 천복의 의견에 수긍했다.

그러자 천복이 말했다.

"좀 더 빨리 움직이자꾸나. 그렇게 해도 약속한 날짜에 돌아갈 수 있을지 모르겠다. 지금으로선 진이 얼마나 넓을지 알 수 없으니."

검옹 천복이 한숨을 쉬며 말했다. 어쩔 없이 해야 하는 일이지만 귀찮은 기색이 역력한 천복이었다.

* * *

시월과 검옹 천복은 이틀을 더 산과 들판을 헤매고 다녔다. 그러다 요하 지류의 작은 강 앞에서 걸음을 멈췄다.

강변에 수풀이 무성한데 멀리 보이는 작은 숲에서 또다시 거대한 말뚝을 박는 소리가 들렸다.

"저곳이 마지막인 것 같아요."

"그렇지?"

"강 너머에는 사람이 보이지 않으니까요. 지금까지 보면 아무리 멀어도 삼백 장 거리 안에서 작업을 하는 지점들이 이어졌거든요."

시월이 양피지의 지도를 보며 말했다.

"우리가 처음 진의 흔적을 발견한 곳이 동쪽 끝이라고 보면… 정말 대단하구나, 백오십여 리에 걸진 대진이다."

검옹 천복이 탄성을 자아냈다. 비록 적이지만 만계지마 중산의 능력에 감탄할 수밖에 없었다.

"진의 중심은 이곳이에요. 그리고 사방으로 퍼져나가면서 대략 열 곳의 요충지가 있는 것 같아요."

시월이 양피지에 찍힌 점 중 한 곳을 짚으며 말했다.

"돌아가면 일단 모용세가주에게 보여 줘야겠다. 본래 모용가는 진법에도 능하니까."

"그런가요?"

"음, 예전부터 대대로 모용가주들은 진법에 능한 것으로 유명했단다."

"그럼 이 지도를 보면 약점을 파악할 수 있겠군요."

"위험한 모험이기도 하지. 만약의 그의 파훼법이 틀리게 되면 꼼짝없이 요동 무림인들은 지옥에 버려질 테니까. 지난 번 신검산 싸움에서 월문이 그러했듯이. 나라면 우회하는 방법을 택할 거다. 시간이 걸려도 가장 안전하니까."

검옹 천복이 말했다. 불확실한 파훼법을 믿고 진 속으로 들어가는 모험을 할 필요가 없다는 생각이었다.

"그렇게 되면 적을 등 뒤에 두게 되잖아요. 퇴로가 끊길 수도 있죠."

시월이 말했다.

"음, 그런 면도 있긴 하군. 아무튼 이젠 돌아가자. 결정이야 요동 무림의 우두머리들이 할 거니까."

"알겠습니다. 강을 따라가죠. 가다 보면 요하 강 본류가 나올 거예요."

"그러자꾸나."

검옹 천복이 고개를 끄덕이고는 무성한 강변의 갈대숲을 따라 동쪽으로 걸음을 옮기기 시작했다,

그런데 두 사람은 얼마 가지 않아서 다시 멈춰서야 했다.

"노출된 건가?"

걸음을 멈춘 검옹 천복이 눈살을 찌푸리며 말했다.

"사람이 그렇게 많아 보이지는 않아요."

시월이 말했다. 그의 육감에 걸리는 사람의 숫자는 많아야 십여 명 내외였다.

"피할 수 있다면 좋을 텐데."

검웅 천복은 적진 깊은 곳에서 적과 싸우고 싶지는 않았다. 적이 아무리 적다 해도.

"피할 방법은 하나에요. 강으로 뛰어들어 강물을 따라 내려가는 거죠."

시월이 그들 옆으로 흐르는 작은 강을 가리키며 말했다. 만약 그 혼자였다는 주저하지 않고 선택했을 방법이었다. 몸을 적셔야 하는 번거로움이 있지만, 가장 쉬운 방법이기 때문이었다.

적을 상대하지 못할 것도 없지만, 적진 깊은 곳에서 싸움을 벌이면 어떤 변수가 생길지 알 수 없었다. 그건 위험을 최대한 회피하는 시월의 성격상 어울리는 선택은 아니었다.

하지만 검웅 천복은 달랐다.

"어쭙잖은 놈들 때문에 몸을 적실 수는 없지. 길을 막으면 베고 가자."

검웅 천복이 망설임 없이 걸음을 옮기며 말했다.

"역시 물속에 빠지는 건 싫어하시는군."

예상했던 바라는 듯 시월이 고개를 젓고는 검웅 천복을 따라 걸음을 옮겼다.

*　　　*　　　*

"웬 자들이냐?"
"그러는 너희들은 누구냐?"
말에 탄 채 횡으로 늘어서 길을 막는 십여 명의 마인들을 보며 검옹 천복이 되물었다.
"우린 신마군의 무인들이다. 정체를 밝혀라."
"신마군? 마련에 그런 문파가 있었나?"
검옹 천복이 고개를 갸웃했다.
"마련의 형제가 아니구나! 신마군을 모르는 것을 보니."
"최근 생긴 문파인 모양이군."
검옹 천복이 묻듯 말했다.
"정체를 밝혀라. 감히 마련의 일을 염탐할 배포를 가졌으니 역시 의천무맹의 잡졸들이냐?"
신마군의 무인이라 말한 자가 말 위에서 위압적인 살기를 뿜어내며 말했다.
"네 눈에는 내가 잡졸처럼 보이느냐?"
검옹 천복이 빙그레 웃으며 물었다.
"…부인치 않는 것을 보니 역시 의천무맹의 간자들이구나! 그렇다면 이곳을 벗어날 수 없다! 목을 놓고 가라!"
창!
중년의 마인이 재빨리 검을 뽑아 들었다. 그가 보기에도 검옹 천복은 보통 인물이 아닌 것처럼 느껴졌기 때문이었다.
하지만 그가 뽑은 검은 거의 쓸모가 없었다.
"늙은 목이라 미련은 없다만 너에게 주고 갈 생각은 없다. 대신 네놈의 버르장머리 없는 목을 베고 가마!"

좌악!

한순간 검옹 천복의 앞을 막던 갈대숲이 파도처럼 좌우로 갈라졌다.

그리고 그 사이로 어느새 검옹 천복이 달리고 있다 싶은 순간, 그의 검이 만들어낸 검기가 그와 시월을 협박하던 마인이 몸을 관통하고 있었다.

퍽!

"악!"

미처 적의 공격을 인지하기도 전에 검옹 천복의 검기에 몸이 뚫린 마인이 비명을 지르며 말 위에서 떨어졌다.

쿵!

히히힝!

갑자기 주인이 말 위에서 떨어지자 그를 태우고 있던 말이 비명을 지르며 날뛰었다.

"가만히 있거라!"

어느새 말 위로 날아오른 검옹 천복이 한 발로 가볍게 안장을 눌렀다. 그러자 날뛰던 말이 거짓말처럼 네 다리를 땅에 붙이고 온순해졌다.

순간 주위에 있던 다른 마인들이 검옹 천복을 향해 달려들었다.

"이 늙은이! 감히 대형을 죽이다니!"

"육시를 내 주겠다!"

사방에서 검을 빼 들고 달려드는 마인들이 흉흉한 살기를 내뿜었다.

그러자 검옹 천복이 혀를 찼다.

"쯧쯧, 앞서 네 동료가 당하는 것을 보았다면 부족함을 알고 물러날 것이지, 보고도 죽으려 달려드느냐?"

검옹 천복이 말 위에 서서 달려드는 마인들을 보며 혀를 찼다.

"늙은이! 감히 마련의 사람을 죽이고도 무사할 거라 생각했느냐!"

마인들이 한순간 일제히 말에서 뛰어올라 검옹 천복을 향해 날아들며 소리쳤다.

그러자 검옹 천복도 허공으로 몸을 띄웠다. 그러고는 경쾌하게 검을 휘두르며 허공을 날아갔다.

파파팟!

검옹 천복의 검이 사방으로 검기를 뿌렸다.

순간 그의 검에서 뻗어 나온 검기들이 검옹 천복의 몸을 중심으로 둥근 진을 만들었다.

그리고 그 둥근 검기의 영역으로 마인들이 뛰어드는 순간 비명이 터져 나오기 시작했다.

"악!"

"컥!"

검옹 천복이 만들어내는 검기의 그물 속에 들어온 마인들은 여지없이 비명을 지르며 땅에 떨어졌다.

타탓!

검옹 천복이 적들이 타고 온 말들의 등을 밟으면서 계속해서 허공에 머물렀다. 그러면서 자신을 공격하는 마련의 마인들을 순식간에 모두 제압해 버렸다.

"컥!"

마련의 마지막 마인이 갈대밭에 떨어지며 비명을 흘렸다.

놀라운 무위로 십여 명의 적을 한순간에 제압한 검옹 천복이 가볍게 말 위에 내려앉았다.

그러고는 시월을 보며 소리쳤다.

"말을 타고 요하 본류까지 가자꾸나!"

"예. 어르신!"

시월이 얼른 대답을 하고는 몸을 날려 주인 없는 말 한 필의 등에 올라탔다.

"일을 벌였으니 추격하는 자들이 있을 것이다. 그러니 말을 몇 마리 더 끌고 가자. 쉬지 않고 달려서 요하를 건너야겠다."

"알겠습니다."

시월이 대답하고는 주변에 있는 말 두 필의 고삐를 당겨 잡았다.

"가자!"

검옹 천복이 지체하지 않고 말의 옆구리를 찼다. 그러자 놀란 말이 비명을 한 차례 지르더니 갈대밭을 뚫고 무서운 속도로 달리기 시작했다.

*　　　*　　　*

시월과 검옹 천복은 쉬지 않고 말을 달렸다. 타고 있는 말이 지치면 여분으로 끌고 온 말을 갈아타고 잠을 줄여가며 강변을 내달렸다.

그리고 그렇게 하루 밤낮을 달리자 어느새 그들 앞에 요하의 도도한 물결이 눈에 들어왔다.

추격자는 없었다. 아니, 설혹 추격자가 있다고 해도 두 사람의 이동 속도가 워낙 빨라서 두 사람을 따라잡을 수 없었을 것이다.

"배를 구해야 할 텐데요."

강변에 도착한 시월이 주변을 돌아보며 말했다.

하지만 그들이 도착한 강 주위엔 배가 보이지 않았다.

"웬일이지? 두 강이 합류하는 곳은 물고기가 많아서 어부들이 즐겨 찾는 곳인데……."

"어부들도 정사 대전이 벌어진 것을 알겠죠. 위험한 곳에 오겠어요?"

"그런가? 그럼 어쩐다. 헤엄을 쳐 건너는 것은 모양새가 빠지는 일인데."

마련의 마인들을 만났을 때도 검옹 천복은 맨몸으로 강에 들어가는 것을 마다했었다.

그러자 시월이 강변 기슭에 자리한 작은 숲을 가리키며 말했다.

"간단하게 뗏목을 만들어 건너죠."

"뗏목?"

"어르신과 저 두 사람이 서서 타고 갈 수 있으면 되니까 금방 만들 수 있을 겁니다."

"그럼 그럴까?"

헤엄쳐 건너는 것보다 뗏목을 만드는 수고가 더 낫다는 듯 검옹 천복이 찬성했다.

두 사람은 서둘러 가까운 숲으로 이동해 굵은 나무 십여 그루를 베어냈다.

그리고 칡넝쿨을 잘라 그것으로 통나무들을 묶어 엉성하지만 강에 뜰 수 있은 뗏목을 뚝딱 만들었다. 뗏목을 엮는 데 걸린 시간은 반 시진도 걸리지 않았다.

시월이 급히 만든 뗏목을 강물에 밀어 넣었다. 그리고 긴 대나무를 잘라 뗏목을 밀어낼 준비를 한 후 훌쩍 뗏목 위로 올라섰다.

"됐어요. 올라오세요."

시월이 자신이 올라서고도 물에 잠기지 않는 뗏목을 확인한 후 검옹 천복을 불렀다.

그러자 검옹 천복도 훌쩍 몸을 날려 시월 옆에 내려섰다.

"나쁘지 않군."

천복이 고개를 끄덕였다.

"그럼 건너겠습니다."

시월이 들고 있던 긴 대나무로 강바닥을 밀어 뗏목을 강 중심으로 몰아가기 시작했다.

그렇게 두 사람을 태운 뗏목이 강 중심까지 이동했을 때 갑자기 그들이 지나온 서쪽 강변을 따라 일단의 기마 무사들이 무서운 속도로 모여들었다.

아마도 두 사람을 추적해 온 마련의 마인들인 것 같았다. 그들은 요하 변에 도착해 잠시 주위를 살피다가 시월과 천복이 탄 뗏목을 발견하고는 두 사람이 뗏목을 만든 숲 쪽으로 질풍처럼 달려왔다.

그러고는 두 사람과 가장 가까운 거리에서 화살의 시위를 당겼다.

쐐애액!

수십 대의 화살이 두 사람이 탄 뗏목을 향해 날아왔다.

"어린애 장난도 아니고!"

검웅 천복이 귀찮은 듯 휙휙 검을 휘둘러 날아오는 화살들을 모두 쳐냈다.

그러고는 강 건너 마련의 마인들을 향해 소리쳤다.

"돌아가서 만계지마에게 전하라. 곧 그의 목을 베러 갈 사람이 있을 거라고! 그때는 겨우 진법 따위로 목숨을 부지할 수 없을 거라고! 하하하!"

제 3장

황사평

까악까악!

한 떼의 까마귀 무리가 하늘을 가득 메우며 맴돌다가 피비린내 나는 황량한 땅으로 내려앉았다.

땅에는 미처 수습 못 한 백여 구의 시신들이 널브러져 있었고, 대지는 검은 피로 물들어 가고 있었다.

"훠이! 이 망할 놈의 까마귀 새끼들! 썩 물러가지 못해!"

멀리서 쩌렁쩌렁한 고함이 터져 나오자 시체를 뜯어 먹기 위해 전장에 내려앉았던 까마귀들이 푸드덕거리며 하늘로 날아올랐다.

그러자 일단의 무인들이 말을 타고 시체가 그득한 전장으로 달려왔다.

"결국 당했군."

무리를 이끌던 초로의 노인이 눈살을 찌푸리며 말했다. 수십 년 동안 의천무맹을 대표해 온 노고수 의천단주 양계초다.

"위험하다고 언질을 주었는데 왜 이런 무모한 전진을 했을까요?"

양계초의 오랜 수하 하종이 얼굴을 일그러뜨리며 물었다.

"공명심 때문이지. 정천대가 구성되어 장성을 넘은 이후 줄곧 패배가 없었으니까. 하지만 생각해 보면 패배가 없었던 것이 아니라 제대로 된 싸움이 없었던 것인데, 사람들이 그 사실을 마치 계속 승리하고 있다고 믿게 된 거지. 이들은 선봉도 아니고 단지 황사평의 사정을 살피기 위해 나섰던 자들인데 황사평을 지나 이곳까지 전진했으니 적의 기습에 무사할 수가 없었던 거네."

양계초가 냉정하게 말했다.

황량한 땅에 쓰러져 있는 사람들은 모두 의천무맹 정천일대 소속의 무인들이었다.

천무문과 지황문이 중심이 되어 구성된 정천일대의 무인들이 장성을 넘은 지 벌써 보름이 되었다. 장성을 넘은 후 정천일대는 파죽지세로 진격했다. 그들의 일차 목적지는 사막과 산지의 경계지역에 넓게 펼쳐진 황사평이라는 곳이었다.

사방이 뚫려 있어 적의 기습을 막기 쉽고, 장성에서부터 황사평까지 안전한 보급로가 확보되어 있어, 정천 일대의 일차 거점으로 삼기 안성맞춤인 곳이었다.

정천일대의 전진은 순조로웠다. 장성을 넘은 이후 마련의 제대로 된 공격은 없었다. 간혹 선봉으로 나선 정천대의 고수들이 소규모의 마인들을 발견해 주살한 일은 있었지만, 대규모로 정천대를 공격한 마련의 마인들은 발견되지 않았다.

그렇게 순조로운 전진 끝에 황사평 인근에 도착한 정천일대의 수장들은 백여 명의 무인들을 선발로 보내 황사평 주변의 상황을 살펴보라는 명을 내렸던 것이다.

그런데 명을 받은 자들의 지나친 의욕이 화를 불렀다.

그들은 황사평에 도착했을 때 일단의 마인들을 발견했다. 전의에 불타는 정천대 무인들이 마인들을 보고 그냥 둘 리가 없었다. 추격전이 시작됐고, 마인들은 도주했다.

하지만 그건 함정이었다. 정신없이 마인들을 추격하던 정천대 무인들은 이 황량한 땅에서 기다리고 있던 대규모 마련의 고수들의 기습을 받아 전멸하고 말았다,

마련 마인들은 그렇게 처음으로 정천대의 무인과의 싸움을 승리로 장식한 후, 그들의 시체를 그대로 땅에 내버려 둔 채 유유히 전장을 떠났다. 마치 정천대에게 더 이상 자신들의 땅으로 들어오지 말라고 경고하는 것처럼.

"이 사실이 알려지면 맹의 사기가 크게 떨어질 겁니다."

하종이 걱정스러운 표정으로 말했다.

"형제들이 죽은 것은 슬픈 일이지만, 전체적인 형국에서 보면 나쁜 것은 아니네. 그 누구도 이 싸움이 결코 쉽게 끝나지 않을 거라는 걸 깨닫게 될 테니까. 이젠 신중해지겠지."

"그래도 제대로 된 승리가 꼭 한 번은 필요할 겁니다. 두려움은 전장에서 패배의 단초가 되니까요."

"두 분 문주께서 그 사실을 모르겠나. 어떻게든 계기를 만드실 걸세."

양계초가 담담하게 말했다. 자신의 말을 달리 그 자신에게는

이 전쟁에 대한 두려움은 없는 모양이었다.

"이럴 때는 그가 아쉽군요."

하종이 말했다.

"누구 말인가?"

"월문신룡 말입니다. 결국 신검산을 다시 탈환하는 것이 목적이니 그가 있다면 선봉으로 세우기 안성맞춤이었을 텐데요."

"그렇긴 하지. 하지만 들리는 말에 의하면 그는 재기불능의 폐인이 되었다고 하던데……."

"그 소문이 사실일까요?"

하종이 의구심을 갖은 표정으로 물었다.

"글쎄. 나도 믿기는 힘들지만 월문주가 직접 온 것을 보면 허황된 소문이라고만은 볼 수 없을 것 같네. 그가 건재하다면 월문주가 혼자 왔을 리 없지."

"그렇긴 하지요. 월문주나 월문신룡이나 명성에 대한 집착이 큰 사람들이니까요."

"폐인이 되었을까 싶기는 하지만, 몸에 문제가 생긴 것은 분명한 듯하네."

"대체 누가 그를 그렇게 만들었을까요? 현 강호에서 그를 꺾을 수 있는 자는 손에 꼽을 정도일 텐데요."

"강호는 넓고 고수는 많지. 다만 대부분의 고수들이 자신을 세상에 드러내고 싶지 않아 할 뿐. 우리 천무문이나 지황문에도 은거하신 전대 고수분들이 여럿 있지 않은가?"

"그분들이 정말 실재하십니까?"

"허허, 그럼 그동안 그분들의 존재를 믿지 않았단 건가?"

"그야……."

"천무문과 지황문이 의천무맹 십대천문의 수장 자리를 지키는 것은 다 그분들의 존재 때문이라네. 그렇지 않았으면… 운중오문이 십대천문을 절대 인정하지 않았을 거야."

"운중오문에도 세상에 알려지지 않은 절대고수들이 별처럼 많다고 하지요?"

하종이 물었다.

"부인할 수 없는 사실이지. 그래서 십대천문은 늘 운중오문을 존중하면서도 한편으로는 경계의 시선을 지켜보고 있는 것일세, 사실 마련이 강성해지기는 했지만, 십대천문의 눈에 더 위협적인 곳은 운중오문이거든."

"그들에게 야심이 있다고 생각하십니까?"

하종이 물었다.

"인간 세상에서 검을 들고 살아가는 자 중 그 누가 야심이 없을까. 다만… 그들은 한 시대의 군림보다 무림에서의 영원한 군림을 택한 것뿐. 그러기 위해선 지금처럼 천외천의 존재로 속세의 다툼에서 멀어진 모습으로 살아가는 게 유리하지. 하지만 보이지 않은 곳에서 늘 세상의 일에 관여해 왔다네."

"지금 이곳에도 고수들을 보냈을까요?"

하종이 주변을 돌아보며 물었다.

서북쪽의 사막과, 북동쪽은 높은 산야 그리고 남쪽의 초원이 묘한 대비를 이루며 시야에 들어왔다.

"반드시 어딘가에 와 있겠지. 그리고 만약 우리 의천무맹이 패색이 짙어지면 마치 하늘에서 내려온 구원자처럼 우릴 도울 걸세.

그렇게 되면 한동안 의천무맹은 운중오문의 그늘에서 벗어나지 못하게 될 것이고……."

양계초가 씁쓸한 표정을 지으며 말했다.

그러자 하종이 잠시 생각에 잠겼다가 입을 열었다.

"천무문과 지황문의 기인들께서 나오실 수는 없을까요?"

"어려운 일이네. 그건 마치 세상에 자신들의 밑바닥을 모두 드러내는 일과 같은 걸세. 그런 일은 두 문파의 존폐가 달린 문제가 아니면 일어나지 않을 걸세. 운중오문의 도움을 받는 한이 있다고 해도 말일세."

양계초가 단호하게 말했다.

"마치… 천마궁의 천마가 움직이지 않은 것과 같은 이치군요. 그래서 마도의 무리들이 정사 대전에서 패해도 늘 이렇게 다시 재기하지요."

"비슷하다고 봐야지."

양계초가 고개를 끄덕였다.

"어려운 문제군요."

하종이 한숨을 쉬었다.

"일단 돌아가세. 돌아가서 시신을 수습할 사람들을 데리고 다시 오세."

"알겠습니다. 모두 황사평으로 돌아간다."

하종이 의천단의 고수들에게 명을 내렸다. 그러자 의천단의 고수들이 맹의 동료들 시신을 한곳에 모아둔 채 남쪽으로 말을 달리기 시작했다.

*　　　*　　　*

"이렇게 서전은 승리로 장식한 것인가?"

만계지마 중산이 가벼운 미소를 지으며 중얼거렸다,

그는 북쪽의 나지막한 언덕에 서서 양계초가 이끄는 의천단 고수들이 황사평으로 돌아가는 모습을 지켜보고 있었다.

"괜히 저들에게 경각심을 불러일으킨 것이 아닌지 걱정이 되는구려."

옆에서 검은 전포를 입은 자가 입을 열었다.

그자는 전포 위에 달린 두건으로 눈까지 가리고 있어 생김새를 알 수가 없었다. 등에는 세 자루 검이 매달려 있었는데, 그 길이가 서로 달라서 한 자루는 장검이고 또 다른 검은 중검, 그리고 나머지 한 자루는 팔뚝 길이의 단검이었다.

말을 하면서 눈을 가렸던 두건이 살짝 올라갔을 때 드러난 그의 동공은 눈동자가 거의 보이지 않아서 백안이라고 생각될 정도였다.

사람이 아닌 죽은 자를 보는 것 같은 느낌, 보는 것만으로 상대를 죽음의 공포에 빠뜨릴 눈을 가진 자였다.

"사기를 꺾는 것과 경각심을 일으키는 것은 결국 손의 앞뒤와 같은 문제요. 우리에게 중요한 것은 저들의 진격 속도를 늦추는 것이오."

만계지마 중산이 대답했다.

"서쪽 진법이 완성되기를 기다리시는 것이오?"

백안의 인물이 물었다.

"그렇소. 서쪽 진법이 완성되면 우린 아주 유리한 위치에 설 수 있소. 일단은 의천무맹의 요동 무림인들이 배후를 공격하는 것을 걱정하지 않아도 되고. 운이 좋으면 그들 모두를 제압할 수도 있으니 말이오. 그렇게 되면 이쪽의 싸움을 크게 벌일 필요도 없을 거요. 알아서 물러갈 테니."

만계지마 중산이 말했다.

"하지만 그건 삼룡협이 있는 요동 무림인들이 요하를 건너야 일어날 수 있는 일이 아니오?"

"반드시 건널 것이오. 모용가주는 야심이 있는 자니까. 지금이야 요동 방어가 급선무지만 정천일대가 신검산 근처까지 진격하면 그 역시 공을 다투기 위해서라도 반드시 요하를 건널 것이오."

"그래서 일부러 앞에 나가 적을 막지 않는 것이구려."

백안의 사내가 고개를 끄덕였다.

"앞으로 의천무맹은 한동안 이겨도 이기지 못한 것과 다름없는 싸움을 하게 될 것이오. 그리고 결국 나중에 알게 되겠지. 자신들의 뼈와 살이 깎여나가고 있다는 것을. 그때가 되면 혼비백산해서 남쪽으로 도주하게 될 것이오."

만계지마가 장담하듯 말했다.

그러자 백안의 사내가 입을 열었다.

"역시 마정궁주께서는 나와는 다르시구려. 나란 사람은 검을 뽑아 적을 베지 않으면 싸움에 이길 수 없다 생각하는데. 마정궁주께서는 단지 시간을 보내는 것으로도 이기는 싸움을 하실 수 있으니 말이오."

"내가 무인답지 않다고 생각하시오?"

만계지마 중산이 미소를 지으며 백안의 인물을 돌아봤다.

그러자 백안의 인물이 고개를 저었다.

"전혀 그렇지 않소. 사람은 각자 자신이 가진 가장 강한 무기로 적과 싸우는 법 아니겠소? 그게 내게는 세 자루 검인 것이고. 만계지마께서는 천하를 계산대로 움직일 수 있는 뛰어난 두뇌이신 것이고… 우리 마련에 마정궁주께서 계시는 것은 큰 복이지요."

"하하, 그렇게 말해 줘서 고맙소, 사실 어떤 사람들은 이런 날 비겁하다고 비난하기도 한다오."

"그런 자들은 세상의 이치를 모르는 소인배들이니 신경 쓰지 마시오."

백안의 사내가 단호하게 말했다.

"혈마께서 나와 동행해 주어 얼마나 고마운지 모르겠소. 혈마께서 오신 덕에 수많은 계책을 이 땅에 펼쳐 놓을 수 있게 되었구려."

천인혈마 공후, 마도의 위대한 살문 사혈문의 문주다. 삼십육마의 일인이었고, 지금은 마련십천마 중 한 명이다.

강호에서 그의 이름은 죽음과 동의어다. 그를 본 자는 반드시 죽기 때문이었다.

한동안 그는 세상에 모습을 드러내지 않았다. 사혈문의 행사는 대부분 사혈문의 천지인 세 등급의 살수 중 천급 살수들에 의해 실행되었다.

그런데 세상에서 한동안 사라졌던 천인혈마 공후가 만계지마를 찾아온 것이다. 그 덕분에 만계지마는 다른 마련십천마들과는 전혀 다른 수준의 도움을 받을 수 있게 되었다.

"이 싸움이 우리 마도에 얼마나 중요한지 알기 때문이오."

천인혈마 공후가 무거운 표정으로 대답했다.

"그래서 나도 책임감이 크오. 내가 시작한 싸움이니까."

만계지마 중산이 대답했다.

"만약 만계지마께서 이 싸움을 승리로 이끈다면… 만계지마께선 천마와 동등한 위치에 오르게 될 것이오."

"그런 욕심은 없소. 난 다만 오랫동안 지속될 마도의 땅을 가지고 싶은 것뿐이오. 춥고 외진 천산이 아닌 곳에 말이오."

중산이 담담하게 대답했다.

"만계지마께서 그리 생각하셔도 마도가 승리하면 만계지마께서는 위대한 마도의 지도자가 될 것이오. 그래서 한편으로는 걱정이 되기도 하오."

"무엇이 말이오?"

중산이 물었다.

"한 하늘에 태양이 둘일 수는 없듯 마도의 종주도 둘이 될 수는 없는 것 아니겠소?"

천인혈마가 냉정하게 말했다.

"…천마가 날 제거하려 할 거란 뜻이오?"

만계지마가 눈을 가늘게 하며 되물었다.

"만약 이 싸움에 승리한 후 그 승리의 영광과 과실을 천마에게 가져가지 않는다면. 그리고 싸움 끝에 마련의 터가 된 신검산이 천산을 대신해 마도의 새로운 본산으로 여겨진다면 그땐 천마가 찾아올 것이오. 그렇게 되면 만계지마께선 천마를 만날 준비를 하셔야 할 것이오. 혹, 마음속에 마도 종주가 되시겠다는 야망이 있으시다면 말이오."

천인혈마의 말에 만계지마 중산의 눈빛이 차갑게 굳어졌다.

그러다가 갑자기 웃음을 흘리며 대답했다.

"후후, 나 같은 일개 지략가 따위에게 그런 야심이 있을 리가 있겠소? 나중에 싸움이 끝나면 그가 오기 전에 내가 천산으로 금은보화를 싸 들고 찾아갈 것이오."

*　　　*　　　*

가끔 사람은 자신이 의도했던 것과 정반대의 결과와 맞닥뜨릴 때가 있다. 지금 시월이 그랬다.

시월과 검옹 천복이 요하 서쪽에 만들어지고 있는 만계지마의 거대한 진에 대해 이야기를 했을 때, 처음에는 모용세가주 모용황과 요동 정천대의 수장들은 크게 놀라 두려운 기색을 보였다.

그러나 시월과 검옹 천복이 그 진의 구성을 상세히 기록한 진법도를 건네는 순간 그들의 눈빛이 변했다. 두려움은 사라지고 야망의 빛이 그들의 얼굴에 들어찼던 것이다.

'실수했구나.'

한순간 시월은 자신들이 실수했다는 것을 깨닫고 자연스럽게 자신의 옆에 서 있는 검옹 천복을 바라봤다.

시월의 시선을 느낀 천복도 한숨을 쉬며 시월을 바라봤다. 그러고는 가볍게 고개를 저었다. 지금으로선 말려 봐야 소용이 없다는 뜻이다.

"진법도가 있는 이상은 두려워할 것이 없지 않습니까? 오히려 진의 약점을 찾아 공격하면 큰 승리를 거둘 수 있을 겁니다."

모용세가의 부가주 모용지가 투지를 드러내며 말했다. 그러자 검옹 천복이 소용없다는 것을 알면서도 입을 열었다.

"이건 완성된 진법도가 아니오. 또 우리가 진을 살피고 돌아갔다는 것을 알게 되었으니 저들이 진법을 바꿀 수도 있소. 그러니 이 진법도를 믿고 요하를 건너는 것은 너무 위험한 일이오."

"하지만 마련은 설마 두 분께서 진법도까지 그려오셨을 줄을 모를 겁니다."

모용지가 말했다. 그의 마음은 이미 요하를 훌쩍 넘어가 있었다.

그래도 그나마 다행인 것은 이가검문의 사람들은 결코 검옹 천복의 말을 무시하지 않을 것이었다.

"검옹께서도 그렇게 거대하고 무서운 진을 본 적이 없다고 말씀하셨으니, 요하를 건너 적을 공격하는 것은 신중해야 할 것 같습니다만……."

이장룡이 모용세가주 모용황에게 말했다.

"그래서 검문에서는 요하를 건너는 것에 반대하시는 것이오?"

모용황이 신중하게 물었다. 이가검문이 반대하면 모용황도 요동 정천대의 진격을 결정하기 쉽지 않기 때문이었다.

"반대한다기보다 서쪽의 전황을 좀 더 보고 나서 결정하는 것이 좋을 것 같다는 뜻입니다. 그리고 설혹 요하를 건넌다고 해도 진을 깨뜨리는 것보다는 우회하는 편이 나을 것 같고 말입니다. 진을 깨뜨리자면 이 진이 무슨 진인지 확실히 알아야 하는데 저는 이런 진법은 처음 보는지라……."

이장룡이 신중한 태도로 대답했다.

그러자 모용황이 고개를 끄덕였다.

"일리가 있는 말씀이오. 진법도를 손에 넣었다고 흥분해서 무턱대고 요하를 건너지는 않겠소. 다만, 상황에 따라서는 언제든 요하를 건너야 하니 그에 대한 준비는 해 둡시다. 난 이 진법도를 좀 연구해 봐야겠소."

모용황의 말에 이장룡이 자리에서 일어나 모용황에게 포권을 했다.

"가주께서 이렇게 신중하게 요동 정천대를 이끌어주시니 마음이 든든합니다. 모용세가는 대대로 진법에 통달하신 분들을 많이 배출하셨으니 가주께서도 반드시 만계지마의 이 사특한 진법의 파훼법을 알아내실 겁니다."

"고맙소이다. 잠을 줄여가면서 최선을 다해보리다."

모용황이 굳은 결심을 하며 대답했다.

"자, 그럼 우린 모용가주께 시간을 드립시다."

이장룡이 중앙 막사에 모인 고수들을 둘러보며 말했다. 그러자 요동 정천대 수뇌들이 서둘러 중앙 막사를 벗어났다.

*　　　*　　　*

"어찌 보십니까? 모용가주가 그 진법의 파훼법을 찾아내겠습니까?"

중앙 막사를 떠난 이장룡이 검옹 천복에게 물었다. 그러자 검옹 천복이 즉시 고개를 저었다.

"내가 보기엔 어려울 것 같네."

"…어째서 그렇게 확신하십니까?"

"아직 완성되지도 않은 진의 실체를 어떻게 파악해서 파훼법을 찾는단 말인가. 더군다나 그 진은 만계지마가 이번 싸움을 위해 특별히 만들어낸 진인데. 그래서 역시 내 생각도 자네 생각처럼 진을 파훼하는 것보다는 우회하는 방법을 연구하는 게 더 효과적이라는 쪽이네."

"그런데 왜 그 말씀을 강하게 하지 않으신 겁니까?"

이장룡이 의아한 표정으로 물었다.

반대 의견을 내기는 했지만, 검옹 천복은 모용황이 요하를 건너 마련 진영을 공격하거나, 진의 파훼법을 찾는 일이 불가능하다고 말하지는 않았었다.

"말한다고 들을 사람들이 아니니까."

"…모용가주가 그렇게 독선적인 사람은 아닌 것 같습니다만……."

이장룡이 조심스럽게 물었다.

"그렇긴 해도 모용가주로서의 자부심은 대단하지. 모용가의 가주는 대대로 진법에 대한 대단한 자부심을 가지고 있지 않은가. 그래서 굳이 만류하지 않은 걸세. 하지만 연구를 하다 보면 그 자신도 알게 되겠지. 완성되지 않은 진의 파훼법을 찾는 것이 쉽지 않다는 것을."

검옹 천복이 담담하게 말했다.

"스스로 깨닫게 하려는 것이었군요. 그럼 결국 우회로를 찾게 되겠군요."

"그렇게 되길 바라네. 물론 그렇다고 해도 걱정이지만."

검옹 천복이 그늘진 표정으로 말했다.

"만계지마가 그에 대한 방비를 했을 거라 보십니까?"

"당연한 일 아닌가? 병법의 기초지. 하지만 그것보다 더 걱정인 것이 있네."

"또 위험한 것이 있습니까?"

이장룡이 눈을 크게 뜨며 물었다.

"천마후… 왜 그녀를 자꾸 이 싸움에서 배제하는지 모르겠네. 사실 그녀의 존재는 만계지마의 절진만큼이나 위험한데 말이야."

검옹 천복이 혀를 차듯 말했다.

"그야 당연히……."

이장룡이 묵묵히 뒤를 따르고 있는 시월을 돌아봤다.

"왜 그러십니까?"

시월이 갑자기 뒤를 돌아 자신을 바라보는 이장룡의 시선을 느끼고 급히 물었다.

"시월에게 또다시 그녀를 상대하게 할 생각은 마시게."

이장룡이 말을 하기도 전에 검옹 천복이 말했다.

"누구를요?"

시월이 되물었다. 아마도 시월은 다른 생각을 하느라 검옹 천복과 이장룡이 앞서가며 나눈 이야기를 귀담아듣지 못한 것 같았다.

"천마후 말이다. 요동 정천대가 요하를 건너면 그녀가 개입할 거라고 검옹께서 말씀하셔서……."

이장룡이 시월의 질문에 대답했다.

"그런다고 했으니 오겠죠. 그리고… 무척 위험할 겁니다."

시월도 검옹 천복과 같은 걱정을 했다.

"검옹께서는 시월 자네가 그녀를 다시 상대하는 것에 반대하시네."

"…어르신께서 싸우시고 싶으시니까요."

시월이 가볍게 미소를 지었다.

"아! 그런 뜻이셨습니까?"

이장룡이 예상 밖의 대답에 검옹 천복을 돌아보며 물었다.

"아닐세. 물론 언젠가 무인 대 무인으로서 그녀와 겨뤄보고 싶기는 하네. 하지만 앞서 내가 한 말은 그런 의미가 아니야. 그녀는 이미 시월의 검법을 보았네. 그건 다시 싸운다면 그에 대한 대비를 했을 거란 뜻이지. 물론 시월 역시 마찬가지겠지만, 너무 위험한 싸움이 될 걸세. 더군다나 난전 중에 부딪힌다면 그건… 생사결이지. 지난번처럼 적당한 때에 물러나는 일은 없을 거란 뜻이네."

"그렇군요."

이장룡이 고개를 끄덕였다. 그로서도 시월에게 요동 정천대를 위해 목숨을 걸고 천마후와 싸우라고 말할 수는 없었다.

그러자 시월이 물었다.

"결국 모용가주께서 요하를 건널 거란 거군요."

"음… 서쪽에서 싸움이 본격화되면 모용세가도 십대천문의 일문으로서 안방만 지키고 있기 힘들겠지."

이장룡이 대답했다.

"어쩔 수 없는 일이죠. 싸움이 시작되면 전 이가검문의 문도들을 지키는 일에 집중하겠습니다. 앞에 나서서 싸우는 일은 제 몫이 아닌 것 같으니까요."

시월이 싸움의 전면에 나서지 않겠다는 뜻을 분명히 했다. 그가 삼룡협에 온 목적이 이가검문의 문도들을 지키기 위함이기 때문이었다.

"나 역시 마찬가지네. 그러니 이가검문이 싸움의 선봉에 나설 생각은 마시게."

검옹 천복도 이장룡에게 주의를 줬다. 그러자 이장룡이 아쉬운 표정을 지으면서도 순순히 수긍했다.

"알겠습니다. 본문의 형제들은 앞에 나가 싸우길 원할 테지만 그 일은 제가 막겠습니다."

"잘 생각했네."

검옹 천복이 그제야 안심이 된다는 듯 고개를 끄덕였다.

* * *

검은색 꽃잎이 흐린 하늘에서 눈처럼 날렸다. 그렇게 흩날리던 꽃잎들은 어느 순간 갑자기 무서운 속도로 사방으로 흩어졌다.

파파팟!

"악!"

"크억!"

허공에 떠오른 검은색 꽃잎에 격중된 정천대 무인들이 비명을 지르며 맥없이 쓰러졌다.

그러자 흑화수 금사가 허공으로 치솟더니 쓰러지는 정천일대 무인들 속으로 날아들었다.

"악!"

"피, 피햇!"

흑화수 금사의 장법은 아름답지만 처절했다. 그녀의 걸음이 향하는 곳에선 검은색 꽃들이 피어났고, 그럴 때마다 어김없이 정천일대의 무인들이 쓰러졌다.

그녀 한 명의 존재로 인해 파죽지세로 진격하던 정천일대 무인들이 걸음을 멈췄다. 그리고 오히려 뒤로 물러나기 시작했다.

그러자 전의를 회복한 마련의 마인들이 물러나는 정천일대의 무인들을 공격하기 시작했다.

그렇게 한순간에 전세가 역전되자 정천일대의 무인들 뒤쪽에서 사자후가 터져 나왔다.

"요녀(妖女)! 그 사악한 손을 멈춰라!"

사자후와 함께 일단의 무림인들이 물러나는 정천일대 무인들을 헤치며 흑화수 금사를 향해 질주해왔다.

흑화수 금사가 손을 멈추고 자신을 향해 달려오는 자들을 주시했다.

"저희가 상대하겠습니다."

언제나 흑화수 금사의 곁을 지키는 네 명의 나찰녀들이 적을 향해 달려 나가려 했다.

그러자 흑화수 금사가 급히 나찰녀들을 불러 세웠다.

"멈춰. 싸울 필요 없다!"

"……?"

"물러난다."

"흑화수님?"

물러난다는 말에 나찰녀들이 이해할 수 없다는 듯 흑화수를 바라봤다.

전세를 뒤집은 지 채 일각이 되지 않았다. 밀어붙이면 황사평을 넘어 북쪽 산지로 깊이 들어온 정천일대의 선봉대를 황사평까지 다시 물러나게 만들 수 있었다.

그런데 흑화수 금사는 겨우 십여 명의 적이 새롭게 등장했다는 이유로 후퇴를 결정한 것이다. 흑화수 금사의 심복이지만 나찰녀들로서는 이해할 수 없는 결정이었다.

그러나 흑화수는 냉정했다.

"퇴각 명령을 내려."

"…만계지마께서 나중에라도 문제 삼지 않으실까요?"

네 명의 나찰녀 중 우두머리인 '귀'라 불리는 여인이 급히 물었다.

"이미 이야기가 된 것이다. 그리고! 내가 그의 수하가 아닌데 트집잡힐 일이 뭐가 있느냐? 싸우길 원한다면 그 자신이 나와서 싸워야지. 나에게 싸움을 강요할 수는 없다. 그러니 이제 돌아간다!"

더 이상 지체하지 않겠다는 듯 흑화수 금사가 몸을 날렸다. 그러자 나찰녀들도 어쩔 수 없이 흑화수 금사를 따라 몸을 날리며 급히 마련의 마인들에게 퇴각 신호를 보냈다.

삐이익!

날카로운 퇴각 신호음이 혈전이 벌어졌던 계곡 곳곳으로 퍼져나갔다.

그러자 곳곳에서 정천대와 싸우던 마인들이 썰물처럼 계곡 반대편으로 도주하기 시작했다.

마인들이 도주를 시작했지만 정천대 무인들은 쉽게 그들을 추격하지 못했다. 유리한 전세에서 갑자기 퇴각하는 마련 마인들의 저의가 의심스러웠기 때문이었다.

그사이 흑화수 금사를 목표로 달려왔던 십여 명의 무인들은 흑화수 금사와 사대나찰녀들이 있던 곳에 도착했다.

월문주 백문보와 그를 돕고 있는 운중오문의 호천밀사들이었다.

"도주라… 예상치 못한 행동이군."

걸음을 멈춘 백문보가 당황스러운 표정으로 중얼거렸다.

"그러게 말이외다. 흑화수 금사가 도주라니……."

곁에서 호천밀사들의 우두머리 격인 곡천이 대답했다.

"이쯤에서 진격을 멈추고 본대를 기다립시다. 더 들어가는 것은 위험할 것 같소. 만계지마는 간교한 자이고, 흑화수 금사는 싸움이 두려워 물러날 여인이 아니니 반드시 함정이 있을 것이오. 더 이상의 전진은 위험한 것 같소."

백문보가 흑화수 금사가 물러난 방향을 보며 말했다.

"알겠소이다. 문주님의 말대로 더 무리할 필요는 없는 것 같소. 이 정도로도 월문은 충분한 공을 세웠으니."

호천밀사 곡천이 담담하게 대답했다.

*　　　　　*　　　　　*

두두두!

일군의 무리가 백문보가 기다리고 있는 협곡으로 달려왔다.

그들을 따르는 무인들의 숫자가 근 일백에 이른다. 협곡에 도착한 무인들은 곧바로 말머리를 백문보가 있는 곳으로 돌렸다.

"백문주! 수고하셨소!"

무인들을 이끌고 달려온 노년의 고수가 말 위에서 백문보의 활약을 치하했다.

그러자 백문보가 덤덤하게 대답했다.

"어차피 월문으로 인해 시작된 싸움인데 당연히 앞장서 싸워야지 않겠소이까. 나와 월문의 형제들은 신검산을 찾을 때까지는 항상 앞에서 싸울 것이오."

"음… 그래도 앞으로는 싸움이 더 위험해질 텐데 선봉에 서는 일은 조심하셔야지 않겠소?"

"내가 몸을 사릴 처지는 아니지 않소. 아무튼, 이제 황사평의 안전은 확실하게 확보했지만 앞으로 이런 산지가 계속될 텐데 신검산까지 가려면 적지 않은 곤란을 겪어야 할 것이오. 만계지마가 전면전을 회피하고 기습 공격을 할 테니 말이오."

백문보가 걱정스러운 표정으로 흑화수 금사가 물러난 계곡 반대편과 그 뒤로 켜켜이 보이는 크고 작은 산봉우리들을 보며 말했다.

"사실 예상 밖이오. 난 만계지마가 황사평으로 마련의 전력을 몰고 와 일전을 결할 거라 생각했는데……."

말 위의 노인이 눈을 가늘게 뜨며 말했다.

그러자 그의 옆에서 금의의 전포를 입은 다른 노인이 말했다.

"애초에 만계지마가 정면 대결을 즐기는 자는 아니지 않소? 간계와 모략으로 싸움을 하는 자이니 아마도 지형을 이용해서 이런 식의 기습과 도주를 반복할 것이오."

"물론 지황문주의 말씀도 맞소. 하지만 그라고 언제까지 이렇게 산발적인 기습만 하지는 않을 것이오. 그럴 거라면 우리 정천일대가 장성을 넘는 순간 신검산을 버리고 더 북쪽으로 물러나 전력을 보존했을 것이오."

노인이 지황문주라 부른 금포의 노인을 보며 말했다.

그러자 지황문주라 불린 노인이 고개를 끄덕였다.

“그렇긴 하구려. 그럼 언젠가는 대대적인 반격을 할 거란 말인데. 천무문주께선 그자가 어디를 그 장소로 택할 것 같소?”

지황문주가 맞은편 노인을 보며 물었다.

그 노인은 현 의천무맹의 실질적인 우두머리라고 평가받는 천무문주 천무객 양무강이었다.

삼십육마의 난 당시 주도적으로 마인 추살에 나선 양무강은 그 난이 종식된 이후 의천무맹에서 누구도 넘볼 수 없는 권위를 인정받고 있었다.

세력으로 보자면 지황문 역시 천무문에 못지않아 두 문파가 의천무맹 십대천문의 양대 산맥으로 불리기는 하지만, 개인적인 명성에서는 천무문주 양무강이 지황문주 도제 목용보다 몇 걸음 앞에 있었다.

“글쎄올시다. 나는 이곳 지형에 익숙지 못하니 역시 그 예측은 월문주께 부탁드려야 할 것 같소이다만…….”

천무문주 양무강이 백문보를 보며 말했다.

그러자 백문보가 고개를 저으며 말했다.

“몇 곳 생각나는 곳이 있지만, 나의 예측은 오히려 정천대를 더 위험하게 만들 수 있소. 내가 경험한 만계지마는 보통 사람들의 상식을 뒤엎는 계책을 세우는 자이니 말이오.”

“흠, 그럼 곤란하구려. 무턱대고 신검산으로 전진하기는 어려운 일인데.”

지황문주 도제 목용이 눈살을 찌푸렸다. 이런 소모전을 거치며 조금씩 전진하다가, 대대적인 반격에 맞닥뜨리면 속절없이 패할 수도 있었다.

"결국 전진할 때마다 척후를 멀리까지 운용해 하나하나 돌다리 두드리듯 확인하고 전진하는 것이 최선일 것이오. 그것이 시간은 늦어져도 확실한 승리를 취하는 정법인 듯하오."

천무문주가 말했다.

그러자 월문주 백문보가 걱정스러운 표정으로 말했다.

"걱정되는 것은 보급이오. 정천삼대의 보급은 장성까지는 안정적이지만, 장성을 넘은 이후로는 황사평까지의 보급로가 길고, 또 황사평에서 앞선 전장까지 보급로는 이런 산과 계곡을 지나야 하기에 결코 쉽지 않은 길일 것이오. 이 북방은 보급로를 길게 가져가기에는 너무 위험한 땅이오."

"듣고 보니 그렇구려. 보급 걱정이 없으려면 싸움을 단기간에 끝내야 하는데……."

하나하나 적의 유무를 확인하고 전진하는 것이 상책이기는 하나 보급의 문제를 걱정하지 않을 수 없는 정천대였다.

그러자 백문보가 다시 조심스럽게 입을 열었다.

"내게 한 가지 방책이 있기는 하오만……."

"말씀해 보시오."

천무문주가 백문보의 말을 재촉했다.

"그게… 꽤 위험한 방법이어서 말하기가 어렵소이다."

"그래도 들어나 봅시다."

지황문주도 백문보를 재촉했다.

"알겠소이다. 내 생각에는 아무래도 적이 생각지 못한 길을 따라 이동해 놈들이 예상치 못한 장소와 시각에 신검산을 기습하는 것이 좋을 것 같소."

"적이 생각지 못하는 길이라… 그런 길이 있소?"

천무문주가 물었다.

"뛰어난 고수들을 추려 사막으로 들어가 홍안령 서북쪽까지 이동한 후 북쪽에서 홍안령 서쪽 경계를 타고 신검산으로 이동하는 것이오."

"…그게 가능하겠소? 너무 먼 거리 아니오? 그리고 그렇게 이동을 할 수 있는 길이 있기는 한 거요?"

지황문주가 회의적인 표정으로 물었다.

"길은 확실히 있소. 다만 걱정인 것은 만약의 경우 만계지마가 이 사실을 알 경우 별동대가 북방에 고립될 수 있다는 것이오. 그 위험만 감수한다면… 열흘 정도면 신검산 북쪽에 닿을 수 있소."

"…성사만 되면 좋은 계책인데. 어떻게 만계지마의 눈을 속일 수 있을지 모르겠구려. 최소한 일백 명 이상의 고수들이 이동해야 하는데……."

천무문주도 회의적인 표정을 지었다.

그러자 백문보가 말했다.

"새로운 전선을 만들면 도움이 될 듯하오."

"새로운 전선이라니 무슨 말이오?"

"요동의 정천대 별동대가 요하를 건너고, 정천이대도 장성을 넘도록 북상시킬 뿐 아니라, 금가장이 이끄는 정천삼대도 전선을 타고 요하 하구를 통해 요서로 들어오게 하는 것이오. 그럼 만계지마는 우리 의천무맹이 총력전을 펼친다고 생각해서 북쪽의 사막과 산지에 신경 쓸 여력이 없을 것이오."

"…흠, 성동격서라……."

천무문주 양무강이 고개를 끄덕였다.

"나쁘지 않은 것 같소."

지황문주 도제 목용은 더 반색한 얼굴이다. 백문보의 계책대로 된다면 싸움을 순식간에 끝낼 수 있기 때문이었다.

일단 신검산을 장악하면 마련이 북방에서 의지할 거점이 사라진다. 그렇게 되면 그들은 또다시 예전처럼 뿔뿔이 흩어져 더 먼 변방으로 도주할 수밖에 없을 것이다.

"하지만 문제가 있소."

천무문주 양무강이 무겁게 입을 열었다.

"어떤 걱정거리가 있소이까?"

자신이 생각하기에는 무척 좋은 계책이라 지황문주 목용이 의아한 표정으로 반문했다.

"첫째는 과연 요동의 정천대가 요하를 건널 것인가 이고, 둘째는 본래 정천이대와 삼대는 각기 맡은 일이 다르다는 것이오. 그런데 이제 와서 우리의 요구대로 북방으로 전진할지 그걸 알 수가 없구려."

"이 싸움은 각 문파의 싸움이 아니라 의천무맹 전체가 함께하는 싸움이오. 그런데 그들이 후방에만 있겠다는 것은 처음부터 말이 되지 않은 것이었소. 당연히 그들도 위험을 감수해야 할 것이오."

"하지만 애초에 장성을 넘어 마련을 공격하는 일을 정천일대가 맡게 된 것은 우리가 먼저 제안했기 때문이 아니오?"

천무문주가 지황문주를 보며 말했다.

"그야 그렇지만……."

"이제 와서 상황이 녹록지 않다고 그들의 참전을 요구하는 것은 염치가 없는 일이오. 그래서 그들에게 참전을 요구하려면 정중하게 부탁해야만 할 것이오. 또한 마련을 패퇴시킨 후의 논공행상에서도 먼저 장성을 넘은 우리 세 문파의 전공을 앞세울 수 없을 것이오. 그래도 이 계책을 쓰겠소?"

천무문주가 지황문주과 백문보를 번갈아 보며 물었다.

그러자 지황문주가 망설이는 듯한 표정을 지었다. 그러나 백문보는 전혀 망설임이 없었다.

"이 싸움의 가장 큰 전리품은 마련의 붕괴요. 그 외 사소한 전공을 나누는 것이야 솔직히 관심이 없소이다."

백문보가 말했다. 그로서는 신검산을 되찾는 것, 그 이상의 것에는 욕심낼 처지가 아니었던 것이다.

그러자 지황문주도 결국 수긍했다.

"뭐… 이 황량한 땅에서 전리품이 나와야 얼마나 나오겠소. 또 천무문과 지황문은 이미 의천무맹 십대천문 양대 거두로서 그 명예가 높은데 더 무엇을 바라겠소이까. 싸움을 빨리 끝낼 수 있다면 아까울 게 없소."

지황문주가 시원하게 말하자 천무문주가 고개를 끄덕였다.

"좋소. 그럼 각 문파에 전서를 보내겠소. 모두 준비가 필요하니 이달 보름을 기점으로 동시에 움직이는 것으로 합시다. 그사이 우린 사막을 횡단할 기습대를 준비하고 말이오."

"알겠소이다. 한번 해봅시다."

지황문주가 고개를 끄덕였다.

그러자 백문보가 상기된 얼굴로 두 사람을 보며 말했다.

"어려운 결정을 해주시어 고맙소. 사막을 넘어 북방으로 가는 길에는 이 백문보가 앞장을 서겠소이다!"

*　　　*　　　*

한 달여 전부터 삼룡협에는 요동 무림의 내로라하는 고수들이 모여들어 정천대 요동 별동대를 구성했다.

요동 정천대를 이끄는 사람은 모용세가의 가주 모용황, 그는 정천일대가 장성을 넘어 마련의 세력과 충돌하기 시작한 이후 줄곧 전서구를 통해 전해오는 서쪽 전장의 소식에 관심을 기울이고 있었다.

전서구가 전해오는 전황은 크게 나쁘지 않았다.

장성을 넘은 정천일대는 순조롭게 북방의 요충지인 황사평에 일차 본영을 구축했고, 일군의 고수들을 내보내 계속해서 신검산을 향해 진격로를 열고 있었다.

그에 따라 요동 정천대도 요하를 넘어 마련에 대한 공격을 감행해야 하는 것이 아닌가 고민하던 모용황에게 그 고민을 덜어줄 수 있는 전서구가 도착했다.

"애초에 논의된 것과는 다른 방향이군요."

이장룡이 근심스러운 표정으로 말했다.

"싸움의 전략이야 상황에 따라 언제든 변할 수 있는 것이 아니겠소. 일단 삼면에서 마련을 공격하는 쪽으로 전략이 바뀌었다면 우리도 요하를 건너지 않을 수 없소."

모용황이 단호하게 말했다.

사실 그로서도 이미 얼마 전부터 요하를 건너 마련의 무리를 공격할 마음을 먹고 있었지만, 이가검문과 일부 무인들이 요하를 건너는 것을 꺼려 독단적인 행동을 하지 못하고 있던 터였다.

그런 그에게 정천일대의 수장들인 천무문주와 지황문주의 전서는 요하를 건널 명분을 만들어 준 선물과도 같은 것이었다.

"맹의 결정이 그렇다면 따라야겠지만… 걱정이 되는 것도 사실입니다. 아시다시피 요하 건너편에는 거대한 진법이 펼쳐져 있고, 우린 아직 그 진의 파훼법을 알아내지 못했으니 말입니다."

이장룡이 정색한 얼굴로 말했다.

"진법을 완전히 파악한 것은 아니지만, 그래도 어느 정도 그 원리는 알아냈으니 큰 위험은 없을 것이오."

모용황이 설득하듯 말했다.

그러자 이장룡이 고개를 끄덕였다.

"알겠습니다. 요동 정천대의 수장은 가주시니 결정에 따르도록 하겠습니다. 다만 전 요하를 건너더라도 진을 우회하는 것이 좋을 것 같습니다만……."

그러자 모용황이 살짝 아미를 좁혔다. 그로서는 십대천문 전부가 마련과의 싸움에 나선 이상, 다른 문파에게 전공을 빼앗기고 싶은 생각이 없었다.

그런데 마련이 펼친 진을 우회하여 진격하게 된다면 신검산으로 향하는 시간이 지나치게 길어질 수 있었다. 어쩌면 그사이에 전쟁이 끝날 수도 있었다.

그럼 모용세가는 이 전쟁을 통해 얻는 것이 아무것도 없게 되는 것이다.

"이 노사께서 걱정하시는 바가 무엇인지 모르지 않소. 하지만 그래서는 제대로 싸울 시간이 없을 것이오. 그러니 일단 이 진법도에 의지해 적의 진을 돌파해 봅시다. 선봉은 우리 모용가에서 서겠소!"

모용황이 부탁하듯 말했다.

이장룡은 모용황이 부탁하듯 말하지만 사실은 자신의 결정을 통보하는 것이라는 것을 모르지 않았다.

그리고 그가 요동 정천대의 수장인 이상 그의 의견을 끝까지 반대할 수도 없었다. 더군다나 모용세가의 무인들이 선봉에 선다면 반대할 명분도 없었다.

"알겠습니다. 가주께서 그리 결정하셨다면 이가검문도 성심껏 돕도록 하겠습니다."

결국 이장룡은 모용황의 결정을 수락했다.

제 4장

혼돈(混沌)의 땅

톡톡!

만계지마 중산이 턱을 괸 채 한 손으로 서탁을 두드렸다. 서쪽으로 황야와 협곡들이 어우러진 거대한 땅이 보이는 곳에 세워진 막사에서, 그는 출입구를 열어놓고 깊은 생각에 잠겨 있었다.

그의 앞에 오랜 심복인 마정사 오라가 그의 지시를 이각 넘게 기다리고 있었다.

본래 그의 주군인 만계지마 중산은 어떤 일이든 망설임 없이 결정을 내리는데, 오늘만큼은 그의 고민이 깊어지고 있었다.

그런데 그때 갑자기 한 명의 무인이 급히 만계지마 중산의 막사 앞으로 달려왔다.

"궁주님!"

"무슨 일이냐?"

고민에 빠진 만계지마 중산 대신 수하 오라가 날카롭게 물었다. 별 볼 일 없는 일이라면 감히 만계지마의 주변을 소란케 한 죄를 물을 기세였다.

"요하 하구에 나가 있던 자에게서 보고가 왔습니다. 정천삼대를 이루는 항주 금가장과 창해문 그리고 개방의 무리들이 수십 척의 배를 몰고 요하 하구로 북상했다고 합니다."

"정천삼대가? 확실한 것이냐?"

"그렇습니다."

오라가 다시 한번 보고 내용을 확인한 후 놀란 시선으로 만계지마를 바라봤다.

그러자 만계지마가 고민을 끝내고 자리를 털고 일어났다.

"전면전을 선택했군."

"처음의 예상과 너무 다른 전략입니다."

오라가 의구심을 품은 얼굴로 말했다.

"싸움이 길어지는 것에 불안감을 느낀 거지. 그래서 다른 전략을 선택할 수밖에 없었을 것이다. 적지에서의 장기전은 누구나 꺼리는 법이니까."

"사방에서 놈들이 밀고 들어오면 모두 막아내기가……."

"조금 뜻밖이긴 해. 난 기껏해야 요동의 무리가 요하를 넘어오는 정도일 거라고 생각했거든. 의천무맹 내 권력다툼이 치열해서 삼대로 나뉜 정천대가 각자의 역할을 넘어서는 행동을 하지 않을 거라 생각했는데 말이야."

"어찌 대응해야 할까요?"

오라가 물었다.

"나쁜 것은 아니야. 애초에 놈들을 신검산 인근 깊숙한 곳까지 끌어들여 결딴낼 생각이었으니까. 정천이대와 삼대가 온다 해도 그 계획에는 변함이 없다. 사방에서 몰려오는 적을 막으려고 전력을 분산하는 것은 어리석은 일이지."

만계지마 중산이 중얼거렸다.

"하지만 삼대의 정천대가 한곳에 모이면 본련과의 전력 차이가 너무 크지 않습니까?"

오라가 반문했다.

"그건 표면적인 생각일 뿐이다. 우리 마련은 모든 전력이 이 땅에 있고, 저들은 비록 정천삼대 모두 몰려온다 해도 각 파에서 차출한 일부의 무인일 뿐이다. 의천무맹에 속한 모든 무인이 몰려오면 몰라도 지금 마련의 전력이 정천대에 밀리는 것은 절대 아니다. 다만……."

"다른 변수가 있습니까?"

오라가 걱정스러운 표정으로 물었다.

"그들이 갑자기 전면전으로 전략을 바꾼 것이 꼭 이 싸움이 길어지기 때문일까 하는 생각은 드는군."

"…그자들이 다른 계책이 있는 걸까요?"

"어쩌면… 이 일은 조금 더 생각을 해봐야겠다. 일단 각처에 나가 있는 마련의 형제들을 모두 와호산으로 부른다. 단, 장성을 넘은 정파 놈들을 유인하면서 후퇴하라 전하라!"

"알겠습니다. 그런데 요하 서변에 구축한 진에 있는 본 궁의 형제들도 부를까요?"

"그럴 수 없지. 그건 모용세가와 이가검문을 잡기 위한 가장 단단한 그물인데. 그 두 문파를 제거해야 이 북방이 온전히 마련의 것이 될 수 있다. 그리고 그 두 문파가 나의 귀진에 걸려 몰살당하면 그때는 정천대도 기세가 꺾여 스스로 물러나게 될 것이다."

"알겠습니다."

오라가 대답을 한 후 재빨리 막사를 벗어났다.

그러자 만계지마 중산이 잠시 생각에 잠겼다가 고개를 갸웃하며 중얼거렸다.

"부르면 올까? 지금이야말로 천마후가 필요한 때인데… 참, 마음대로 쓰기 힘든 칼이니……."

*　　　*　　　*

"도하!"

강변을 따라 도하 하라는 명이 길게 이어졌다.

그러자 정천일대 요동 별동대의 무인들이 급히 구한 배와 급조한 뗏목에 올라 요하를 건너기 시작했다.

수백 명의 무인들이 일시에 요하를 건너는 장면은 멀리서 보기에도 일대 장관이었다.

"결국 가는군요."

시월이 씁쓸한 표정으로 입을 열었다.

"그러게 말이다. 그러고 보면 무림이란 곳은 참 사람 목숨을 아까워하지 않아. 저 강을 건너는 순간 수많은 사람이 죽을 거라는 걸 알 텐데."

검옹 천복도 탄식하듯 대답했다.

"천무문과 지황문이 모든 정천대를 장성 이북으로 불렀다고 하더군요. 화록산 회합의 결과에 반하는 결정임에도 불구하고 다른 문파들이 천무문주와 지황문주의 결정에 순순히 따르는 것을 보면 역시 그 두 문파가 의천무맹의 우두머리임이 확실한 것 같아요."

"물론 두 문파의 비중이 대단하기는 하지만 꼭 그래서만은 아닐 거다. 오히려 다른 문파들은 이런 결정을 은근히 기다리고 있을지도 모르지. 마련을 상대로 전공을 올릴 기회 말이다."

"그런 걸까요?"

"당장 이곳 요동 무림인들만 해도 이미 요하를 건널 생각들을 하고 있지 않느냐."

"그건 그렇군요."

시월이 고개를 끄덕였다.

"벌어진 일은 어쩔 수 없고. 다만 사람들이 적게 죽기를 바랄 뿐이다. 특히 이가검문의 식구들이."

검옹 천복이 요동 정천대의 가장 후방에 서 있는 이가검문의 문도들을 보며 말했다.

"전 그녀가 걱정입니다."

"천마후?"

"예."

"흠… 하긴 요하를 건너지 말라는 경고를 어긴 것이니. 그녀가 나타날 수는 있겠다. 하지만 그녀라 해도 쉽게 움직이지는 못할 거야. 우리의 존재를 무시할 수 없을 테니."

"이번에도 그녀를 막는 것은 어르신과 제 몫입니까?"

시월이 검옹 천복에게 물었다.

"그렇다고 봐야지. 그녀가 우리와의 충돌을 회피한다면 모를까……."

"그렇군요."

시월이 무겁게 대답했다.

"왜? 자신이 없느냐?"

"자신이 없다기보다 왠지 그녀와 이런 싸움은 하기 싫어서요. 그녀는 다른 마련의 인물들과 좀 달랐거든요."

"어떻게?"

"정사를 떠나 그저 무공 수련에 몰두해 온 수련자 같았어요. 이런 식의 난전에 뛰어들기에는……."

"그래도 어쨌든 마련의 구성원이니 싸움에 나설 가능성은 충분하지."

"그렇겠죠."

시월이 가볍게 한숨을 쉬었다.

"흠… 문제구나. 싸울 상대에 대해 적의가 없다는 것은 무인에게 좋지 않은 일인데……."

"그녀라고 적의가 있지는 않을 겁니다."

"그런가? 그럼 결국 동등한 상황이고, 싸움도 흐지부지될 수 있겠구나."

"그럼 다행이죠. 서로의 발을 잡아두는 정도에서 끝나면."

"나도 조심해야겠군. 괜히 살기를 드러내 천마후를 자극할 필요는 없을 테니까."

"싸우고 싶으시면 그렇게 하세요. 기대하고 계셨잖아요."

시월이 자신은 상관없다는 듯 말했다.

"그렇긴 한데. 네 말을 듣고 보니 괜히 긁어 부스럼을 만들 필요가 없을 것 같아서. 아무튼 우리도 가자."

검옹 천복이 걸음을 옮기며 말했다.

그러자 시월이 도하가 거의 끝나가는 요동 무림인들을 바라보고는 고개를 저으며 걸음을 옮겼다.

*　　　　*　　　　*

쿵! 쿵!

안개 자욱한 산 너머 계곡에서 묵직한 파괴음이 들렸다.

그러자 잠시 자욱한 안개가 흔들리며 조금 열어졌다가, 다시금 산허리가 안개에 휘감겼다.

모용황은 시월이 그려온 진법도에 의지해 그의 호언대로 만계지마가 수십 리에 걸쳐 펼쳐 놓은 진 속으로 과감하게 진격해 들어갔다.

그리고 기다렸다는 듯이 만계지마의 귀진이 요동 무림인들을 집어삼켰다.

만계지마의 진법은 그동안 여러 차례 강호인들을 곤란하게 만들었었다.

오래전 청림에서도 그렇고, 북왕산 천보밀동의 소동에서도 무림인들은 한동안 만계지마의 진법에 걸려 고생했었다.

그럼에도 불구하고 모용황은 진법도를 가지고 있다는 자신감으로 스스로 만계지마의 진 속으로 뛰어들었고, 지금 하나하나 그 진들을 파괴하면서 앞으로 전진하고 있었다.

가끔 진 속에서 비명이 들리기도 했다.

그 비명이 마련의 마인들이 흘리는 비명인지, 요동 무림인들의 것인지는 알 수 없었다.

하지만 처절한 비명이 들릴 때마다 시월과 검옹 천복은 눈살을 찌푸릴 수밖에 없었다.

"왜 사서 저 고생인지 모르겠다."

검옹 천복이 혀를 찼다. 진을 깨뜨릴 수 있다는 모용황의 자신감은 절반의 성공만 거두고 있었다.

시월이 그린 진법도를 통해 진의 약점을 파악할 수는 있었지만, 거대한 진의 요충지를 깨뜨리는 일이 생각보다 쉽지 않았기 때문이었다.

진 속에서 움직이는 마련 마인들의 반격도 강했고, 진법의 변화가 너무 심해서 진법도만 보고 그 요충지에 접근하는 것이 결코 쉽지 않았던 것이다.

그래서 진을 우회에 진격하는 것보다 더 많은 시간을 잡아먹고 있은 모용황이었다,

"그래도 배후를 걱정할 필요는 없잖아요. 만약 진을 우회했다면 진 속에 숨어 있던 마인들이 후방을 공격할 수도 있었으니까요."

"그렇긴 하지만 그래도 이래서는 진을 완전히 통과하는 데 며칠이 걸릴 거다."

"그것도 나쁘지 않죠. 전공을 세울 기회는 적어지겠지만, 인명 손실을 적을 테니까요."

"후후후, 하긴 전공을 세우는 문제는 모용가주의 목표일 뿐이니까."

검옹 천복이 실소를 흘렸다.

그런데 그때 문득 시월이 걸음을 멈췄다.

그러고는 긴장한 채 시선을 돌려 북쪽 산봉우리를 바라봤다. 그러자 검옹 천복도 표정을 굳히며 시월의 눈이 향한 방향으로 시선을 주었다.

펄럭!

순백의 피풍의가 바람에 휘날린다. 그 안쪽의 검은 무복이 순백의 피풍의와 강렬한 대비를 이루고 있었다.

천마후는 차가운 시선으로 시월과 검옹을 응시하고 있었다.

시월과 천마후의 거리는 대략 삼십여 장, 그럼에도 불구하고 시월은 바로 눈앞에서 천마후를 대하고 있는 것 같은 느낌을 받고 있었다.

"약속을 지키지 않았군요."

천마후가 입을 열었다. 사실 그녀가 입을 열었는지 확실치는 않았지만, 그녀의 목소리가 바로 옆에서 속삭이는 것처럼 명확하게 시월과 검옹의 귀에 들어왔다.

그녀가 강력한 공력으로 시전하는 전음의 비술 또한 대단한 경지에 이른 것이 분명했다.

'볼수록 대단한 여인이야……'

시월은 그녀의 추궁에 두려움보다 먼 거리를 격하고 귀에 파고드는 그녀의 목소리에 감탄을 더 크게 느꼈다.

"우리가 약속을 한 적은 없지 않소? 다만 서로 경고를 주고받았을 뿐이지."

검옹 천복이 대답했다.

"그런가요? 난 그때 요하를 경계로 서로를 공격하지 않는 것으로 약속했다고 받아들였는데……."

천마후가 차갑게 대답했다.

"그때도 말한 것 같은데, 요동 정천대를 움직이는 것은 우리 두 사람이 아니오. 요동 정천대는 수뇌부가 따로 있고, 그들이 진퇴를 결정하오. 우린 그저 그들에게 천마후의 말을 전하고, 조언을 해주는 것이 전부인 사람들이오. 그리고 그건 천마후께서도 마찬가지 아니오?"

"무슨 말이죠?"

"마련 마인들의 진퇴를 결정하는 사람은 만계지마가 아니냔 말이오. 천마후께서도 그에게 조언을 할 수 있지만 마련의 행보를 결정할 수 있는 분은 아니지 않소?"

천마후를 화나게 하려고 한 말은 아니었다. 다만 시월과 자신의 처지를 설명하기 위해 한 말이었다. 그러나 그 말이 천마후의 심기를 건드린 것은 확실해 보였다.

"천마궁의 행보는 다른 그 누구도 결정할 수 없어요. 감히 만계지마가 천마궁의 행보를 결정할 수 있다고 생각하나요?"

"오해하셨구려. 난 천마궁의 행보를 말한 게 아니라 마련의 행보에 대해 말한 것이오. 천마궁이 마도의 종주이고 타인의 말에 움직일 문파가 아님은 나도 알고 있소."

검옹의 말에 천마후가 잠시 두 사람을 바라보다 물었다.

"내가 저들을 막겠다면 두 분은 어떻게 하실 거죠?"

"그건 너무 당연한 질문 아니오? 저들 중에는 우리 이가검문의 문도들도 있소. 그들의 목숨을 천마후께 맡겨 놓을 수는 없는 일이오."

검옹 천복이 단호하게 말했다.

그러자 뒤를 이어 시월이 말을 덧붙였다.

"다만 검옹님과 나는 이 싸움이 과연 우리의 싸움이어야 하는지에 대해 의문이 있습니다. 천마후께서 관여치 않겠다면 저희 두 사람 역시 천마후님과 검을 맞댈 이유가 없습니다."

* * *

슥!

문득 천마후가 손을 들었다.

그러자 그녀를 호위하는 십여 명의 천마궁 마인들이 앞으로 나섰다.

"설마… 싸우겠다는 겁니까?"

시월이 예상외라는 듯 물었다.

"그에게 할 말은 있어야 하니까요."

천마후가 대답했다.

"이번에는 둘 중 한 명은 살아남지 못할 겁니다."

시월이 경고했다.

이전 대결은 무인과 무인 간의 무공 대결로, 비무와 비슷한 것이었지만 이번 싸움은 비무 정도로 끝나지 않고 생사결이 될 수밖에 없었다.

"…당신이 나서지 않으면 나도 나서지 않겠어요. 다만… 검옹 노사의 검법을 한번 보고 싶군요. 이 사람들은 천마궁이 자랑하는 천마사들이에요. 그렇다 해도 노사의 검을 홀로 받는 것은 무리고… 두 분이 노사께 배움을 청하세요."

천마후가 자신의 좌우에 서 있던 남녀를 보며 말했다.

그중 한 명은 앞서 시월이 천마후와 겨룰 때 동행했던 중년의 마인이다.

"명을 받들겠습니다."

남녀 두 사람이 거의 동시에 대답하고는 몇 걸음 앞으로 나섰다.

"이 늙은이의 검이 궁금했던 모양이구려. 만계지마에게 댈 물러난 이유를 만들어야 한다는 것은 핑계겠고."

검옹 천복이 빙그레 미소를 지었다.

"아뇨, 정말 그에게 이곳에서 물러난 이유를 설명할 필요는 있으니까요."

"나와의 싸움이 만계지마에게 물러난 핑계가 되겠소?"

검옹 천복이 물었다.

"그건 이 사람들과의 싸움이 말해주겠지요."

천마후가 담담하게 말했다.

"흠, 그렇구려. 알겠소. 그럼 원하시는 대로 내가 천마후께 조용히 돌아가실 이유를 만들어드리겠소."

검옹 천복이 고개를 끄덕였다.

"제가 할까요?"

시월이 천복에게 물었다.

"아서라. 그녀가 원하는 것은 나인데 네가 나서면 거래가 안 되지. 자, 한 번 놀아봅시다!"

검옹 천복이 이번에는 절대 시월에게 싸울 기회를 빼앗길 수 없다는 듯 천마궁의 천마사라는 두 중년의 남녀 고수를 향해 걸어

나갔다.

천마사 두 명은 검웅 천복에게 어떤 말도 건네지 않았다. 천마후와 달리 두 사람은 정파 무인들게 일종의 경멸감 같은 것을 가지고 있는 듯도 보였다.

두 사람은 검웅 천복이 앞으로 나서자 이 장의 간격을 두고 좌우로 거리를 벌렸다.

그러고는 누가 먼저랄 것도 없이 검을 뽑아들고 검웅 천복을 향해 달려들었다.

순간 검웅 천복의 입에서 짧고 낮은 노성이 터졌다.

"버릇이 없구나!"

노성과 함께 검웅 천복의 검이 스스로 허공으로 떠오르듯 그의 검집을 벗어났다.

낚아채듯 검의 손잡이를 잡은 검웅 천복이 자신을 향해 검기를 뿜어내며 달려드는 두 사람을 향해 가볍게 검을 휘둘렀다.

사삭!

검웅 천복이 검을 휘두르는 순간 그의 검에서 미세하고 맑은 바람 소리가 일어났다.

그리고 그 순간 아지랑이 같은 것이 그의 검에서 퍼져나가더니 잔잔한 호수에 돌이 떨어진 것처럼 아지랑이와 같은 기운이 사방으로 흘러나갔다.

그 순간 천마후의 입에서 경고성이 터졌다.

"위험해요. 물러나요!"

천마후가 경고성을 터뜨렸을 때 천마사 두 사람의 얼굴은 이미 당혹감으로 물들어 있었다.

두 사람은 아지랑이처럼 밀려온 검웅 천복의 검파에 휘말리는 순간 마치 그물에 걸린 고기처럼 꼼짝할 수 없는 지경에 처했던 것이다.

그런 두 사람을 향해 검웅 천복이 다시 한번 검을 휘둘렀다.

그러자 그의 검에서 투명한 검기가 일어나더니 두 사람의 심장을 향해 무서운 속도로 날아갔다.

두 천마사가 순식간에 죽음의 위기에 처했다. 그러자 천마후가 다급하게 허공으로 떠오르며 검을 휘둘렀다.

번쩍!

천마후의 검에서 한 줄기 섬광이 일어났다.

그리고 다음 순간 그 섬광이 천마사들을 향해 뻗어가던 검웅 천복의 검기와 충돌했다.

콰릉!

강렬한 충돌음이 터져 나오고, 검웅 천복과 천마후가 각기 일이 장 뒤로 물러났다.

그 순간 천마사 두 사람이 신음을 토했다.

"컥!"

"욱!"

억눌린 신음을 토하는 두 사람의 입에서 검붉은 피가 흘러나왔다.

"뒤로 물러나요."

신음을 토하며 비틀거리는 두 천마사에게 천마후가 냉정하게 명을 내렸다.

그러자 두 사람이 힘겹게 걸음을 옮겨 천마후 뒤쪽으로 물러났다.

"천마후께서 날 상대하시겠소?"

검옹 천복이 천마후에게 물었다.

그러자 천마후가 검옹 천복을 물끄러미 바라보다가 물었다.

"이가검문의 검법인가요? 천추팔검이라는……."

"천추팔검은 아니오."

검옹 천복이 고개를 저었다.

"그럼 무슨 검법인가요? 이렇게 검파가 사방으로 빛처럼 퍼져나가 주변 공간을 장악하는 검법은 처음 보는 것인데……."

"이름은 없소. 그냥… 얼마 전에 깨달은 검법이라오. 그런데, 지금 한가하게 무공 이야기를 하고 있을 때는 아닌 것 같은데……."

빨리 진퇴를 결정하라는 듯 검옹 천복이 말했다.

그러자 천마후가 다시 무슨 말을 하려다가 검옹 천복 옆에 서 있는 시월을 슬쩍 바라봤다. 그러고는 천천히 고개를 저었다.

"두 분을 상대로는 정말 승부를 장담하기 어렵겠군요. 또 돌아갈 이유가 생겼으니 이만 물러나겠어요."

천마후가 담담하게 말했다. 물러가지만 패배한 것은 아니라는 투의 말이다.

"어디로 가십니까? 천마궁으로 돌아가십니까?"

시월이 물었다.

"아직은 이 싸움이 끝나지 않았지요."

천마후가 굉음과 비명이 들리는 서쪽 괴진 안쪽으로 시선을 주며 말했다.

"그럼 나중에 다시 만날 수도 있겠군요."

시월이 담담하게 말했다.

"그렇겠죠. 그리고 아마 그때는……."

"승부를 내야 할 수도 있겠군요."

시월이 고개를 끄덕이며 말했다.

"부디 그런 일이 없기를 바라겠어요."

"이 싸움은 우리 의지를 벗어난 일이니까 장담할 수는 없지요."

두 사람이 원치 않는다 해도 이 전장에 남아 있다면 언제든 다시 싸워야 할 수도 있었다.

"그렇군요. 우리 중 누군가 이 전장을 떠나지 않는 이상은……."

천마후가 말꼬리를 흐렸다.

"가서 만계지마에게 전하십시오. 어쩌면 이번에 죽게 될 거라고."

"…그를 죽이겠다고요?"

천마후가 갑작스러운 시월의 말에 놀라 되물었다.

"생각해 보면 지금 벌어지고 있는 이 모든 혈겁의 원흉은 만계지마더군요. 삼십육마의 난도 그렇고, 마련의 발호도 그렇고. 그러니 그가 죽어야 이 모든 일이 끝나지 않겠습니까?"

시월이 말했다.

"생각보다 단순하군요. 설마 그가 죽는다고 마도가 무림에서 사라질 거라 생각하는 건가요?"

"물론 그가 죽어도 정사의 싸움이 계속될 겁니다. 그게 무림의 역사니까요. 하지만 지금처럼 이런 거대한 혈겁은 당분간 없지 않을까요? 천산에서 천마께서 강호로 나오신다면 또 모를까."

시월의 말에 천마후의 눈빛이 변했다.

"천마께서 강호로 나오시는 일은 없을 거예요. 속세의 일을 수련의 방해물로 생각하시니까요."

"그러니 말입니다. 만계지마가 죽으면 이번 정사 대전은 막이 내리지 않을까 싶은 생각이 드는군요."

"그를 벨 수 있겠어요?"

천마후가 물었다.

"천마후께서도 그를 만나보셨을 테니 어떻게 생각하십니까? 제가 그를 벨 수 있을까요?"

오히려 시월이 천마후에게서 답을 구했다.

그러자 천마후가 잠시 시월을 바라보다 냉정하게 말했다.

"그 답은 스스로 찾으셔야겠군요. 가요!"

천마후가 더 이상 할 말이 없다는 듯 천마사들에게 명을 내렸다. 그러자 천마사들이 서둘러 북쪽 숲으로 사라졌다.

"한고비 넘겼구나."

천마후가 물러가자 검옹 천복이 말했다.

"그녀는 왜 이 싸움에 적극적으로 관여하지 않는 걸까요? 역시 천마와 만계지마 사이에도 치열한 권력다툼이 있는 걸까요?"

시월이 물었다.

"권력다툼이라기보다는 두 사람의 성정이 다른 것 같구나. 천산의 천마는 정사의 다툼에 상관하지 않고 무도에 전념하는 구도자의 삶을 원하는 것 같고, 만계지마는 마련을 중심으로 마도의 권력을 원하는 것이고. 그런 성정의 사람들은 서로를 경원시하지."

"의천무맹으로서는 다행스러운 일이군요."

"음… 그런데 정말 만계지마를 벨 생각이 있는 거냐?"

검옹 천복이 정색을 하며 물었다.

그러자 시월이 고개를 끄덕였다.

"뱀의 머리를 자르면 굳이 많은 피를 흘리지 않아도 되잖아요? 기회가 있을지 모르지만."

"그렇긴 하지만 그렇다고 마련이 무너질 거란 생각은 하지 말거라."

"무너지는 게 아니라 흩어지는 거죠."

"과연 그렇게 될까?"

검옹 천복이 고개를 갸웃했다.

"한동안 만계지마를 대신할 누군가가 나타나지 않는 이상, 그렇지 않을까요? 지금 마련에서 만계지마를 대신할 사람은 천마뿐인데 그는 천산에서 나오지 않을 테고요."

시월이 되물었다.

"음… 뿌리를 뽑는 게 아니라 얼마간 평화의 시간을 갖자는 거구나."

"무림에 영원한 평화가 있을까요?"

시월이 되물었다.

그러자 검옹 천복이 가볍게 웃음을 흘렸다.

"후후, 그도 그렇구나. 영원한 평화를 바라는 건 무림이 없어지는 걸 바라는 것과 같지. 잠깐의 평화… 그것도 나쁘지는 않아. 그 시간 동안 사람들은 정사 대전에서 입은 상처들을 치유하게 될 테니까. 나중에 또 싸우더라도 말이야. 좋아. 그럼 바로 만계지마를 찾아갈까?"

검옹 천복이 갑자기 전의를 끌어올렸다.

"일단 이가검문의 식구들이 이 진을 무사히 통과하는 걸 확인하고요."

"알겠다. 이거 조금 흥분이 되는구나. 만계지마라……."

"아마도 그는 상상조차 하지 못할 겁니다. 누군가가 자신 한 명의 목을 베기 위해 찾아올 거라는 걸."

"그렇겠지. 더군다나 이렇게 대규모 전력이 동원된 싸움에서는……."

검옹 천복이 고개를 끄덕였다.

*　　　*　　　*

요동 정천대는 만계지마의 괴진에 나흘 넘게 갇혀 있었다. 예상외의 고전. 하지만 그렇다고 만계지마의 계책의 성공한 것도 아니었다.

만계지마가 요하 서안에 괴진을 펼칠 때는 강을 건넌 요동 정천대를 진 안으로 끌어들여 몰살시키겠다는 의도였다.

하지만 요동 정천대는 큰 피해를 입을 만한 공격조차 당하지는 않았다.

정천대가 시월과 검옹 천복이 만든 진법도에 의지해 전진했기 때문에 적이 은거해 있을 만한 요충지를 미리 공격할 수 있었고, 덕분에 느리지만 큰 피해 없이 진을 조금씩 조금씩 파하며 전진할 수 있었다.

덕분에 요동 정천대가 진을 완전히 파훼하고 서쪽 방향으로 진을 벗어났을 때, 시간은 나흘이 지나 있었지만 정천대의 피해는 미미했다.

하지만 피해가 거의 없다고 해도 진을 벗어난 요동 정천대가 바로 신검산을 향해 진격할 수는 없었다. 진을 통과하는 동안 제법 많은 기력을 소비했고, 진 안에서는 제대로 된 휴식을 취하지 못해 다들 적지 않게 기력이 소실됐기 때문이었다.

그래서 요동 무림인들에게는 하루 이틀 기력을 회복할 시간이 필요했다.

그런 사실을 누구보다 잘 알고 있는 모용황은 바로 신검산으로 진격하는 대신 온전한 하루 밤낮의 휴식을 요동 정천대에게 주었다.

그리고 그즈음 또 하나의 새로운 소식이 시월의 귀에 들어왔다.

* * *

"대사형이요?"

시월이 눈을 크게 뜨며 이장룡에게 물었다.

"그렇다네. 정천삼대가 황해를 거슬러 올라와 요하 하구에 도착할 즈음 해룡마궁 전선들의 공격을 받았다는군. 워낙 기습적인 공격이라 정천삼대는 가까스로 해룡마궁을 물리쳤다고 하네. 그 싸움에서 무광 대협과 칠선문 사형제들의 활약이 대단했다는 소식이네."

"결국… 참전하셨네요."

시월이 걱정스러운 표정으로 말했다.

"금가장의 사위이니 어쩔 수 없었겠지. 시월 자네가 여기 있는 것처럼. 솔직히 그런 면에서 나와 형님은 자네에게 늘 미안한 마음을 가지고 있지."

"그런 말씀 마십시오. 싸움에 온전히 관여하는 것도 아닌데."

시월이 겸연쩍은 표정으로 말했다.

그러자 이장룡이 고개를 저었다.

"그렇지만 가장 중요한 일을 하고 있지 않은가. 이번에도 천마후를 돌려보냈으니까."

"그거야 검옹께서 하신 일이고요."

"후후, 네가 옆에 있기에 나도 걱정 없이 그들을 상대할 수 있었던 거다. 그리고 천마후가 물러간 것은 역시 나 때문이라기보다 시월 너 때문일 것이고."

듣고 있던 검옹 천복이 미소를 지으며 말했다.

"그럴 리가요. 어르신이 보여 주신 그 초식에 놀라 물러간 것인데요."

"네가 이 늙은이 얼굴에 금칠을 하는구나. 어쨌든 그렇다면 지금 정천삼대는 요하 하구에 머물러 있겠군. 그런 싸움을 치르고 바로 내륙으로 상륙해 진격하는 것은 무리일 테니까."

"그렇습니다. 육로를 통해 장성 인근으로 보급품을 이송하는 일도 하고 있으니까요. 전력을 재정비한 후에라도 신검산으로 진격할지는 모르겠습니다. 해룡마궁의 잔당들을 추살하는 일도 중요하니까 말입니다."

"음… 싸움이 지나치게 커지고 있군. 처음에는 신검산 쟁탈전으로 승패가 갈릴 줄 알았는데……."

검옹 천복이 어두운 표정으로 말했다. 지금 북방 전역에서 벌어지고 있는 싸움은 무림인들의 피해를 빠르게 증가시키고 있었다.

이러다가는 이 싸움이 끝난 후에 무림의 손실을 회복하는 데 여러 해가 걸릴 수도 있었다.

"정천대 내에서도 왜 천무문주와 지황문주가 이런 무리한 전면전을 하는 것으로 전략을 바꿨는지 의구심이 많은 상태입니다."

이장룡도 어두운 표정으로 말했다.

"그래도 전세가 불리한 곳이 없는 것 같아 다행입니다."

이해검이 요하 서안에 펼쳐져 있던 진을 파훼한 것에 기뻐하며 고무된 표정으로 말했다.

"전세가 불리하지 않은 것이 아니라 아직 만계지마가 원하는 장소까지 이르지 않은 것이다. 만계지마가 신검산을 탈취한 것이 벌써 삼 년이 되어가고 있어. 그동안 그가 그곳에서 놀고만 있었겠느냐. 아마도 무맹의 사람들이 상상할 수 없는 일들을 벌여 놓았을 것이다. 정천대는 그 함정 속으로 스스로 걸어 들어가는 것이고."

검옹 천복이 여전히 이런 식의 급작스러운 진격이 마음에 들지 않는다는 듯 말했다.

천복의 말에 장내의 분위기가 급격하게 가라앉았다. 생각해 보면 만계지마가 강호에 나온 이후 그가 한 일들 중 사람들을 놀라게 하지 않은 것이 없었다.

북왕산에서도 근 일백여 명의 무림인들이 목숨을 잃었고, 월문이 신검산을 빼앗긴 것 역시 예상치 못한 일이었다.

"역시 이 싸움의 전면에 나서는 것은 위험하겠군요."

이장룡이 이가검문의 노고수답지 않게 두려운 표정으로 말했다.

"지금처럼 후군에서 움직이시게. 만약 모용가주가 선봉에 설 것을 요구하면 정중하게 거절하고."

검옹 천복이 충고했다.

그러자 이장룡이 씁쓸하게 미소를 지으며 말했다.

"아마 그럴 일을 없을 것 같습니다. 시간이 걸리기는 했지만 만계지마의 괴진을 파훼한 덕에 모용가주의 전의가 무척 끓어올라 서쪽의 정천일대의 본대 못지않은 전공을 세우고 싶어 하는 것 같습니다. 승리한다면 장성 이북의 북방 무림 패권을 모용세가가 잡을 수 있을 테니까요."

"그렇군. 월문도 사라진 마당이니……."

검웅 천복이 고개를 끄덕였다.

"그래도 이런 때에 선봉을 독차지하려는 문파가 있다는 건 나쁜 일이 아니군요."

시월이 말했다.

"훗, 매제가 냉정한 구석이 있군."

이해검이 가볍게 웃음을 흘렸다.

"십대천문이 결정한 일들이니 그들이 가장 큰 책임을 져야 한다는 뜻입니다."

시월이 대답했다.

"그렇게 되겠지. 물론 성공하면 그 과실 역시 그들의 차지가 될 테지만."

"부러우냐?"

이장룡이 이해검에게 물었다.

그러자 이해검이 얼른 고개를 저었다.

"아닙니다. 요 몇 년간 일월문과 싸우기도 하고, 또 몇 차례 강호에 나가 다른 문파 사람들을 겪어보니 세상의 권력을 탐하는 일이 참 구차하게 느껴지더군요. 그래서 지금의 이가검문이 딱 좋구나 그렇게 생각하고 있습니다."

"하하, 그런 깨달음이 있었다니 네 강호행이 헛된 것이 아니구나. 맞는 말이다. 이가검문이 수백 년 요동의 명문으로 이어져 온 이유가 무엇인지 늘 염두에 두고 행동해야 한다."

이장룡이 진지하게 충고했다.

"명심하겠습니다."

"좋아. 이럴 때일수록 문도들과 더 친밀하게 지내도록 하고. 이런 싸움을 함께 했다는 것이 나중에 네가 이가검문을 이끌어 나가는 데 큰 도움이 될 것이다."

"알겠습니다."

이해검이 다시 고개를 숙이며 대답했다.

그러자 검옹 천복이 시월을 보며 말했다.

"자, 그럼 우린 이제 나가볼까?"

"이젠 저희와 함께 움직이시지요."

이장룡이 얼른 떠나려는 검옹 천복을 만류했다.

"번거롭네. 정천대와 함께 움직이면 반드시 모용가주가 귀찮은 일을 시킬 것이고."

"…그렇군요. 그가 두 분을 가만히 둘 리 없지요."

이장룡이 이내 검옹 천복의 말에 수긍했다.

"우리가 보이지 않아도 걱정하지 말게. 늘 이가검문 식구들의 주변에 있을 테니."

"알겠습니다. 그래서 언제나 든든합니다."

이장룡이 천복에게 가볍게 고개를 숙여 보였다.

"그만 가자."

천복이 자리를 털고 일어나며 말했다. 그러자 시월이 얼른 천복을 따라 일어나 이장룡의 막사를 벗어났다.

*　　　*　　　*

후우웅!

사막의 모래바람이 구름처럼 일어났다. 그러자 낙타를 끌고 사막을 횡단하는 대상들이 낮은 모래 구릉 아래로 내려가 모래바람으로부터 몸을 피했다.

후두두둑!

구름처럼 일어난 모래 알갱이들이 사람과 낙타 위에 떨어졌다. 하지만 사람이나 동물이나 이런 상황에 익숙한지 커다란 천막으로 몸을 가린 상태로 태연하게 모래바람이 지나가기를 기다렸다.

그렇게 이각 여의 시간이 지난 후, 거짓말처럼 상황이 변했다. 언제 모래바람이 불었냐는 듯 투명한 공기가 다시 찾아왔고, 뜨거운 햇살이 사막의 열기를 불러일으키기 시작했다.

"그만 가자!"

대상을 이끄는 우두머리가 검은 천으로 가렸던 얼굴을 드러내며 소리쳤다. 그러자 사람들이 낙타와 짐을 챙겨 다시 길을 떠나기 시작했다.

그런데 대상의 행렬이 채 백여 장을 가기도 전에 사람들의 걸음이 다시 멈췄다.

두두두!

멀리서 아득하게 말발굽 소리가 들렸기 때문이었다.

"젠장! 마적인가? 이상하군. 이곳에서 활동하는 마적은 없는데… 모두 만약의 상황에 대비하라. 새로 생긴 마적단이면 우리가 누구인 줄 모르고 시비를 걸 수 있으니까."

"예, 대주!"

대상 무리들이 서둘러 낙타의 등에 실은 짐 속에서 도검을 꺼내 들었다. 그 모습을 보아하니 이들 대상 무리 역시 보통 상인들은 아닌 것이 분명했다.

두두두!

말발굽 소리가 가까워질수록 대상 무리에 속한 사람들의 표정이 굳어졌다. 생각보다 말을 타고 달리는 자들의 숫자가 많기 때문이었다.

"이거 백 명이 넘는 것 같군."

대상의 우두머리가 낭패당한 표정으로 중얼거렸다.

"피하는 것이 좋지 않겠습니까?"

수하 중 한 명이 대상의 우두머리에게 물었다.

"피해? 어디로? 이 사막에서……."

"짐을 내리고 낙타를 타고 달리면 쫓지 못할 겁니다."

"짐을 버린다고? 네놈이 죽으려고 환장했느냐? 이 짐이 어디로 가는 건지 모르는 거야?"

"그, 그야……."

"자그마치 흑사회주님이다. 이 짐들의 주인이! 그런데 짐을 버리고 도주하자고? 너 흑사회주의 사대나찰녀에 대해 들은 적이 있느냐?"

"예, 아주 잔혹한 여인들이라고……."

“흑사회주를 배신했다가는 그녀들에게 사지가 찢겨 죽는다. 그런 일을 당하고 싶은 거냐?”

“아, 아닙니다.”

“최소한 저자들의 정체라도 알고 도망을 가야 변명이라도 한다. 모두 싸울 준비를 해!”

싸우지도 않고 도주하는 것은 있을 수도 없는 일이라는 듯 대상의 우두머리가 명을 내렸다.

그러자 수하들이 낙타와 말을 이용해 둥글게 진형을 갖추고 갑자기 나타난 사막의 불청객들과 싸울 준비를 했다.

“어라. 마적들이 아니었나?”

가뜩 긴장한 채 사막을 달리는 백여 명의 무리를 기다리던 대상의 우두머리가 고개를 갸웃하며 중얼거렸다. 그도 그럴 것이 모래바람을 일으키며 사막을 질주하던 자들이 갑자기 속도를 늦추더니 대상이 있는 곳이 아니라 다른 방향을 향해 이동하기 시작했기 때문이었다.

“홍안령 쪽으로 가는데요?”

검을 든 채 수하가 말했다.

“그러게 말이다. 그렇다고 상단을 이끄는 자들도 아닌 것 같고, 관군은 더더욱 아니고, 초원 부족도 아니고… 뭐지?”

“확실히 마적은 아닌 것 같습니다.”

“그러게 말이다. 정체를 알 수가 없구나.”

대상의 우두머리가 의혹 가득한 시선으로 기마 무리를 살폈다.

그런데 그때 문득 그의 뒤쪽에서 수하 중 한 명이 말했다.

“대주님! 아무래도 무림인들 같습니다.”

"무림인?"

"그렇습니다. 저들이 모두 같은 복장이 아니지만, 개중에 제가 본 적이 있는 무복을 입은 자들이 있는 것 같습니다."

"그래? 어느 문파의 사람들이냐?"

"아무래도 지황문의 무인들이 섞여 있는 것 같습니다."

"뭐? 지황문!"

상단의 대주가 화들짝 놀라 말하는 수하를 돌아봤다. 그러자 수하가 변명하듯 얼른 다시 입을 열었다.

"본래 지황문의 무인들은 황토색 피풍의를 즐겨 걸치지 않습니까? 저들 중 일부가 그 지황문 특유의 피풍의를 걸치고 있는 것 같습니다."

"그래? 그렇단 말이지?"

대상의 우두머리가 눈빛을 빛내며 앞으로 달려 나갔다. 그러고는 조금 더 기마 무리를 자세히 보려는 듯 모래 구릉 위로 기듯이 올라갔다.

"정말 그렇군. 제길, 지황문의 문도들 뿐만이 아니야. 저놈들은 분명 의천무맹의 무인들이야. 대체 왜 저자들이 이 먼 북쪽 사막에 나타난 거지? 그리고 어디로 가는 걸까? 저리 가면 홍안령인데. 그 산속에서 뭘 하려고……."

대상의 우두머리가 고개를 갸웃거리며 중얼거렸다.

그러자 뒤늦게 그를 따라온 수하가 물었다.

"정말 정파 놈들입니까?"

"그런 것 같다."

우두머리가 대답했다.

"다행이군요. 놈들이 우릴 공격했으면 꼼짝없이 몰살당할 뻔했습니다."

수하가 안도의 숨을 쉬며 말했다.

그러자 대상의 우두머리가 굳은 표정으로 말했다.

"낙타와 말에서 모든 짐을 내려라. 짐을 버리고 최대한 빨리 흑사회주님을 만나러 간다."

"짐을 버리라고요?"

앞서 짐을 버리고 도주하자고 말했다가 심한 질책을 받은 수하가 어안이 벙벙한 표정으로 되물었다.

"그래. 저자들이 정말 의천무맹 놈들이라면… 이 소식은 우리가 가지고 가는 짐보다 몇 배의 가치가 있다. 그런데 이 소식의 가치가 높아지려면 놈들보다 빨리 사막을 지나 흑사회주께 소식을 전해야 한다. 그러기 위해선 당연히 짐을 버려야지 않겠느냐?"

대상의 우두머리가 좋은 기회를 잡았다는 듯 눈빛을 빛내며 말했다.

제 5장
—
기습

"지황문?"

흑화수 금사가 검은 면사 뒤에서 눈빛을 번쩍였다.

"그, 그렇습니다."

가지고 오던 짐을 사막에 버려두고 여러 필의 말을 갈아타며 쉬지 않고 달려온 흑상 서삼관이 떨리는 목소리로 대답했다.

"확실한 것이냐?"

흑화수 금사가 확인하듯 되물었다.

"지황문의 고수가 섞여 있는 것은 확실합니다. 다른 자들도 도검을 패용한 무인들이었습니다."

"몇이나 되더냐?"

"족히 일백은 되어 보였습니다."

"사막과 초원을 가로질러 홍안령으로 숨어들었단 말이지?"

"그럴 거라 예상됩니다. 사막 이후로의 행적은 추격하지 못했습니다. 서둘러 소식을 전해야 할 것 같아서……"

흑상 서삼관이 재빨리 대답했다.

"알겠다. 그대의 전언이 사실이라면 훗날 큰 상을 받게 될 것이다."

"감사합니다."

흑상 서삼관이 기대대로 일이 풀렸다는 기쁨에 고개를 숙이며 큰 소리로 대답했다.

"급히 오느라 고생했을 테니 가서 쉬거라. 난 만계지마님을 만나야겠다."

흑화수 금사가 급히 자리에서 일어나 자신의 막사를 나갔다.

금사가 자리를 떠나자 흑상 서삼관의 수하가 물었다.

"대주, 일이 잘된 듯합니다?"

"흐흐흐 이번에 제대로 한 건 한 거지."

"정말 다행입니다. 짐을 버리고 달려온 보람이 있군요. 이젠 좀 쉴 수 있겠군요."

"쉬긴 뭘 쉬어? 다시 사막으로 가야지."

"예? 사막으로 다시 간다고요?"

"버려두고 온 짐을 가지고 와야 할 것 아니냐?"

"하지만 그건 이미 포기한 것 아닙니까?"

수하가 어리둥절한 표정으로 물었다.

"포기는 무슨 포기! 잠시 놓아두고 온 거지. 한 시진 정도 쉬었다가 다시 돌아간다. 장사꾼이 물건을 포기하면 안 돼! 그렇게 알고 준비해!"

흑상 서삼관이 수하에게 단호하게 명을 내렸다.

그러자 수하가 탐욕스러운 서삼관을 슬쩍 바라봤다.

"왜? 불만이야?"

"아, 아닙니다. 준비하겠습니다."

수하가 겁을 집어먹었고 얼른 대답했다.

"후후후, 이런 경우를 꿩 먹고 알 먹는다고 하는 거야. 몸은 고단했지만, 아주 큰 이득을 보게 생겼단 말이지. 흐흐흐!"

흑상 서삼관의 자신의 판단이 가져온 성취에 만족하는 듯 쉬지 않고 웃음을 흘렸다.

*　　　*　　　*

"기습이라 했소?"

만계지마 중산이 날카로운 안광을 흘리며 흑화수 금사에게 물었다.

"확신할 수는 없지만 가능성은 충분한 것 같군요. 의천무맹의 무인들이 사막을 횡단해 홍안령으로 들어갔다는 것은 기습 말고는 다른 의도를 생각하기 어렵지 않나요?"

흑화수 금사가 물었다.

"…그들이 의천무맹의 무인들인 것은 확실한 것이오?"

"그건 자신하더군요. 지황문의 무복을 입은 자들을 확인했다고 합니다."

금사가 담담하게 대답했다.

"후… 어렵구려."

"기습이 아닐 수도 있다고 보시나요?"

금사가 물었다.

"허장성세일 수도 있소. 우리의 전력을 분산시키기 위한. 사실 사막을 지나 홍안령을 타고 내려오는 경로는 너무 멀기도 하거니와 북쪽에 고립될 위험을 감수해야 하는 일이라서 누구도 함부로 선택하기 어려운 전략이오."

"그럴 수도 있겠군요. 하지만 어쨌든 이 일에 관한 판단은 만계지마께서 해주셔야 할 것 같습니다만."

금사가 말했다. 의심하는 만계지마를 굳이 설득할 이유는 없었다. 그녀가 이 싸움에 참여하고 있기는 하지만, 애초에 만계지마가 일으킨 정사 대전이기 때문이었다.

금사가 자신에게 결정을 미루자 만계지마가 더 깊은 고민에 빠졌다.

그렇게 잠시 고민에 빠져 있는데 문득 그의 막사 밖에서 인기척이 일어났다. 그리고 곧이어 수하의 목소리가 들렸다.

"궁주님! 천마궁에서 사람이 왔습니다."

"들여라!"

만계지마가 즉시 대답했다.

그러자 천막이 열리면서 중년 사내가 막사 안으로 들어왔다. 천마후가 섭 천마사라 부르던 천마궁의 사내였다.

"궁주께 인사드립니다."

"어서 오시오. 그래 천마후께서는 어디 계시오?"

만계지마가 급히 물었다. 사방에서 의천무맹의 무인들이 몰려오는 지금, 천마후는 꼭 필요한 인물이었다.

"지금은 신검산 근방에 계십니다. 만계지마께 전하라는 말씀이 있어서 찾아뵈었습니다."

"말하시오."

신검산으로 돌아왔으면서도 천마후가 직접 오지 않은 것에 대해 서운함을 느낀 만계지마가 조금 차갑게 대꾸했다.

"천마후께서는 요하로 가신 후, 검옹 천복과 칠선문의 시월이라는 자와 겨루셨습니다."

"오! 그렇소? 그래서 결과가 어찌 되었소? 그들을 베셨소?"

천마후가 검옹 천복과 칠선문의 젊은 고수 시월을 베었다면 전장의 전세가 크게 바뀔 수도 있었다.

"안타깝게도 그들은 천마후님의 공격을 받아냈습니다. 승부를 가리지 못했고. 이후 천마후께서는 요하를 떠나 신검산으로 오셨습니다. 그들 역시 요동 별동대를 따라 신검산을 향하고 있습니다."

"설마 천마후께서 그들에게 패했단 말이오?"

만계지마가 믿을 수 없다는 듯 물었다. 무공으로는 그 역시 천마후와 견줄 수 없기 때문이었다.

"패하셨다고 말씀드리지는 않았습니다만… 그들과 천마후께서 동수를 이뤘다고 보시면 됩니다. 물론 그들의 피해가 좀 더 컸지만."

"동수라. 그자들이 그렇게나 강했던가."

만계지마 중산이 탄식을 흘렸다.

"그들을 베지 못한 것은 아쉽지만, 그나마 좋은 소식이라면 그들 역시 천마후님의 존재를 의식하고 있어서 이 싸움에 전면적으로 뛰어들지 않을 거란 사실입니다."

천마사의 말을 들은 만계지마의 눈빛이 다시 한번 번쩍였다.

"이제 보니 여전히 그들과 천마후의 싸움이 이어지고 있는 것이구려?"

"천마후께서 말씀하시길, 어떤 경우는 서로 보지 않고, 만나지 않아도 여러 날 동안 혹은 평생 싸움이 이어진다고 하시더군요. 저로서는 그 말씀이 무슨 의미인지 가늠할 수 없지만 말입니다. 그래서 천마후께서 신검산 주변에 머무는 이상, 그들 역시 본격적으로 마련과의 싸움에 뛰어들기는 어려울 거라 말씀하셨습니다."

"나쁘지 않군요."

두 사람의 대화를 듣고 있던 흑화수 금사가 문득 말했다.

그러자 만계지마가 고개를 끄덕였다.

"아쉽지만 그 정도면 나쁘지 않은 결과인 것 같구려. 천마후께 감사의 말씀을 전해주시오. 그리고… 이 싸움이 끝날 때까지 부디 우리 곁에 머물러 주시기를 부탁드린다고도 말씀드려 주시오."

"알겠습니다."

천마후의 전갈을 가져온 중년의 천마사가 고개를 숙이며 대답했다.

"혹, 천마후께서 따로 필요하신 것이 있으시오?"

"아닙니다. 그런 말씀은 없었습니다."

"알겠소. 혹시라도 필요한 것이 있으시면 언제라도 연락을 주시오. 뭐든 준비해 드릴 테니."

"그리 전하겠습니다. 그럼!"

중년 마인이 만계지마에게 고개를 숙여 보인 후 막사를 떠났다.

"겨우! 그 두 사람을 견제하는 정도……."

천마성의 천마사가 떠나자 만계지마가 투덜거리듯 말했다.

"애초에 천마성의 도움을 기대했던 것은 아니지 않았습니까."

불만스러운 표정의 만계지마를 보며 흑화수 금사가 말했다.

"그렇기는 하지만, 그래도 기왕에 이곳에 왔으면 최선을 다해 마련의 일을 도와야 하는 것 아니겠소? 스스로 마련의 일원임을 자처한다면 말이오."

"천마성의 행보야 예전부터 늘 그래왔지요. 그래도 천마성의 존재가치를 부정할 수는 없지 않습니까? 무림에서 마도가 전멸의 위기에 처할 때마다 천마성의 힘으로 그 위기를 이겨냈으니까요."

"알고 있소. 그래서 천마성의 어떤 행보도 용납되는 것 아니겠소. 그나저나 홍안령으로 이동한 자들을 그냥 놓아둘 수는 없을 것 같소. 정말 그들이 기습을 한다면 분명 신검산 마정궁을 노릴 것이오."

만계지마가 다시 당장 눈앞의 문제로 화제를 돌렸다.

"어찌하시겠습니까?"

흑화수 금사가 물었다.

"…흑사회에서 맡아주시겠소?"

만계지마가 물었다.

"제가요?"

"그렇소이다. 처음부터 정파의 무리를 이 와호산으로 끌어들여 건곤일척의 승부를 보려 했었소. 그런데 그건 신검산 마정궁이 온전하다는 전제하에 계획된 일이오. 만약 마정궁이 적들에게 함락되기라도 한다면, 이 와호산에 어떤 절진을 펼쳐 놓아도 이 싸움을 지속할 수 없을 것이오. 마련의 형제들이 전의를 상실할 테니 말이오."

"…아시겠지만 흑사회는 흑상들을 규합해 만든 조직입니다. 그래서 처음부터 이 싸움에 참여한 무인들도 적을 뿐 아니라, 그 무공도 다른 마문의 형제들에 비해 떨어지는 편이죠. 그런 흑사회의 무인들이 의천무맹의 정예들로 구성되었을 별동대의 공격을 막아내는 것은 어려운 일입니다."

흑화수 금사가 만계지마의 제안을 단호하게 거절했다.

만약 정말 의천무맹에서 사막을 횡단해 마정궁을 기습 공격할 생각이라면 그들이 보낸 자들의 무공은 의천무맹 내에서도 손꼽히는 자들일 것이기 때문이었다.

그런 자들을 흑사회 단독으로 막는 것은 죽음을 자초하는 일이었다.

아무리 만계지마가 마련의 구심점 역할을 하고 있다 해도 흑사회의 몰살을 가져올 일을 강요할 수는 없었다.

"물론 알고 있소. 흑사회 단독으로 저들을 막는 것은 무리라는 것을. 그래서 마정궁에 있는 마정사들에 대한 지휘권을 흑화수께 드리겠소. 신검산 마정궁에 남아 있는 마정사들이 그리 많지는 않지만, 신검산의 험한 지형과 마정궁의 방어막을 이용하면 충분히 저들을 막을 수 있을 것이오."

만계지마가 흑화수 금사의 반발을 예상하고 있었다는 듯 말했다.

"마정사들이 제 명에 따를까요?"

"내가 특별히 명을 내릴 것이고, 흑화수님의 명을 거역하는 자는 얼마든지 주살하셔도 되오. 적의 기습을 얼마간 막아만 내면 그자들은 스스로 물러날 것이오. 사막을 돌아왔다면 많은 식량과 물품을 가져오지 못했을 테니 말이오."

만계지마가 말했다.

"…좋아요. 한번 해보죠. 하지만 나중에라도 여유가 생기면 좀 더 사람을 보강해 주세요."

"쉽지는 않겠지만 노력해 보겠소. 일단 정천대를 이 와호산으로 끌어들여 큰 타격을 입히면, 우리 마련에도 여유가 생길 것이오."

"적지 않은 시간이 필요하겠군요."

"그래도 길어야 열흘 안에는 첫 번째 승부가 날 것이오."

"알겠어요. 그럼 전 신검산으로 가죠."

"부탁드리겠소!"

만계지마 자리에서 일어나 떠나는 흑화수에게 포권까지 해 보였다. 그 역시 지금 상황에서 신검산 마정궁을 지키는 일이 얼마나 중요한지 잘 알고 있기 때문이었다.

그래서인지 흑화수가 떠나자 만계지마가 서탁을 주먹으로 두드리며 화를 냈다.

쿵!

"천마후! 그 계집만 제대로 일을 도와준다면 이럴 때 요긴하게 써먹을 수 있을 것인데……!"

*　　　　*　　　　*

요서의 북방, 신검산을 향해 점점 많은 무인이 모여들고 있었다.

서쪽에서는 정천일대의 무인들이 황사평을 지나 진격하고 있었고, 동쪽에서는 요동 정천일대 별동대가 만계지마가 설치했던 괴진을 뚫은 후, 잠시 휴식을 취하다가 다시 신검산을 향해 진격하기 시작했다.

남쪽에서 장성을 넘은 정천이대의 일부 고수들 역시 숫자는 작지만 빠르게 북상하고 있었다.

유일하게 진격 속도가 느린 곳은 정천삼대의 고수들이었다.

그들은 금가장과 창해문의 배를 타고 해안을 따라 북상했는데, 요하 하구에서 마련의 해룡마궁과 일대 접전이 벌어져, 비록 승리를 하기는 했지만 큰 손실을 입어서 전력을 추스르는데 적지 않은 시일을 소비하고 있었다.

하지만 어쨌든 그렇게 사방에서 의천무맹의 고수들이 신검산을 향해 진격을 하자, 신검산 주변은 전운으로 가득 찼다.

그동안의 싸움과는 비교할 수 없는 대규모의 전면전이 바로 눈앞까지 다가왔기 때문이었다.

그즈음 시월과 검옹 천복 역시 신검산 인근으로 접근하고 있었다.

하지만 두 사람이 신검산 남쪽 와호산 인근에서 벌어질 정사 대전에 직접 뛰어들 가능성은 거의 없었다.

신검산 방향으로 이동하면서도 그들은 늘 보이지 않은 곳에서 전해지는 천마후의 기운을 느끼고 있었기 때문이었다.

*　　　*　　　*

까악까악!

흐린 하늘이 까마귀 떼로 가득하다. 그 아래, 죽음의 기운이 가득한 땅에선 매캐한 연기와 음산한 죽음의 악취들이 피어올랐다. 불에 타 검게 변한 땅에는 미처 수습하지 못한 시신들이 사방에

널브러져 있었다.

전장은 참혹했고, 승부는 나지 않았다. 또 다른 참극이 기다리고 있다는 의미였다.

시월과 검옹 천복은 사방 수십 리가 전장으로 변하고 이가검문의 문도들이 적지 않은 피해를 볼 때도 전장에 뛰어들지 않았다. 아니, 뛰어들지 않은 것이 아니라 뛰어들지 못했다.

여전히 그들 주위에 맴도는 천마후의 기운 때문이었다.

그들이 이가검문의 문도들을 돕기 위해 싸움에 뛰어드는 순간 천마후가 어떤 움직임을 보일지 알 수 없었다.

그래서 그들은 하루 밤낮으로 이어진 정천대와 마련의 충돌을 먼 곳에서 지켜볼 뿐 아무 도움도 줄 수 없었다.

그리고 날이 밝자 그 하루 동안 벌어진 격전의 비참함을 자신들의 눈으로 확인하고 있었다.

정천대와 마련의 충돌은 신검산 남쪽에 위치한 와호산을 중심으로 사방 십여 리 안쪽에서 벌어졌다.

무림의 싸움은 관병의 싸움과 달라서 천여 명이 넘는 무인들이 동원되었음에도 진형을 갖춰 너른 벌판에서 대규모로 충돌하는 것이 아니라, 와호산 곳곳으로 무리를 지어 흩어진 무인들이 사방에서 크고 작은 혈전을 벌이는 방식으로 진행되었다.

그리고 그런 난전은 전력의 차이에도 불구하고 마련이 의천무맹 정천대를 막아낼 수 있는 환경을 제공했다.

와호산 곳곳에는 그간 만계지마가 준비한 크고 작은 함정들이 도사리고 있었기 때문이었다.

물론 그렇다고 의천무맹이 패배한 싸움은 아니었다. 의천무맹의 무인들은 큰 손실을 보면서도 만계지마가 준비한 함정들을 거의 모두 파괴했다.

그래서 첫날 싸움이 끝나고, 양측이 전열을 정비하기 위해 사, 오 리 밖으로 물러났을 때, 큰 피해를 입었음에도 불구하고 의천무맹 수뇌부의 정세 판단은 그리 비관적이지 않았다.

다시 싸움이 벌어지면 이번에는 마련의 마인들이 의지할 함정이나 괴진이 없을 거라 생각했기 때문이었다.

하지만 죽은 자의 숫자는 의천무맹 무인들이 훨씬 많았기 때문에, 수뇌부를 제외한 일반 무인들은 침통한 분위기에 빠져 있을 수밖에 없었다.

"이대로 두고 봐야 하는 걸까요?"

매캐한 매연이 아직도 꾸물거리며 솟아오르는 전장을 바라보며 시월이 말했다.

"방법이 없지 않느냐?"

검옹 천복이 되물었다.

그러자 시월이 시선을 돌려 북쪽 산비탈을 바라봤다.

"그녀와 승부를 내려고?"

검옹 천복이 놀란 표정으로 물었다.

그러자 시월이 대답했다.

"어젯밤 이가검문의 문도도 십여 명이 죽었습니다. 이곳에 온 문도들이 오십여 명, 열이면 피해가 적다고 할 수 없어요. 다시 한 번 싸움이 벌어지면, 더 큰 피해를 보게 될 겁니다."

"그렇지만 그녀에게 승리한다는 보장이 없지 않느냐?"

천복이 말했다.

“어르신과 저라면… 승부를 볼 수 있지 않겠습니까?”

시월이 물었다.

“…협공이라. 그녀 주변에 있는 자들도 결코 만만한 자들이 아니다.”

“천마사라는 자들 말이군요. 하지만 그들의 숫자는 겨우 십여 명이 채 안 됩니다. 조금 무리하면 한순간에 끝낼 수도 있을 겁니다.”

시월이 천마후를 공격하겠다는 생각을 굳힌 듯 말했다.

“조급하구나.”

검옹 천복이 걱정스러운 표정으로 말했다. 절정 고수 간의 싸움에서 조급함은 치명적인 약점으로 작용할 수도 있었다.

“더 이상 이가검문의 사람들이 죽는 것을 보기 힘들 것 같습니다.”

시월이 말했다. 그런 시월을 보며 검옹 천복이 혀를 찼다.

“원 녀석… 마공을 수련하고 늑대처럼 살아온 놈이 왜 그리 마음이 여린지…….”

“화검 때문에라도 이가검문 형제들의 죽음을 그냥 두고 보긴 힘듭니다.”

“그렇긴 한데… 좋아. 일단 다시 한번 그녀를 만나보자. 혹시 모르지 않느냐. 그녀도 이런 비참한 소모전을 원치 않을 수도 있으니까.”

검옹 천복이 결국 시월의 청을 받아들였다.

* * *

"그들이 오고 있습니다."

천마후를 호위해 강호에 나온 천마사 중 우두머리인 섭씨 성의 천마사가 급히 천마후 곁으로 달려와 보고했다.

그러자 천마후가 되물었다.

"그들이라뇨?"

"검옹 천복과 시월이라는 자입니다."

"…결국 참지 못하는 건가?"

천마후가 살짝 눈살을 찌푸리며 중얼거렸다. 두 사람이 온다는 것은 자신과 승부를 내기 위함이기 때문일 것이다.

그들은 정천대와 마련의 일차 충돌이 만들어낸 참극을 더 이상 두고 볼 수 없다고 판단했을 것이다.

"정파인들이란……."

천마후가 혀를 찼다.

"어찌하시려는지?"

섭씨 성의 천마사가 조심스럽게 물었다.

그러자 천마후가 담담하게 대답했다.

"지금 그들과 싸울 생각은 없어요."

"그럼……?"

"흑화수 금사가 신검산 북쪽에서 고전 중이라죠?"

천마후가 되물었다.

"그렇습니다. 어젯밤 정천대의 고수들이 홍안령을 따라 내려와 신검산 서쪽을 기습했는데, 흑화수 금사가 마정궁에 남아 있던 자들과 함께 그들을 막고 있습니다만 전황이 극히 불리하답니다."

천마후를 따르는 천마사들은 전장과 떨어진 산속에 있으면서도 신검산 주변에서 벌어지는 싸움의 양상을 세세하게 파악하고 있었다. 그건 마련의 각 문파에 드러나지 않은 천마궁의 사람들이 비밀리에 존재한다는 뜻이었다.

"그럼 난 흑화수나 도우러 가야겠어요."

천마후가 자리를 털고 일어났다.

"흑화수를 말입니까?"

섭씨 성의 천마사가 놀란 표정으로 물었다.

"마련십천마라 불리는 자 중에서 그나마 흑화수만이 신뢰할만 하죠. 다른 자들은 언제든 천마궁에게 등을 돌릴 수 있는 자들이에요. 반면 흑화수는 도움을 주면 천마궁에 대한 의리를 지킬 거예요. 만계지마가 이기든 지든, 마련에 천마궁이 신뢰할 수 있는 사람이 한 명 정도는 있어야겠죠."

"그럼 저들은 어찌하실 생각이십니까?"

어느새 시야에 들어온 검옹 천복과 시월을 가리키며 섭씨 성의 천마사가 물었다.

"작별 인사는 하고 가야죠."

"……."

천마사가 천마후의 의도를 모르겠다는 듯 말없이 그녀를 바라봤다.

"이번 강호행의 가장 큰 소득이라면 저 두 사람을 만난 거예요. 그들을 통해 난 내 무공에 대해 많은 깨달음을 얻었어요. 그러니 인사 정도는 하고 가야지 않겠어요?"

"그들이 싸우고자 하면 어쩌시려고……?"

"내가 떠나겠다고 하면 싸울 생각을 접을 거예요."

"하지만 흑화수를 돕겠다지 않으셨습니까?"

섭씨 성의 천마사가 이해할 수 없다는 듯 되물었다.

"그 정도는 서로 타협할 수 있을 거예요."

"…저로서는 이해가 가지 않습니다만……."

"두고 보면 알 거예요."

천마후가 더 이상 중년 마인의 질문에 대답하지 않고 천천히 걸음을 옮겨 시월과 검옹 천복을 마중하려는 듯 산 아래로 내려가기 시작했다.

"싸울 생각이 없는 것 같은데요?"

시월이 산에서 내려오는 천마후를 보며 말했다.

"그런 것 같구나. 하지만 우리가 이 싸움에 뛰어드는 것을 용납할지는 모르겠다."

검옹 천복이 대답했다.

천마후는 벌써 오장 여 앞까지 이르러 있었다. 그리고 그즈음에서 걸음을 멈추고 시월과 검옹 천복에게 물었다.

"어쩐 일이시죠? 두 분께서 날 찾아오실 일이 있을까요?"

천마후가 물었다.

"잠을 통 잘 수가 없어서 말이오."

검옹 천복이 대답했다.

"이상한 일이군요. 어르신께서 숙면을 취하지 못하는 것과 제가 무슨 연관이 있나요?"

"잠을 자려 해도 늘 천마후의 기운이 느껴지니 긴장이 되어 잠을 잘 수가 없었소. 또한, 이가검문의 형제들이 죽어가는 것을 보고도 천마후께서 지켜보고 있다는 생각에 그들을 구할 수 없었으니 그 죄책감에 잠을 청하기 힘들더이다."

"그래서… 절 베기로 결정하신 건가요?"

천마후가 덤덤한 목소리로 물었다.

"우린 아무래도 이 싸움에 관여해야 할 것 같소. 지난밤 한 번의 충돌에서 죽은 사람이 수백이오. 아마 다음번에는 이 와호산 주변에 모인 무림인 중 절반이 죽어 나가도 이상하지 않을 것이오. 그런 비극은 막아야지 않겠소? 정사 양도를 떠나서 사람 목숨은 모두 귀하니 말이오."

"절 베면 이 싸움이 끝날까요?"

천마후가 물었다.

그러자 검옹 천복이 고개를 저었다.

"그렇지는 않을 것이오. 다만, 천마후께서 우릴 방해하지 않는다면 이 싸움을 조금 일찍 끝낼 방법은 알고 있소."

"…만계지마를 벨 생각인가요?"

단 두 사람, 시월과 검옹 천복이 관여함으로써 이 정사 대전을 빨리 끝날 수 있다는 것은 곧 그들이 이 싸움의 원흉인 만계지마를 베겠다는 뜻이었다.

천마후가 그 뜻을 금세 알아차리고 되물은 것이다.

"벨 수 있다면 그리할 생각인데, 천마후께서 그 일을 방해하시겠다면 만계지마를 찾아가기 전에 천마후님을 상대하는 것이 먼저일 것 같아서 이렇게 무례한 방문을 하게 되었소."

검옹 천복이 정중하게 천마후에게 대결을 청했다.

그러자 천마후가 잠시 검옹 천복을 바라보다가 물었다.

"저를 벨 자신은 있나요?"

"난 싸울 때 확신하지 않소. 싸움은 변수가 많고, 내가 상대를 완벽하게 알지 못하기 때문이오. 그저 오직 최선을 다할 뿐이라오."

검옹 천복이 정색하며 대답했다. 그가 평생 어떤 마음으로 무인의 길을 걸어왔는지 고스란히 드러나는 말이었다.

검옹의 그 말은 곁에서 듣고 있던 시월에게도 큰 울림을 주었다. 싸움에서 적에 대한 선입견을 버리고 있는 그대로 적을 받아들이는 것, 자만심과 두려움을 버리고 오직 자신의 모든 것을 쏟아 부어 적을 상대한다는 검옹 천복의 지론은 시월에게 또 다른 깨달음을 주는 말이었다.

그런데 검옹 천복의 말에 깨달음을 얻은 사람이 시월만이 아닌 듯했다. 천마후도 뭔가를 깊이 생각하는 듯했다. 그러다 문득 검옹 천복을 향해 가볍게 포권을 해 보였다.

"사실 정사의 나눔은 무공이 아니라 각자의 이해 관계에 따른 선택이지요. 하지만 무인이라는 면에서 우린 모두 한 길을 가는 동도일 뿐이라 생각해요. 그런 면에서 오늘 노사께 중요한 가르침을 얻었습니다. 천산을 떠날 때 스승께선 바다처럼 넓은 강호에서 모래알처럼 많은 고수들을 경험하면 나의 오만함이 조금은 줄어들지 않을까 기대하신다고 하셨습니다. 그런데 이제 다른 고수들은 만날 필요는 없겠군요."

"적에게 도움을 주다니 내가 실수를 한 모양이구려. 허허!"

검옹 천복은 기분이 나쁘지 않은지 웃음을 흘렸다.

"그런데 아쉽게도 오늘은 제가 노사의 적이 되어 가르침을 받을 생각이 없습니다."

천마후가 차분하게 말했다.

"…그 말은 이 대결을 거부하겠다는 말이오."

"전 신검산을 떠날 생각이에요. 신검산을 떠나 잠시 천하를 둘러본 후 천산으로 돌아갈 생각입니다."

"그 말은… 더 이상 이 싸움에 관여치 않겠다는 뜻이오?"

검옹 천복이 놀란 얼굴로 물었다. 이렇게 쉽게 그녀가 정사 대전에서 발을 뺄 거라고는 생각지 못했기 때문이었다.

"이 싸움은 만계지마가 홀로 일으킨 싸움이죠. 그 한 사람의 야망 때문에 많은 피가 흐르고 있고요. 전 더 이상 그의 야망을 위해 검을 들 생각은 없습니다. 다만… 신검산 서북쪽에서 싸우고 있는 흑화수는 도와주고 떠날 생각인데 그 일도 방해하실 건가요?"

"신검산 북쪽에서도 싸움이 벌어졌소?"

검옹이 몰랐다는 듯 되물었다.

"모르셨군요. 정천일대의 고수 일백 명이 월문주를 앞세우고 사막을 지나 홍안령을 따라 내려와서 마정궁을 기습했어요. 흑화수가 홀로 그들을 막고 있죠. 난 흑화수를 죽게 내버려 두고 싶지 않군요. 혹, 그녀를 돕는 일도 막으실 건가요?"

천마후가 자신의 생각을 밝히고 검옹 천복의 생각을 물었다. 그러자 검옹 천복이 잠시 생각에 잠겼다가 대답했다.

"그럼 서로 하고 싶은 싸움을 하도록 합시다."

"이해해 주시니 고맙군요."

"아니오. 우리도 이가검문을 지키는 것 말고는 사실 이 싸움에 별 관심이 없다오."

검옹 천복이 덤덤하게 대답했다.

"그럼 이쯤에서 인사를 드리죠. 시월 대협! 언젠가 다시 한번 검을 맞댈 날이 오기를 기대하겠어요."

천마후가 시월에게 인사를 건넸다.

그러자 시월이 담담한 표정으로 대답했다.

"천산은 먼 곳이지만, 세상에서 보기 드문 절경이라 들었습니다. 언젠가 한 번 천산 여행을 가겠습니다."

"좋군요. 오시면 제가 천산 구경을 시켜드리죠. 일생일대의 상대를 마주하는 대가로!"

"기대하겠습니다."

시월이 가볍게 포권을 하자 천마후가 살짝 고개를 까딱인 후 자신이 내려온 산비탈을 되돌아 오르기 시작했다.

* * *

"일이 좀 묘하게 되었구나."

검옹 천복이 멀어지는 천마후를 보며 말했다.

"그녀가 진심으로 원하는 것은 뭘까요?"

전장을 떠나겠다면서도 또 흑화수 금사를 도와 서북쪽으로 우회해 내려온 의천무맹의 기습은 막겠다는 천마후의 말은 그녀의 의도를 짐작하기 어렵게 만들었다.

"이 싸움을 오직 만계지마의 패배로 만들겠다는 뜻인 것 같다. 싸움에 패한다 해도 마련의 마인들에게 최대한 물러날 수 있은 탈출구는 열어 주겠다는 의미가 아닐까? 그런데 그 일에 우리가 이용당하는 기분이 드는구나."

"차도살인이라는 건가요? 어르신과 제가 만계지마를 공격하게 하려는?"

"그럴 가능성이 없지 않다."

검옹 천복이 고개를 끄덕였다.

"마련 내에서도 이런 식의 권력다툼이 있군요."

"사람 사는 곳이면 어디나 마찬가지지. 의천무맹도 아마 이 싸움이 끝나면 다시 치열한 권력다툼에 들어갈 거다. 그럼 또 그사이 마도의 힘을 끌어모아 다시 일어서려는 제이의 만계지마가 나타나겠지. 흠……."

검옹 천복이 끝없이 반복되는 무림의 싸움이 당연하다고 말하면서도 지겨운 듯 한숨을 쉬었다.

"그때는 뭐… 정말 우리 싸움이 아닐 수도 있겠죠."

"하긴, 그쯤 되면 난 죽어서 흙이 되어 있을 테니까."

"그렇게 오래 평화가 이어질 거라 보세요?"

시월이 검옹을 보며 물었다.

"기특하구나. 내가 오래 살기를 바란다는 뜻이지?"

"무공이 사람의 수명을 무한정 늘리지는 못하지만 적어도 일반 사람들보다 수십 년은 더 오래 살 수 있는 기회를 주잖아요. 더군다나 어르신 같은 무공의 고수는 앞으로도 반백 년은 더 사실걸요?"

"흐흐흐, 아주 저주를 해라. 그렇게 오래 살아서 또 무슨 꼴을 보려고."

검옹 천복이 실소를 흘리며 말했다.

"무종이 커서 강호를 주유하고, 혼인을 하고, 또 아이를 낳는 것을 보셔야죠."

"음… 그런 일이 재밌기는 하겠다만, 그때까지 무료함을 내가 어찌 견딜까 싶다."

검옹 천복이 고개를 저었다.

"제가 놀아드릴게요. 이번 싸움이 끝나면 만화도에도 한 번 가 보세요."

"가만있자… 만화도에 가면 화노가 계시니까 심심치 않으려나?"

검옹이 관심을 보였다.

"화노 어르신뿐인가요? 소삼공, 소사공 어르신들도 무척 재미있는 분들이세요."

"좋아. 그럼 이번 일이 끝나면 만화도로 한 번 같이 가보자."

검옹 천복이 기분이 좋아졌는지 활짝 웃으며 말했다.

"그렇게 하세요. 화검도 무척 좋아할 거예요."

"그런데 그러기 위해선 일단 만계지마를 베야겠지?"

"쉽지는 않겠죠?"

"음… 당장은 어렵고 기다려야지. 기회가 올 때까지."

검옹 천복이 말했다.

*　　　*　　　*

이틀간의 휴식 후 싸움은 다시 시작됐다.

와호산 곳곳에서 신검산으로 진격하려는 의천무맹 무인들과 그들을 막으려는 마련 마인들의 싸움이 다시금 점차 거칠어지기 시작했다.

더 탈 것이 남아 있지 않을 것 같던 와호산에 거짓말처럼 곳곳에서 연기가 다시 피어올랐고, 그 연기 속에서 죽음의 향기까지 우울하게 퍼져 나갔다.

하지만 그래도 일차 격돌 때보다는 허망한 죽음이 많지 않았다.

만계지마가 와호산에 펼쳐 놓았던 함정들이 일차 격돌에서 많이 파괴된 것도 한 이유지만, 그보다는 일차 격돌에서 양쪽 모두 너무 처참한 피해를 입어 두 번째 격돌에서는 의천무맹과 마련 모두 서로가 조심스럽게 싸움에 임했기 때문이었다.

그래서 두 번째 싸움은 조금 더 조심스럽게, 그리고 계획적으로 벌어지고 있었다. 그래서인지 피해가 많지는 않았지만, 전세 역시 한쪽으로 크게 기울지 않고 있었다.

그런데 그즈음 다시 싸움을 시작했으면서도, 정사 양도의 시선은 그들 자신의 싸움보다는 오히려 신검산 북서쪽에서 벌어지고 있는 싸움을 향해 있었다.

이제 의천무맹 별동대의 신검산 기습은 더 이상 비밀이 아니었다.

무맹의 정예고수들이 신검산 서북면을 기습했을 때는 단번에 마정궁이 함락될 것처럼 보였지만, 그 싸움에 흑화수 금사가 투입된 이후 전세가 일변했다.

흑화수 금사는 마정궁에 남아 있던 마정궁의 마인들을 효과적으로 독려해 수세에 몰리긴 했지만 끝끝내 무맹의 무인들이 마정궁으로 들어오는 것은 막아내고 있었다.

와호산에서와 마찬가지로 신검산 서북 면에서도 정사의 팽팽한 대치가 이어지고 있었던 것이다.

그리고 사람들은 어렴풋이 느끼고 있었다. 와호산의 전면전보다는 신검산 기습 공격의 결과가 전체 싸움의 판세를 결정지을 수 있다는 것을.

그걸 알면서도 만계지마나 의천무맹 모두 추가 전력을 신검산으로 보내지 못했다. 힘을 나누는 순간 와호산에서의 전력 균형이 한순간에 무너질 수 있기 때문이었다.

그리고 그즈음 정사 양도 그 누구도 예상하지 못했던 변수가 일어나고 있었다.

*　　　*　　　*

“모두 물러나지 말고 싸워라! 오늘은 반드시 마인들의 소굴을 소탕해야 한다!”

마정궁이 보이는 신검산 서북면의 산비탈, 초로의 고수가 검을 휘둘러 마정궁의 마인들을 베어 넘기며 큰 소리로 외쳤다.

싸움을 독려하는 사람은 천무문의 고수 옥황이었다.

그는 천무문이 자랑하는 천무사왕 중 한 명으로, 또 다른 천무사왕 함도경, 지황문의 장로 목인걸과 함께 사막을 횡단해 온 의천무맹의 기습대를 이끄는 세 명의 수뇌 중 한 명이었다.

의천무맹의 기습대는 벌써 여러 날째 마정궁을 공격하고 있었지만, 여전히 마정궁 밖에 머물고 있었다.

그리고 그런 현실이 그들을 초조하게 만들고 있었다. 그들이 준비해 온 식량도 떨어져 가고 있었고, 또 여러 번의 공격에 실패해서 전력도 약해지고 의천무맹 무인들의 사기도 크게 떨어져 있었던 것이다.

이럴 때 마련의 구원대라도 달려오면 의천무맹 기습대는 한순간에 위기에 빠질 수도 있었다.

하지만 그럼에도 정천일대의 본대는 와호산을 우회해 그들을 도우러 오기 힘든 상황이었다.

절체절명의 상황 속에서 수뇌들의 독려에 의천무맹 고수들이 죽음을 무릅쓰고 마정궁을 향해 돌진했다. 그 선두에는 살기로 가득한 안광을 토해내고 있는 월문주 백문보가 있었다.

백문보와 그를 돕는 운중오문의 호천밀사들은 앞을 막는 마련의 마인들을 가차 없이 베어 넘기며 마정궁을 향해 돌진했다.

그들의 무공은 정예 중의 정예인 정천대의 다른 무인들과도 확연한 차이를 보여서 그들이 전진하는 곳에선 마련의 마인들의 제대로 힘을 쓰지 못했다.

하지만 그 전진도 마정궁의 외벽 바로 앞까지가 한계였다. 마정궁 외벽이 이르는 순간, 성벽처럼 높은 외벽 안에서 무수한 화살들이 날아들었다.

무림 고수들에게 화살 공격이란 목숨을 위협할 만한 것이 아니지만, 그렇다고 화살 공격을 무시하고 외벽을 넘을 수는 없었다.

더구나 그들이 전진한 곳까지 도달한 의천무맹 다른 무인들이 거의 없는 상황에서 그들만으로 마정궁 안으로 들어가는 것은 거의 불가능했다. 설혹 성공한다 해도 마정궁 안에 고립되어 죽을 가능성이 농후한 일이기 때문이었다.

그래서 지난번과 마찬가지로 월문주 백문보와 호천밀사들은 마정궁의 외벽 바로 앞에서 날아오는 화살을 막아내며 의천무맹 다른 무인들이 그들이 있는 곳까지 당도할 때까지 시간을 벌어주는 역할을 할 수밖에 없었다.

그런데 그렇게 백문보 등이 자리를 잡고 의천무맹 고수들이 도착할 때까지 기다리는 동안 갑자기 이십여 명의 마인들이 마정궁 외벽을 넘어왔다.

파파팟!

화살이 만들어내는 파공음에 섞여 마정궁 외벽을 넘은 검은 마인들은 밖으로 나오자마자 백문보 일행을 놓아두고 그 뒤쪽에서 마정궁을 향해 다가오는 의천무맹의 무인들을 베어 넘기기 시작했다.

"악!"

"컥!"

허공을 가득 메우는 도검의 광채들, 그 광채들이 번뜩일 때마다 의천무맹 무인들이 비명을 지르며 쓰러졌다.

그런데 그렇게 돌풍처럼 의천무맹 기습대를 쓰러뜨리는 마련 마인들의 속에서 특별한 무공을 선보이는 인물이 있었다.

수십 개의 꽃송이가 허공에 떠오르는 것처럼 보이는 검은 수영(手影)들. 하지만 꽃잎 같은 그 수영들에 휘말린 의천무맹 고수들은 여지없이 입에서 피를 뿌리며 쓰러졌다.

현재 신검산에 모인 마인 중 이런 파괴적인 수공을 사용하는 사람은 오직 한 명, 마련십천마의 일인인 흑화수 금사뿐이었다.

지난 몇 번의 싸움에서 의천무맹 무인들이 어렵게 마정궁의 외벽에 도착하면, 마련의 마인들은 외벽을 방패로 화살을 쏟아 부었고 그 틈을 타고 흑화수와 이십여 명의 무공이 뛰어난 마인들이 담을 넘어와 이렇게 의천무맹 무인들을 공격해 결국에는 마정궁에서 물러나게 만들었었다.

"저 계집을 잡기 전에는 마정궁으로 들어가기가 힘들 것 같소."

백문보가 그동안 자신들의 발목을 잡아 온 흑화수 금사를 노려

보며 이를 갈았다.

"흑화수 금사! 적이지만 대단한 고수요."

호천밀사 중 한 명인 곡천이 중얼거렸다.

"하지만 오늘은 어떻게든 저 계집을 베어야 하오."

백문보가 단호하게 말했다.

"알고 있소. 그녀를 베기 전에는 이 싸움에서 승리하기 힘들다는 것을. 그런데 그들이 나서지 않는데 우리가 나서는 것은……."

곡천이 말꼬리를 흐렸다.

그의 시선은 의천무맹 기습대의 우두머리들인 옥황과 함도경 등에게 향해 있었다.

그들은 기습대의 싸움을 독려하면서도 정작 진격을 가로막는 가장 큰 방해자인 흑화수 금사를 상대하려 하지 않고 있었다.

"저들을 믿었다가는 오늘도 다시 물러나야 할 것이오."

백문보가 뒤로 물러나 있는 옥황 등을 노려보며 말했다.

그러자 호천밀사 곡천이 가볍게 한숨을 쉬다가 그의 동료들에게 물었다.

"한 번 흑화수를 잡아 보겠소?"

그러자 호천밀사 중 한 명인 구찬서가 대답했다.

"나쁘지 않지요."

"이 지루한 싸움에서 그녀를 제압하는 일은 그나마 재미가 있을 것 같소이다."

또 다른 호천밀사 양소산도 구찬서의 말에 동조했다.

그러자 곡천이 고개를 끄덕이고는 백문보에게 말했다.

"흑화수 금사 개인의 무공을 봤을 때 우리보다 강한 것이 분명하오. 그래서 그녀를 제압하려면 우리 세 사람 정도는 나서야 할 것 같소. 다른 호천밀사가 문주 곁을 지키겠지만 그래도 전장의 상황은 한순간에 변할 수 있으니 우리가 흑화수를 상대하는 동안 조심하시기 바라오."

"걱정 마시오. 흑화수가 아니라면 누구든 날 위협할 수 없소."

백문보가 자신 있게 대답했다.

"알겠소이다. 그럼 사냥을 한 번 해보지요. 갑시다!"

호천밀사 곡천이 일단 결심이 서자 망설이지 않고 흑화수 금사를 향해 걸음을 옮겼다.

그러자 호천밀사 양소산과 구찬서 역시 검을 빼 들고 곡천의 뒤를 따라 걸음을 옮겼다.

"우린 흑화수 곁을 따르는 저 계집들을 흑화수로부터 떼어놓읍시다."

곡천 등이 흑화수를 향해 걸어가자 백문보가 다른 호천밀사들에게 말했다.

그가 노려보는 여인들은 늘 흑화수 곁을 지키는 귀, 살, 옥, 명 네 명의 사대나찰이었다.

"그렇게 하지요."

뒤에 남은 호천밀사들도 사대나찰이 흑화수를 돕지 못하게 해야 한다는 것을 알고 있으므로 백문보의 말에 동의했다.

그러자 백문보가 살기 가득한 눈으로 사대나찰이 날뛰고 있는 방향을 향해 걸음을 옮기기 시작했다.

"특이한 자들이군요."

마정궁 외벽 먼 쪽에서 전장을 상황을 지켜보던 천마후가 입을 열었다.

"백문보가 화록산 대회합에서 저들의 도움을 받아 월문의 십대천문 지위를 지켜냈다는 소문이 있었습니다. 다만 의천무맹에서도 그들의 정체는 의문이라고 합니다."

"그래요? 그럼 그들의 무공을 경험해 봐야겠군요. 무공을 보면 정체를 알 수 있겠죠. 준비하세요."

"예. 천마후님!"

섭씨 성의 천마사가 나직하게 대답했다.

제 6장
—
절대고수

호천밀사 곡천과 양소산 그리고 구찬서가 흑화수를 향해 다가가자, 흑화수를 따르는 사대나찰녀가 급히 흑화수 앞을 가로막았다.

그러자 세 사람이 거의 동시에 검을 빼 들고 네 명의 나찰녀를 향해 달려들었다.

카카캉!

지금까지와는 전혀 다른 병기의 충돌음이 전장에서 터져 나왔다.

세 호천밀사의 무공은 사대나찰녀를 한순간에 압도했다. 그들의 강력한 무공과 마주한 사대나찰녀가 호천밀사들의 공력을 감당하지 못하고 사방으로 튕겨 나갔다.

그러자 흑화수 금사에게로 향하는 길이 단번에 열렸다.

세 호천밀사는 밀려난 사대나찰녀에게는 관심을 두지 않았다. 그들의 목적은 오직 흑화수 금사, 그녀를 향하는 길이 열리자 세 사람은 삼면에서 흑화수를 압박해 들어갔다.

그러자 뒤로 물러났던 사대나찰녀가 흑화수를 지키기 위해 다시 세 사람을 향해 달려들려는데, 그때, 그녀들의 뒤쪽에서 백문보의 살기 어린 목소리가 들렸다.

"네년들은 우리가 베어주마!"

뒤를 이어 백문보와 서너 명의 호천밀사들이 사대나찰녀를 공격하기 시작했다.

마련의 마인들을 이끌고 장내의 싸움을 주도하던 흑화수와 사대나찰녀가 한순간에 수세에 몰리기 시작했다.

흑화수를 호위하는 사대나찰녀의 무공도 결코 약한 것은 아니었지만, 월문주 백문보와 호천밀사들의 협공을 물리칠 만큼 절정의 무공을 가진 것은 아니었다.

그래서 그녀들은 흑화수를 도와주기는커녕, 그녀들 자신의 목숨을 지켜내는 것도 버거운 지경에 빠져들었다.

그녀들에 비하면 오히려 흑화수 금사의 사정이 조금 나은 편이었다.

지난 며칠간의 공방전에서 압도적인 무공을 자랑하며 정천대기습조의 공격을 막아냈던 흑화수 금사였다. 그런 고수인지라 곡천 등 세 명의 호천밀사가 협공을 해도 그녀는 큰 위기에 빠지지 않고 그들의 공격을 막아냈다.

하지만 그런 그녀의 얼굴에선 초조한 빛을 감출 수 없었다. 그녀가 세 호천밀사에게 목숨을 잃을 리는 없을 것처럼 보였지만, 그렇다고 그들을 물리치고 자신의 수하들인 사대나찰녀를 구할 정도의 여유는 없었기 때문이었다.

사대나찰녀는 흑화수 금사에게 특별한 존재였다.

그녀가 비록 흑사회의 회주이고, 강호의 수많은 흑상들이 그녀를 따르고 있지만, 그녀를 위해 목숨을 걸고 싸울 수 있는 수하들은 오직 사대나찰녀들뿐이기 때문이었다.

흑사회의 흑상들은 그녀가 약해지면 언제든 그녀에게 등을 돌릴 수 있는 존재들이었다.

그렇게 그녀와 사대나찰녀가 호천밀사들의 공격으로 한순간에 곤경에 빠졌음에도 불구하고 그녀들을 돕기 위해 달려오는 마련의 마인들이나 흑사회의 고수들은 전무했다.

그들은 오히려 호천밀사들의 무공이 두려운지 방책 안쪽으로 물러나 호천밀사들과 흑화수 일행의 싸움을 지켜볼 뿐이었다.

그런데 그런 방관적인 태도는 기습대의 무인들 역시 마찬가지였다.

정천대 기습대의 우두머리들인 천무문의 옥황과 지황문의 함도경 등도 흑화수와 호천밀사들의 싸움을 지켜볼 뿐, 그들을 돕기 위해 달려오지는 않았다.

만약 그들까지 싸움에 달려들었다면 아무리 흑화수 금사의 무공이 대단해도 단번에 싸움에 패해 목숨을 잃거나 도주를 했을 것이다.

그런 정천대 무인들의 태도는 그들이 백문보와 호천밀사들을 자신들의 진정한 동료로 인정하고 있지 않음을 보여주는 것이었다.

하지만 그들이 도움을 주든 말든 백문보와 호천밀사들은 확실히 싸움을 유리하게 이끌고 있었다.

흑화수와 사대나찰녀와 싸우는 호천밀사를 제외하고도 서너 명의 호천밀사들은 아직 싸움에 뛰어들지도 않고 있었다.

그건 그만큼 싸움이 호천밀사들에게 유리하다는 뜻이었다.

전세의 불리함을 가장 명확하게 느끼고 있는 사람은 흑화수 금사였다.

그녀가 세 호천밀사의 검을 신묘한 보법으로 피해내며 슬쩍 마정궁 쪽을 바라봤다.

그녀의 눈에 마정궁 앞에 세워진 높은 방책 위에 올라 자신들의 싸울 지켜보는 마련 마인들이 보였다.

"어리석은 자들!"

흑화수 금사의 입에서 차가운 냉소가 흘러나왔다.

자신과 사대나찰녀가 무너지면 마정궁도 무너지고, 지금 방책 위에서 싸움을 지켜보는 자 중 절반은 정천대에게 도륙을 당할 거란 걸 생각하지 못하는 마련 마인들의 어리석음이 그녀를 냉소적으로 만들었다.

그리고 그런 마련의 마인들을 위해 자신과 수하들이 목숨을 버릴 이유도 없었다.

"떠나면 그뿐!"

흑화수 금사의 입에서 차가운 음성이 흘러나왔다. 그리고 그 순간 그녀의 몸이 한순간에 일장 여 높이로 도약했다.

"물러나라!"

허공에 떠오른 흑화수가 무서운 속도로 팔을 휘둘렀다.

그러자 그녀의 손이 수십 개의 수영을 만들어내더니 세 방향에서 그녀를 공격하던 호천밀사들에게 화살처럼 폭사했다.

파파팟!

"헛!"

"웃!"

갑자기 자신들을 향해 무서운 속도로 날아드는 수십 개의 수영에 놀란 호천밀사들이 급히 검을 들어 흑화수의 검은 수영을 막아냈다.

콰콰쾅!

강력한 충돌음이 장내를 뒤흔들었다.

"크!"

"억!"

나직한 비명과 함께 호천밀사 삼 인이 흑화수에게서 멀어졌다.

순간 흑화수가 가볍게 땅에 내려서는가 싶더니 다시 도약하면서 사대나찰녀를 공격하는 백문보 등을 향해 폭사했다.

"길을 열 테니 물러나라!"

사대나찰녀를 향해 달려가면서 흑화수 금사가 소리쳤다.

동시에 그녀의 손이 다시 수십 개의 수영을 만들어 사대나찰녀를 공격하는 백문보와 호천밀사들을 공격하고 있었다.

"이 계집이!"

백문보가 자신을 향해 날아드는 흑화수 금사의 수영들을 검으로 베어내며 살기를 드러냈다.

콰쾅!

백문보의 검에 막힌 흑화수의 수영들이 사방으로 흩어졌다.

백문보가 무공보다는 지모로 이름을 날린 사람이라고 해도 명색이 십대천문의 수장이다. 그의 무공은 호천밀사 개개인을 능가했다.

백문보가 흑화수의 수영들을 흩어버리는 순간, 흑화수 금사가 백문보를 상대하지 않고, 그를 지나쳐 사대나찰녀들과 합류했다.

"날 따라오너라!"

흑화수가 금사가 사대나찰녀에게 명을 내리고는 마정궁이 아닌 북쪽 숲을 향해 달리기 시작했다.

그 행동은 그녀가 더 이상 마정궁을 지키는 일에 관심이 없다는 것을 뜻한다.

하지만 그녀의 탈출은 그리 쉽지 않았다. 무인들에게는 마정궁을 함락하는 것보다 삼십육마이자 마련십천마인 흑화수 금사를 제압하는 일이 훨씬 더 큰 명예이기 때문이었다.

그녀가 도주를 택하자 그때까지 그녀와 호천밀사들의 싸움을 지켜만 보던 정천대 무인들이 움직였다.

"마녀를 잡아라!"

뒤늦게 천무문의 고수 옥황이 명을 내렸다.

그러자 명예욕에 사로잡힌 정천대 기습대의 무인들이 빠르게 흑화수 금사와 사대나찰녀가 도주하는 방향으로 이동해 그녀들의 앞을 가로막았다.

"네년들이 갈 곳은 지옥밖에 없다."

정천대 무인들이 흑화수의 퇴로를 막자 주춤했던 백문보가 다시금 흑화수 금사를 향해 욕설을 퍼부으며 달려들었다.

그로서는 흑화수 금사를 제거한 공을 뒤늦게 뛰어든 정천대 무인들에게 절대 빼앗길 수 없었다.

그렇게 앞뒤에서 적을 맞은 흑화수 금사의 얼굴에 당황한 빛이 떠올랐다.

사대나찰녀를 포기한다면 지금이라도 그녀 홀로 충분히 몸을 뺄 수 있었다. 하지만 그녀에게 사대나찰녀는 반드시 지켜야 할 사람들이었다. 사대나찰녀는 그녀가 전대 흑화수를 죽이고 스스로 흑화수가 될 때부터 목숨을 함께 한 사람들로 그녀에게는 자매와 같은 존재이기 때문이었다.

"길을 막는 자는 모두 죽는다!"

흑화수 금사가 숲으로 가는 길을 막는 정천대 무인들을 향해 검은 수영들을 뿌려댔다.

퍼퍼펑!

"컥!"

"억!"

그녀의 수영에 격중된 정천대 무인 서넛이 피를 뿌리며 날아가 땅에 나뒹굴었다.

하지만 동료들이 쓰러짐에도 불구하고 그녀의 앞을 막는 정천대 무인들의 숫자는 점점 늘어났다.

그 틈을 타 그녀를 추격하던 백문보와 호천밀사들은 손쉽게 그녀에게 접근했다.

"네년은 오늘 이곳에서 죽는다! 그리고 신검산은 다시 월문의 땅이 될 것이다. 네년들의 목을 베어 그 머리를 놓고 과거 죽어간 월문 형제들에게 제사를 올릴 것이다!"

정파인이라면 쉽게 입에 올리기 힘든 협박을 해대며 백문보가 흑화수 금사를 향해 다가섰다.

"백문보, 네가 하는 말과 행동을 보니 네 그릇은 강호 삼류 문파를 감당하기도 부족한 크기인데, 월문이 다시 재기할 수 있겠느냐?"

백문보가 다가오자 흑화수가 비웃듯 되물었다.

"후후, 마녀 따위가 설마 정파의 법도 따위를 기대하는 것이냐?"

백문보가 비웃었다.

"정사를 떠나 인간의 그릇을 두고 하는 말이다. 네가 신검산을 빼앗긴 데는 다 그만한 이유가 있는 것이다. 아직도 그 이유를 깨닫지 못했으니 안타까운 일이다."

"그 버릇없는 혀까지 뽑아야겠구나."

백문보가 자신을 모욕하는 흑화수를 향해 다시 한번 잔혹한 말을 내뱉었다. 그의 말투에 호천밀사들조차 눈살을 찌푸릴 정도였다.

"흑화수님, 저희가 뒤를 막을 테니 어서 가세요!"

문득 사대나찰녀 중 맏이인 나찰녀 귀(鬼)가 흑화수 금사에게 말했다.

"그대들을 두고 가진 않아."

흑화수 금사가 단호하게 말했다.

"그러다가 흑화수님까지 다치세요. 제발 저희가 그동안 흑화수님께 받은 은혜를 갚도록 해 주세요."

"맞습니다. 흑화수님, 흑화수님만 살 수 있다면 저희는 언제 죽어도 좋습니다."

다른 사대나찰녀 살(殺)이 거들었다.

그러자 흑화수 금사는 다시 고개를 저었다.

"그대들이 없는 세상은 나도 별 미련이 없어. 그대들을 먼저 보내고 내가 무슨 재미로 이 세상을 살아간단 말이야. 어딜 가든 같이 간다."

흑화수 금사가 더 이상 논쟁하고 싶지 않다는 듯 두 손에 진기를 끌어올리며 말했다.

그러자 백문보가 비웃음을 흘리며 말했다.

"흐흐흐, 마녀 주제에 같잖게 의리를 내세우는 거냐? 그렇게 같이 죽기를 원하니 소원대로 해주겠다!"

창!

백문보가 허공에 검을 한 번 휘두르자 그의 검이 날카로운 파공음을 만들어내며 검기를 일으켰다.

그러자 그의 옆에 서 있던 호천밀사들도 제각기 병기를 들어 흑화수와의 싸움을 끝낼 준비를 했다.

그런데 그 순간 갑자기 백문보의 뒤쪽에서 섬뜩한 파공음이 일어나더니 무서운 속도로 그를 향해 밀려왔다.

쐐애액!

"피햇!"

맞은편에서 백문보와 흑화수의 대치를 지켜보고 있던 정천대무인들 사이에서 다급한 경고성이 터져 나왔다.

백문보 역시 등 뒤에서 느껴지는 섬뜩한 살기에 놀라 황급히 옆으로 몸을 날리며 뒤를 돌아봤다.

순간 자신을 향해 날아오는 검이 백문보의 눈에 들어왔다.

"헉!"

백문보가 다급성을 토해내며 미쳐 완전히 돌지 않은 몸을 억지로 비틀며 급하게 검을 휘둘렀다.

캉!

허공을 날아온 검은 백문보가 다급하게 휘두른 검을 단번에 부러뜨리고는 번개처럼 백문보의 옆구리를 베고 지나갔다.

"악!"

백문보의 입에서 날카로운 비명이 터져 나왔다. 검신이 반이나 잘려 나간 검을 든 백문보가 비틀거리며 대여섯 걸음 뒤로 물러나다가 결국 힘을 잃고 한쪽 다리를 꿇었다. 그리고 들고 있던 반토막 검을 땅에 박아 넣고서야 겨우 몸을 지탱했다.

"누구냐?"

"웬 놈이냐?"

예상치 못한 상황에 당황한 호천밀사들이 급히 백문보 앞을 막으며 검이 날아온 방향을 향해 소리쳤다.

그러자 검은 무복을 입고 그 위에 걸친 순백의 피풍의를 휘날리며 한 명의 여인이 천천히 장내로 다가왔다.

그런데 그 순간 사람들은 여인이 미처 입을 열기도 전에 경악스러운 장면을 목격해야 했다.

백문보를 베고 지나갔던 검이 그제야 허공을 크게 한 바퀴 회전한 후 여인의 손으로 되돌아갔던 것이다.

탁!

여인이 되돌아온 검을 가볍게 잡아들고 호천밀사와 그 뒤에 서 있는 백문보 그리고 흑화수 금사의 길을 막고 있는 정천대 고수들을 바라봤다.

순간 정천대 고수들 사이에서 억눌린 듯 나직한 목소리가 흘러나왔다.

"설… 마… 이기어검(以氣馭劍)?"

*　　*　　*

"이기어검! 욕심나는 경지다. 하지만 나는 그 경지에 오른 자가 세상에 존재할 거라 생각지 않는다. 당연히 내 검도 이기어검이 아니다. 난 천산 천마궁의 천마후다! 위대하신 천마님의 마종삼검을 수련했다. 그대들은 방금 그중 제일초식을 보았다. 묻겠다. 너희들 중 누가 나의 마종삼검을 상대하겠는가?"

천마후는 나직한 목소리로 말했지만, 그녀의 말은 사방에 흩어져 있는 무림인들 한 명 한 명의 귀에 대고 말하는 것처럼 생생하게 전달되었다.

그녀가 자신의 정체와 무공을 밝히고 도전자를 찾는 동안 정천대 기습대의 무인들은 무형의 강력한 압박을 견뎌야 했다.

천마후로부터 일어나는 마기는 앞서 시월과 검옹 천복조차도 두려워했던 것이었다. 시월은 그 기운에 익숙해지기까지 하룻밤이 걸리기도 했었다.

그런 그녀의 마기를 정천대 무인들이 감당하기는 쉽지 않았다.

그리고 그건 정천대를 이끄는 천무문의 천무사왕 옥황이나 지황문의 장로 목인걸도 마찬가지였다. 하물며 운중오문이 비밀리에 운용하는 호천밀사의 고수들마저 천마후의 기세에 밀려 부상당한 월문주를 보호할 뿐 감히 그녀를 공격하지 못했다.

"싸울 자가 없다면 그만 물러나라. 내가 원하는 것은 흑화수의 안전과 그대들이 마정궁에서 물러나는 것! 그렇게 한다면 그대들의 벨 생각은 없다!"

천마후의 말에 정천대 고수들이 당황한 표정을 지었다.

천마후는 천마성의 사람이고, 천마성은 마련의 뿌리와 같은 문파다. 그런데 그런 천마후가 정천대와 싸움을 할 생각이 없다는 말은 쉽게 믿을 수가 없었다.

"그 말 진심이오?"

천마후의 압도적인 마기에 눌려 제대로 대응조차 못 하던 천무사왕 옥황이 크게 숨을 쉬어 긴장을 푼 후 물었다.

"천마성의 사람은 허언을 하지 않는다."

"하지만… 당신도 마련의 사람 아니오?"

"마련의 사람이라고 모두 같은 생각을 하고, 피를 갈구하지는 않는다. 하지만 그대들이 계속 마정궁을 공격한다면 나도 어쩔 수 없이 그대들을 벨 수밖에 없다."

"천마후! 당신 홀로 우리 모두를 상대할 수는 없소!"

지황문의 장로 목인걸이 두려움을 이겨내며 반발했다.

"물론 나 혼자 그대들을 모두 베겠다는 만용을 부릴 만큼 어리석지 않다. 하지만 내가 싸우면 방책 안 마련의 형제들도 나와 함께 싸울 것이다. 그럼 이 싸움에서 그대들이 승리할 가능성은 없다. 아니, 전멸을 면치 못할 것이다. 더 이상 긴말하지 않겠다. 내 생각에 동의하지 않는다면 그대들의 운명을 시험해 보는 것도 나쁘지 않겠지!"

천마후가 대답조차 필요 없다는 듯 검을 든 채 천천히 흑화수과 사대나찰녀가 있는 곳으로 걸음을 옮겼다.

천마후가 흑화수를 향해 다가가자 흑화수를 포위하고 있던 정천대 무인들이 자신들도 모르게 주춤거리며 뒤로 물러났다. 천마후는 그렇게 정천대 무인들이 만든 길을 따라 느릿하게 걸음을 옮겨 흑화수 앞에 이르렀다.

"움직일 수 있나요?"

천마후가 흑화수에게 물었다.

그러자 흑화수가 그 자신도 예상치 못한 일에 당황한 듯 말을 하는 대신 대신 고개를 끄덕였다.

"그럼 나와 함께 가요."

천마후가 담담하게 말을 건네고는 몸을 돌려 자신이 온 길을 되짚어 걷기 시작했다,

흑화수가 여전히 이 현실을 믿기 힘든 표정을 짓다가 이내 정신을 차리고 사대나찰녀에게 말했다.

"물러난다."

사대나찰녀에게 명을 내린 흑화수가 천마후를 따라 걸음을 옮겼다.

그러자 사대나찰녀가 검을 들어 사방을 경계하며 흑화수의 뒤를 따랐다.

천마후와 흑화수가 유유히 장내를 떠나고 있음에도 불구하고 정천대의 그 누구도 그녀들의 앞을 막지 못했다.

하지만 그 와중에 한 사람만은 절대 이 현실을 받아들일 수 없다는 듯 소리쳤다.

"뭣들 하는 거요? 저 마녀들을 그냥 보내주겠다는 것이오? 어서 공격하시오!"

월문주 백문보가 옆구리를 부여잡고 악을 쓰며 외쳤다.

그러나 정천대의 무인 중 그 누구도 그의 호소에 호응하는 사람이 없었다. 천마후가 보여준 압도적인 무공에 질린 그들은 공격은커녕 천마후가 스스로 물러나 주는 것이 고마울 따름이었다.

자신의 호소에도 정천대의 무인들이 움직이지 않자 월문주가

자신을 보호하고 있는 호천밀사들을 다그쳤다.

"그대들이라도 저 계집들을 공격해 주시오. 그대들이 공격하면 정천대도 함께 움직일 것이오!"

백문보의 다그침에 곡천이 백문보를 돌아보며 말했다.

"지금은 물러나는 게 좋을 것 같소."

"그게 무슨 소리요. 설마 저 마녀 하나를 상대하지 못한다는 뜻이오? 전력은 여전히 우리가 앞서지 않소?"

"싸움이 다시 시작되면 이번에는 마정궁에 있는 마인들이 모두 몰려나올 것이오. 더군다나 천마후라는 저 여인의 무공을 감당할 고수가 우리에게는 없소. 문주께서 이미 경험하셨으니 더 잘 아실 것 아니오."

"놈들이 몰려나오면 더 좋은 일 아니오. 그동안 놈들이 방책 안에 숨어 방어만 하는 바람에 마정궁을 함락시키지 못했으니 말이오."

"후… 문주께서도 모든 상황을 아시면서 왜 이렇게 고집을 부리시오. 천마후가 정천대의 수뇌 중 한두 명만 베어도 정천대는 전의를 잃고 무너질 것이오. 그렇다고 우리 모두가 천마후 한 명 잡자고 그녀만 공격할 수도 없는 일이고 말이오. 지금은 물러나는 것이 상책이오. 아쉽지만 의천무맹이 일으킨 정천삼대가 모두 신검산으로 모여들고 있다니, 기습은 포기하고 와호산에서의 전면전에 기대를 걸어봅시다."

호천밀사 곡천이 강온 양면으로 백문보를 설득했다.

그러자 백문보가 더 이상 고집을 부리지 못하고 멍한 시선으로 마정궁을 바라보며 중얼거렸다.

"정말 이대로 물러나야 한단 말인가. 나의 장원을 눈앞에 두고… 신검산을 내 손으로 되찾고 싶었건만……."

"너무 낙담 마시오. 곧 다시 기회가 올 것이오. 오히려 싸움은 이제부터 시작이오. 정천삼대가 모두 신검산으로 진주하면 기습전이 아니라도 충분히 승산이 있소."

곡천이 위로하듯 말했다.

그때 어느새 다가왔는지 천무사왕 옥황이 백문보에게 덤덤한 목소리로 말했다.

"곡 대협 말이 맞는 것 같소. 이번 기습전은 아무래도 실패한 것 같소. 좋은 계획이었지만 흑화수 금사, 아니, 천마후라는 변수는 우리가 예상치 못한 것이었소. 이젠 안전하게 정천대 본대와 합류하는 방법을 찾아야 할 때요. 놈들이 정천대 본대가 있는 와호산으로 가는 길을 막는다면 자칫 더 큰 문제가 발생할 수 있소."

옥황의 말에 백문보는 이제 더 이상 이곳에서의 싸움에 미련을 둘 수 없다는 것을 깨달았다. 정천대 기습대의 우두머리가 싸움을 포기한 이상 호천밀사들만 설득한다고 될 일이 아니기 때문이었다.

그리고 현실을 깨닫는 순간, 온몸에 힘이 빠지면서 그의 몸이 그 자리에 무너졌다.

쿵!

갑자기 백문보가 쓰러지자 호천밀사 곡천이 재빨리 백문보를 부축해 일으켰다.

"괜찮소?"

"나도 모르겠소. 죽을지 살지……."

백문보가 심드렁하게 말했다. 자신의 상태를 알 수 없다는 것이 아니라 알고 싶지 않다는 태도였다.

곡천이 백문보의 무례한 행동에 살짝 눈살을 찌푸리다가 한숨을 쉬며 품속에서 작은 단환을 꺼내 백문보의 입에 밀어 넣었다. 그리고 다른 가루약을 꺼내 들더니 백문보의 옆구리 옷자락을 찢었다.

찌익!

옷자락이 찢겨나가면서 검붉은 피가 채 마르지 않은 검상이 드러났다. 한눈에 보아도 꽤 깊은 상처다. 이대로 두면 정말 죽을지 살지 가늠할 수 없는 부상이었다.

호천밀사 곡천이 피가 흐르는 백문보의 옆구리에 들고 있던 가루약을 뿌렸다.

"윽!"

만사 의욕을 잃은 백문보였지만, 금창약 가루가 상처에 닿으며 일어나는 고통에는 결국 신음을 흘렸다.

"지혈은 쉽게 될 것이오. 하지만 내상의 깊이를 알 수 없으니 서둘러 의원에게 가야 하오. 일단 옥 노사의 말씀대로 와호산 본대로 갑시다."

"마음대로 하시구려."

백문보가 심드렁하게 대답했다.

그러자 호천밀사 곡천이 다시 눈살을 찌푸리다가 그와 백문보를 지켜보고 있는 천무사왕 옥황을 보며 말했다.

"우린 백문주를 보호해야 하니 길을 정천대에서 열어주시오."

"알겠소."

호천밀사 곡천의 말에 천무사왕 옥황이 고개를 끄덕인 후 청천대 무인들을 향해 걸어가며 명을 내렸다.

"와호산 본대로 향한다. 적의 기습이 있을 수 있는 각별히 주의하면 퇴각한다. 즉시 출발하라!"

옥황의 명에 며칠간의 싸움에서 지치고, 천마후의 등장으로 전의를 잃은 정천대 무인들 얼굴에 생기가 돌기 시작했다. 와호산 남쪽에 있는 정천일대 본대와 합류하면 전멸당할 위험은 사라지기 때문이었다.

"내가 먼저 업겠소!"

정천대 무인들이 가파른 신검산 서북면 비탈을 내려가기 시작하자 호천밀사 곡천이 말을 한 후 대답도 듣지 않고 그를 둘러업었다.

그러고는 마치 사람을 업지 않은 것처럼 빠른 걸음으로 정천대 무인들의 뒤를 따르기 시작했다.

*　　　*　　　*

"천마후께 감사드립니다."

의천무맹의 기습대가 물러가는 것을 확인한 흑화수 금사가 천마후에게 가볍게 고개를 숙여 보였다.

그녀의 목숨이야 스스로도 지킬 수 있었겠지만, 수하들인 사대나찰녀는 천마후의 도움이 없었다면 도저히 구할 방법이 없었던 상황이었다.

마정궁의 마인들은 방책 안에서 구원을 나올 생각조차 하지 않았었다.

사대나찰녀를 포기하지 않으면 자신조차 죽을 수밖에 없는 지경에서 천마후가 나타나 모든 상황을 완벽하게 반전시켰으니 흑화수로선 고마운 일이 아닐 수 없었다.

"대단한 일을 한 것은 아니니 고마워하실 필요 없어요. 그런데… 신검산에 남을 생각인가요?"

천마후가 뜻밖의 질문을 던졌다.

예상치 못했던 질문이라 흑화수 금사가 의아한 표정으로 천마후를 바라왔다.

비록 의천무맹 기습대는 물러났지만, 와호산 근방에서는 여전히 마련과 의천무맹 정천대 사이에 건곤일척의 대회전이 벌어지고 있었다. 그 싸움의 결과에 따라 마련과 의천무맹의 운명이 결정될 정도로 거대한 싸움이었다.

그런 큰 싸움 중에 신검산을 떠난다는 것은 흑화수로서는 생각조차 하지 못한 일이었다.

"천마후님의 생각을 잘 모르겠군요."

흑화수 금사가 자신의 마음을 감추지 않고 물었다.

그러자 천마후가 손을 들어 방책 안에서 자신들을 바라보고 있는 마정궁의 마인들을 가리켰다.

"저들을 위해 계속 남아서 싸울 생각인지 물었어요."

"……."

너무 직설적인 질문이다. 흑화수 금사가 위기에 처했을 때, 마정궁의 마인들은 방책 안에 숨어서 어떤 도움의 손길도 주지 않았다. 그것이 의리 따위 생각지 않는 마도의 생리라고 말할 수도 있지만, 그렇다면 흑화수 금사가 신검산을 떠나는 것 역시 마도에선 비난받을 일이 아니었다.

천마후의 의도를 알아차린 흑화수 금사가 잠시 생각에 잠겼다가 천마후에게 물었다.

"천마후께선 어찌하실 생각이신지……?"

"난 오늘 이곳을 떠날 거예요."

"천마궁은 더 이상 이 싸움에 관여치 않는다는 것인가요?"

흑화수 금사가 놀란 표정으로 물었다. 이렇게 쉽게 신검산을 떠나겠다고 말을 하는 천마후가 이상하게 보일 정도였다.

그러자 천마후가 차갑게 말했다.

"있는 그대로 말하자면 애초에 이 싸움은 마련의 싸움이 아니라, 만계지마가 이끄는 마정궁이 일으킨 싸움이죠. 그럼에도 불구하고 지금까지 수많은 마도의 형제들이 의천무맹과의 싸움에서 죽어가는 와중에 마정궁의 전력은 의외로 전혀 손실을 입지 않았어요. 왜냐하면 만계지마는 자신의 세력을 나눠 그 일부는 마정궁에 남겨 놓았고, 나머지는 와호산에서 자신이 거느리고 있는데, 그 자신은 직접 싸움에 출전하는 경우가 거의 없으니 당연히 마정궁의 전력도 손실이 적은 상황이죠."

"그렇기는 하지만……."

"가능성은 희박하지만 이 싸움에서 마련이 운 좋게 승리를 거둔다고 쳐요. 그럼 그 승리의 영광 뒤에 마도에선 어떤 일이 벌어질까요?"

"그야……."

흑화수 금사가 말꼬리를 흐렸다.

"만계지마의 세상이 되겠죠. 승리의 명예와 교묘하게 지켜낸 마정궁의 전력은 그를 마도의 제왕으로 만들 거예요. 난 그런 그의 탐욕스러운 싸움에 더 이상 관여할 생각이 없어요. 그래서 묻는 거예요. 혹, 흑화수께서 떠나겠다면 함께 동행하고 싶군요. 천마께 흑화수님을 소개해 드리고 싶어요."

"천마님께요? 왜 저를……?"

흑화수가 놀란 눈으로 천마후를 보며 물었다.

"내가 신검산에 와서 본 마도의 사람 중 유일하게 믿을 만한 사람인 것 같아서요."

천산으로의 동행 제안에 당황한 금사의 질문에 천마후가 마치 세상에 태어나 처음 웃는 사람처럼 어색한 미소를 지으며 대답했다.

*　　　*　　　*

"뭐 이런 빌어먹을 경우가……."

방책 안 마정궁 마인들을 이끄는 마정사 하갑이 당황한 표정으로 중얼거렸다.

"그러게 말입니다. 지금 저 두 사람이 떠나면 마정궁을 지켜내기 힘듭니다. 다행히 의천무맹 놈들도 물러나기는 했지만, 저 두 사람이 떠난 것을 알면 바로 돌아올 수도 있습니다."

같은 마정사이지만 하갑에 비해 십여 세 정도 어린 육관표가 말했다.

"저들이 있다면 궁을 나가 후퇴하는 의천무맹 놈들을 주살할 수도 있는데, 왜 갑자기 떠난단 말인가."

어느새 신검산 서쪽 숲으로 사라져 버린 천마후와 흑화수를 보며 마정사 하갑이 탄식했다.

그런데 그때 갑자기 천마후와 흑화수가 떠난 숲 쪽에서 한 중년인 한 사람이 나타나더니 하갑 등이 서 있는 방책 앞으로 빠르게 다가왔다. 그러고는 하갑 등을 보며 큰 소리로 외쳤다.

"천마후께서 전하라는 말이 있어서 왔소."

"당신은 누구요?"

하갑이 물었다. 그의 정체를 의심하는 것은 아니었다. 천마후가 의천무맹 무인들을 상대할 때 천마후 옆에 있었던 인물이기 때문이었다.

다만 천마후를 따르는 자들은 그 이름조차 제대로 알려진 바가 없어서 천마후의 말을 전한 자의 이름을 확인할 필요가 있었다.

"난 천마후님을 호위하는 천마궁의 천마사 섭주목이라 하오."

천마사 섭주목이 자신이 이름을 밝혔다.

"알겠소이다. 난 마정궁의 마정사 하갑이오. 천마후께서 전하라는 말씀이 무엇이오? 아니, 그것보다 정말 천마후께서 신검산을 떠나시는 것이오?"

"그렇소. 천마후께서 말씀하시길, 오늘 의천무맹의 기습대를 물러나게 한 것으로 만계지마님과 마련에 대한 최소한의 의리는 지켰다고 하셨소. 애초에 이 싸움은 만계지마께서 계획하신 것이니, 잘 대처하셔서 큰 승리를 거두길 바란다는 말씀도 함께 전하셨소. 그리고 흑화수께서는……."

천마사 섭주목이 말꼬리를 흐렸다.

"흑화수께서 떠나시는 이유는 뭐라 하시오?"

하갑이 따지듯 물었다.

그러자 천마사 섭주목이 하갑을 차갑게 응시하며 말했다.

"흑화수께서는 마정궁 마정사들이 흑화수님과 그 수하들이 수일간 마정궁을 지켜냈음에도 불구하고, 적진에 고립되었을 때 단 한 명의 마정사도 구원하러 나오지 않을 것에 대해 크게 실망하셨다고 하셨소. 그리고 그 이유로 마정궁의 싸움에 더 이상 관여치 않겠다고 하셨으니 그리 전하면 만계지마께서도 서운해할 이유가 없을 거라 하셨소이다. 두 분의 말을 모두 전했으니 난 그만 가보겠소. 무운을 빌겠소."

자신이 할 말을 모두 쏟아낸 후 천마사 섭주목이 미련 없이 몸을 돌려 다시 서쪽 숲으로 사라졌다.

"젠장… 저자가 한 말을 만계지마께 그대로 전했다가는 우리 목이 남아나지 않을 겁니다."

섭주목이 떠나자 마정사 육관표가 중얼거렸다.

"그래도 어쩌겠나. 만계지마께서 거짓을 고할 수는 없으니 그대로 전할 수밖에."

"하지만 그럼 흑화수를 구하러 나가지 않은 죄를 피할 수 없을 겁니다. 결국 흑화수가 신검산을 떠난 죄도 우리가 뒤집쓸 것이고 말입니다."

"알고 있네."

하갑이 대답했다.

"그런데도 그대로 말을 전하겠다는 말입니까?"

육관표가 따지듯 물었다.

"그럼 어쩌겠나. 섭주목이란 자의 말을 우리만 들은 것이 아닌데……."

하갑이 주위를 둘러보며 말했다. 그제야 육관표도 자신들의 처지를 깨달았다. 섭주목이 천한 흑화수와 천마후의 말을 들은 사람이 자신들 말고도 수십 명이 더 있었던 것이다.

이런 상황에서는 절대 만계지마에게 거짓을 고할 수가 없었다. 죽더라도 편히 죽으려면 있는 그대로 말을 전하는 것이 최선이었다.

"빌어먹을! 마정궁을 지켜내면 큰 상을 받을 줄 알았는데 오히려 목이 잘리게 생겼구나!"

육관포가 욕설을 내뱉으며 한탄했다.

*　　　*　　　*

와호산을 중심으로 벌어지던 정사 대전의 정세는 시시각각 변하고 있었다.

하루가 다르게 전황에 영향을 미치는 소식들이 들려왔다. 소식 중에는 확인된 것도 있고, 확인되지 않은 것도 있었다.

확인된 소식 중 가장 중요한 소식은 사막을 횡단해 신검산 서북단을 기습한 의천무맹 기습대가 결국 마정궁을 점령하지 못하고 정천일대와 합류하기 위해 후퇴했다는 것이었다.

이 소식은 마련 마인들의 사기를 크게 끌어 올렸다. 신검산 마정궁이 의천무맹 고수들에 의해 점령되었을 경우 앞뒤에서 적을 맞아 싸워야 하는 부담이 있었고, 와호산에서 패할 경우 돌아갈 근거지가 없어진다는 불안감도 있었다.

그런데 의천무맹 정예고수들로 구성된 기습대의 공격을 물리쳐 두 가지 우려가 한순간에 해소된 것이었다.

이제는 뒤를 걱정하지 않고 정천일대 본대와 싸울 수 있게 되었다는 생각에 마련 마인들의 사기가 오르는 것은 당연한 일이었다.

전황이 불리하면 마정궁으로 후퇴해 수성전을 벌일 수도 있었다. 마련으로서는 선택지가 많아진 것이 큰 이득이었다.

그런데 그럼에도 불구하고 만계지마를 비롯한 마련의 수장들은 오히려 큰 위기감을 느끼고 있었다.

마련의 다른 마인들에게는 알려지지 않은 소식, 의천무맹 무인들에게 절대 흘러 들어가지 않아야 할 일이 벌어졌기 때문이었다.

천마후와 흑화수의 이탈, 이 소식은 마정궁을 지켜낸 것이 사소한 일로 느껴질 만큼 중요한 변수였다.

만약 이 사실이 정천대에 알려지면 전황은 한순간에 기울어질 것이다.

이런 상황에서 만계지마가 선택할 수 있은 전략은 하나밖에 없었다. 속전속결, 천마후와 흑화수가 신검산을 이탈한 것이 알려지기 전에, 그리고 사방에서 몰려오고 있는 의천무맹 정천대의 전력이 모두 모이기 전에 정천일대와의 싸움에서 승부를 내는 것이 만계지마가 선택할 수 있은 최선의 방법이었다.

그래서 의천무맹 기습대의 후퇴 소식이 전해진 바로 그다음 날부터 갑자기 마련 마인들이 그동안의 수세에서 벗어나 과감한 공격을 정천일대에 퍼붓기 시작했다.

*　　　　*　　　　*

시월과 검옹 천복은 와호산 서남쪽 하늘이 붉게 물들어가는 것은 걱정스럽게 바라보고 있었다. 가끔 화탄이 터지는 소리도 들렸다.

십팔장문 중 한 곳인 열화문에서 이번 정사 대전에 가문의 비기인 화탄을 대거 지원했다는 것은 공공연한 사실이었다.

그러나 지금 와호산 서남면에서 일어나는 거대한 화광이 열화문의 화탄으로 인한 것인지는 알 수 없었다.

화탄이 불을 낼 수는 있지만, 지금 하늘을 물들이는 붉은 기운은 화탄만으로 낼 수 있는 것이 아니기 때문이었다.

"화공인건가……."

검옹 천복이 나직하게 중얼거렸다.

어떤 전장이든 화공은 가장 처참한 참상을 만들어낸다. 그래서 병가에서 화공은 가장 효율적인 전술이면서, 또한 가장 꺼리는 전술이기도 했다.

화공을 사용해 승리한 장수들이 훗날 비난받는 것도 그런 이유 때문이었다.

하지만 마련의 마인들에게 그런 비난은 안중에도 없을 것이다.

"화공이라면 만계지마의 선택일 겁니다."

시월이 대답했다.

"그렇겠지. 정천대가 저런 광범위한 화공을 쓰기는 어려운 일이니까. 강호의 평판을 생각하면……."

검옹 천복이 고개를 끄덕이며 말했다.

"정천대 기습대가 마정궁 공격에 실패해 후퇴했다고 하는데 역시 그래서 마련의 기세가 오른 걸까요? 이런 전면적인 공격은 그동안 없었던 일인데요."

"그럴 수도 있겠지. 하지만 난 왠지 이 공격이 만계지마답지 않다는 생각이 드는구나."

"어째서요?"

"그는 사악한 인물이기는 하지만 무척 냉정한 지략가지. 그런 그가 이런 식의 전면전이 남길 후유증을 모를 리 없을 것이다. 설혹 이 와호산에서 정천일대를 물리친다 해도 마련의 전력 역시 크게 약화될 텐데. 싸움 이후를 생각하면 무리한 선택이지."

"손실을 최소화할 자신이 있는 것 아닐까요?"

"글쎄… 난 모르겠다. 관병의 싸움이라면 모를까 무림인의 싸움에서 화공을 쓴다고 손실을 줄일 수 있을 지는… 승기를 잡을 수 있을지는 모르지만."

검옹 천복이 여전히 만계지마의 결정이 이해되지 않는다는 듯 중얼거렸다.

그때 이해검이 두 사람이 있는 곳으로 달려왔다.

"어르신. 숙부님이 찾으십니다."

"무슨 일이 있느냐?"

검옹 천복이 물었다.

"정천일대에서 사람이 왔습니다. 구원을 청하고 있습니다."

"구원을 청해? 그렇게 급박한가?"

"마련의 거의 모든 전력이 정천일대를 공격하고 있는 것 같습니다. 신검산 마정궁을 지키던 자들조차 일부를 동원한 것 같습니다."

이해검이 굳은 표정으로 말했다.

"마정궁에서까지 사람을 끌어올 정도라면 만계지마가 정말 제대로 결심을 한 모양이군."

검옹 천복이 중얼거렸다. 이유야 어쨌든 이렇게 파상적인 공세를 하면 정천일대가 패할 가능성이 적지 않았다. 그동안 정천일대는 긴 장기전을 준비하고 있었기 때문이었다.

장기전을 하며 시간을 보내면 정천이대와 삼대의 주요 전력이 당도할 것이고, 그렇게 되면 싸우지 않아도 마련 스스로 신검산을 버리고 도주해야 할 것이라 판단하여 빠른 정면승부를 미루고 있었던 것이다. 그랬던 탓에 정천일대는 마련의 과감한 공격에 속절없이 밀리고 있었다.

"구원을 가기로 결정이 났습니까?"

시월이 이해검에게 물었다.

"안 갈 수가 없는 상황이네. 지금 몸을 사렸다가는 나중에 큰 비난을 면치 못할 테니까."

이해검이 무겁게 말하자 시월이 잠시 생각에 잠겼다가 검옹 천복을 보며 말했다.

"어쩌면 기회가 올지도 모르겠군요."

"그럴까?"

"만계지마 자신이 전면전을 일으켰는데 지금까지처럼 천막 안에 숨어 있지는 않을 것 아닙니까?"

"그도 그렇지."

검옹 천복이 고개를 끄덕였다.

그러자 이해검이 놀란 표정으로 검옹 천복을 보며 물었다.

"설마 만계지마를 베시려고요?"

"그게 그나마 이 싸움을 빨리 끝내는 가장 좋은 방법이 아닐까 생각했다."

"하지만……."

"위험한 일이지. 사실 지금까지는 불가능한 일이었고. 그자가 전장에 전혀 나타나지 않았으니까. 하지만 이번에는 반드시 모습을 드러낼 것이고, 전장에 나온 이상 빈틈을 보일 수밖에 없다. 우리에게 기회는 올 거야."

"…하지만 천마후가 보고만 있겠습니까? 그녀를 생각하면 너무 위험한 일입니다. 그녀가 거의 단신으로 정천대 기습대를 물리쳤다고 하더군요. 백 문주는 큰 부상을 입었고요."

이해검에게는 시월과 검옹이 만계지마를 기습해 죽이려는 계획이 너무 위험해 보이는 모양이었다. 특히 천마후에 대해선 호방한 그조차 본능적인 두려움을 느끼는 듯했다.

"천마후는 걱정할 필요 없다."

"…그녀를 막을 방책이 따로 있으신 겁니까?"

천마후를 걱정하지 않아도 된다는 검옹 천복에게 이해검이 의아한 표정으로 물었다.

지금 이 전장에서 시월과 검옹 천복을 능가할 수 있는 유일한 인물이 천마후기 때문이었다.

"그녀는 이 싸움에 관여치 않을 거야. 정천대 기습대를 물러나게 한 것이 그녀의 마지막 싸움이었을 것이다."

"…무슨 말씀이신지 모르겠군요. 설마 그 싸움에서 그녀가 큰 부상을 당하기라도 했다는 건지요?"

"그런 것이 아니라. 그녀가 말하길 정천대 기습대로부터 흑화수를 구하면 이곳을 떠나겠다고 했거든."

"그녀를 만나셨습니까?"

이해검이 다시 놀란 표정으로 물었다.

"음. 얼마 전에 만났지."

"그런데 왜……?"

"그녀가 떠났다는 사실을 알리면 정천대의 수뇌들이 성급하게 무리한 공격을 할까 싶어 말하지 않았다. 그리고… 혹시 아느냐? 떠난다고 한 그녀가 여전히 남아 있을지."

"그럼 지금도 너무 위험한 것 아닙니까? 그녀가 확실히 떠났는지도 의심스러운 상황이라면……."

이해검이 걱정스러운 표정으로 되물었다.

"가능성은 있지만, 천마후가 거짓을 말할 것 같지는 않아. 또 이런 경우 약간의 모험은 감수해야 하는 것이고……."

검옹 천복이 화염이 충천한 와호산 서쪽을 보며 말했다.

제7장

길 없는 길

모용황이 이끄는 정천일대 요동 별동대는 와호산 동쪽을 따라 길게 이어진 계곡 앞에서 전진이 막혀 있었다.

계곡의 넓이는 그리 넓지 않았지만 반대편에 단단한 방어벽을 형성한 마련 마인들 때문에 쉽게 계곡을 건널 수 없었다.

또한 계곡의 깊이가 십여 장 가까이 되었고, 수량이 많지는 않지만 급류가 흘러서 어쩔 수 없이 계곡 위쪽에 통나무를 베어 넘겨 만든 다리를 이용할 수밖에 없었다.

그렇게 진격로가 한정되다 보니 마련의 마인들은 적은 숫자로도 충분히 요동 정천대를 막아낼 수 있었다.

그렇다고 계곡을 우회하는 것도 쉬운 일이 아니었다.

계곡을 우회하려면 와호산 북쪽으로 이동해 신검산과 와호산 사이의 벌판을 지나야 하는데 그 길은 그야말로 용담호혈이나 다

릅없었다.

마련의 마인들이 신검산 남쪽에서부터 와호산 북쪽에 이르기까지 곳곳에서 도사리고 있기 때문이었다.

그래서 와호산 서쪽으로 가려면 반드시 눈앞의 계곡을 지나가야만 했다.

와아아!

계곡의 건너편에서 마련 마인들이 고함을 질러댔다.

몇 번 이어졌던 요동 무림인들의 전진을 다시 한번 막아냈기 때문이었다.

반면 정천대 요동 별동대 무인들은 부상을 입고 돌아오는 선봉대의 모습을 걱정스러운 표정으로 지켜보고 있었다.

그리고 그런 요동 무림인들 가장 뒤쪽에 시월과 검옹 천복이 있었다.

"벌써 네 번째예요."

시월이 걱정스러운 표정으로 말했다.

"음, 생각보다 방어막이 단단하구나. 만계지마가 적은 인원만 이곳에 남겨두고 정천일대 공격에 전력을 다하는 이유를 알겠다. 이 계곡을 믿고 있는 거지."

검옹 천복이 대답했다.

"우회할 수도 없고… 이러다가 정천일대가 패해 물러나는 것을 지켜볼 수밖에 없을 것 같아요."

시월이 걱정스럽게 말했다.

그러자 검옹 천복이 잠시 주변의 지형을 살피다가 공방전이 벌어지고 있는 계곡 위쪽의 먼 지점을 가리켰다.

"저곳으로 건너면 어떨까?"

검옹 천복이 가리킨 곳은 계곡의 다른 곳보다 폭이 넓었지만 양쪽 절벽의 높이가 낮아서 뛰어난 고수라면 통나무 다리가 없어도 계곡 아래로 내려가 건너편으로 건널 수 있을 것 같았다.

다만 계곡이 넓은 만큼 사방으로 트여 있어 계곡을 건너다 발각되어 공격을 당할 위험도 그만큼 컸다.

"계곡 아래로 내려갔다가 화살 공격을 받으면 오히려 큰 피해를 입을 것 같은데요."

시월이 고개를 갸웃하며 말했다. 왜 검옹 천복이 저런 위험한 곳을 지목했는지 이해할 수 없다는 말투였다.

그러자 검옹 천복이 웃으며 말했다.

"다른 사람이라면 모르겠지만, 너에겐 오히려 싸우기 좋은 지형 아니냐?"

"저요?"

시월이 당황한 표정으로 검옹 천복을 보며 되물었다.

"음, 아무래도 이 계곡을 건너는 일은 너와 내가 아니면 길을 열지 못할 것 같구나. 그런데 그런 귀찮은 일을 이 늙은이가 할 수는 없는 것 아니냐?"

검옹 천복이 빙그레 미소를 지어 보였다.

"…만계지마를 상대할 때 말고는 검을 들고 싶지 않았는데요."

시월이 덤덤하게 말했다.

"싸울 필요도 없어. 계곡을 건넌 후 서쪽 능선을 따라 적진을 한 번 주파하면 된다. 그럼 적의 진형이 흐트러질 것이고 그때 이곳에서 계곡을 넘으면 되는 거지. 다행히 적의 숫자가 많으니까

한 번 기세를 빼앗기면 쉽게 무너질 것이다. 어쩌면 검을 뽑을 필요조차 없지 않을까?"

"설마 그렇겠어요. 적어도 몇 사람은 베어야 할걸요?"

시월이 퉁명스럽게 말했다.

"후후후, 말이 그렇다는 거지. 아무튼 네가 아니면 그 일을 할 사람이 없을 것 같구나."

"알겠습니다. 그렇게 하죠. 계곡을 넘지 않으면 만계지마를 만날 수도 없을 테니까요."

"좋아. 그럼 난 이쪽에서 사람들을 준비시키겠다."

검웅 천복이 고개를 끄덕였다.

와아아!

시월이 은밀하게 동쪽 비탈을 따라 오십여 장 위쪽으로 이동했을 즈음 다시 한번 요동 무인들의 진격이 시작됐다.

그러나 이번 진격은 시월에게 계곡을 건널 기회를 만들어주기 위한 허장성세였다.

"후! 시작해 볼까?"

아름드리나무를 벗어나 협곡을 눈앞에 둔 시월이 크게 숨을 쉬었다. 그리고 거침없이 절벽 아래로 몸을 날렸다.

탁탁!

계곡의 넓이가 다른 곳보다 넓기는 하지만, 그 높이는 십여 장이 채 안 되어서 튀어나온 바위들을 두어 번 밟고 내려가자 금세 계곡 아래로 내려왔다.

콰아아!

계곡에 내려서자 급류 소리가 천둥처럼 들려왔다. 위에서 볼 때보다 훨씬 강한 물살을 가진 급류였다.

시월이 잠시 뒤로 물러나는가 싶더니 표범처럼 몸을 날렸다.

그의 몸이 허공을 날아 물 밖으로 튀어나온 바위 위에 내려섰다. 그리고 다시 한번 도약해 또 다른 바위를 향해 날아가자 계곡 아래쪽 마련 진영에서 고함이 터져 나왔다.

"적이다! 놈들이 위쪽에서 계곡을 넘고 있어!"

시월의 행적이 드디어 마련의 마인들에게 발견된 듯했다.

그러자 또 다른 사람의 목소리가 터져 나왔다.

"겨우 한 놈이다. 몇 사람 올라가서 놈을 막앗!"

명이 떨어지자 마련 진형에서 서너 명의 마인이 검과 화살을 들고 북쪽으로 달리기 시작했다.

적이 자신을 발견한 것을 알고도 시월은 뒤로 물러나는 대신 계곡을 날아 넘었다.

그리고 두어 번 도약 끝에 계곡의 반대편에 도착한 후 재빨리 절벽을 타고 오르기 시작했다.

탁탁!

시월이 절벽 중간에 발을 디딜 수 있을 만큼 튀어나온 부위를 밟으며 산양처럼 절벽 위로 올라갔다.

그리고 그가 제법 단단한 돌출부에 의지해 마지막으로 몸을 띄울리는 순간 남쪽에서 달려온 마인들이 욕설과 함께 화살을 날렸다.

"죽어라. 더러운 정파 놈!"

쐐애액!

세 대의 화살이 막 계곡 위쪽으로 올라서는 시월을 향해 날아왔다.

순간 시월이 허공에서 몸을 틀며 빠르게 손을 휘저었다.

좌악!

그러자 날아들던 세 대의 화살이 한순간에 시월의 손아귀에 들어왔다. 시월은 세 대의 화살을 움켜쥔 채 가볍게 땅 위에 착지했다.

“놈!”

자신들이 기습적으로 날린 화살을 맨손으로 낚아채는 시월의 무공에 놀라면서도 마련의 마인 넷이 숫자의 우위를 믿고 시월을 향해 달려들었다.

“부리 사형은 검보다 화살을 즐겨 썼지. 화살을 선물받았으니 사형의 무공으로 상대해 주마!”

시월은 양손에 한 대의 화살씩을 나눠 잡고 나머지 한 대의 화살은 입에 문 채 자신을 향해 달려드는 마인들을 향해 몸을 날렸다.

“죽어라!”

마련의 마인들이 동시에 시월을 향해 도검을 뿌렸다.

순간 시월의 몸이 부드럽게 흔들리더니 나무를 스쳐 지나는 바람처럼 자신을 공격하는 마인들 사이를 스며들었다. 그리고 그의 손에 들렸던 화살이 적을 향해 파고들었다.

파팟!

시월의 양손에 들린 두 대의 화살이 그를 지나치는 마련 마인들의 옆구리와 허벅지에 깊게 꽂혔다.

“악!”

“커억!”

옆구리와 다리에 화살이 꽂힌 마인들이 비명을 지르며 땅에 고꾸라졌다.

순간 시월이 살짝 허공으로 치솟아 몸을 회전시키며 입에 물고 있던 다른 한 대의 화살을 벼락처럼 던져냈다.

퍽!

"칵!"

화살은 또 다른 마인의 등을 깊숙이 뚫고 들어갔다. 등에 화살 공격을 당한 마인이 비명을 지르며 계곡 아래로 떨어졌다.

그렇게 단번에 세 명의 마인을 쓰러뜨린 시월이 검을 뽑지도 않은 채 나머지 한 명의 마인을 향해 다가갔다.

"넌… 넌 대체 누구냐?"

혼자 남은 마인이 두려움에 몸을 부들거리면서도 검을 들어 시월을 막으며 소리쳤다.

"들어봤는지 모르겠군. 칠선문의 연시월이라고……."

"헉! 다, 당신이……."

시월의 이름은 현 무림에서 정사양도를 막론하고 가장 유명한 이름 중 하나였다. 마도의 마인들로서는 절대 만나고 싶지 않은 인물이기도 했다.

"날 안다면 내 앞을 막을 생각은 없을 테고, 스스로 계곡 아래로 내려가면 살려주겠다."

이미 겁에 질린 자를 죽이고 싶지 않은 시월이 상대에게 살아날 기회를 줬다.

그러자 마련의 마인이 망설일 것도 없다는 듯 계곡 아래로 몸을 날렸다.

"조금의 망설임도 없구나."

시월이 혀를 찼다. 마도의 인물들에게 충성심을 기대할 바 아니지만, 그래도 단 한 번의 고민도 없이 살길을 찾아 몸을 피하는 마인의 행동에는 헛웃음이 나오고 말았다.

"그렇다면 크게 걱정할 적은 아니라는 뜻이군."

시월이 여전히 치열한 공방전이 벌어지고 있는 계곡 아래쪽을 보며 중얼거렸다.

앞서 몸을 피한 마인의 행동을 보건대 지금 계곡을 지키고 있는 마인들도 만계지마의 충성스러운 심복들은 아니라는 뜻이기 때문이었다.

약간의 위협만으로도 방어막을 흩트릴 수 있다는 확신이 생긴 시월이 땅에 쓰러진 마인들에게서 활과 화살을 빼앗아 든 후 계곡을 따라 남쪽으로 달리기 시작했다.

* * *

쐐애액!

퍼퍼퍽!

아름드리나무 사이를 뚫고 날아온 세 대의 화살이 마련의 마인 셋을 동시에 쓰러뜨렸다.

"적이닷!"

"적이 계곡을 넘어왔어!"

마인들 사이에서 들불이 번지듯 혼란이 일어났다.

"놈을 막앗!"

마인들의 우두머리가 재차 활의 시위를 당기는 시월을 보고는 고함을 쳤다. 그러자 일부의 마인들이 시월을 향해 달려갔다.

파팟!

시월이 다시 두 대의 화살을 연속으로 쏘아 보냈다.

그러자 시월을 향해 달려가던 마인들이 재빨리 나무 뒤에 몸을 숨겼다.

퍼퍽!

시월이 날린 화살이 굵은 나무에 깊숙이 박혔다.

순간 시월이 활을 내던지고 검을 뽑아 든 후 마련의 마인들을 향해 뛰어가며 소리쳤다.

"난 칠선문의 연시월이다! 계곡을 떠나는 자는 베지 않겠다!"

시월의 사자후가 계곡을 뒤흔들었다.

순간 마련의 마인들이 크게 동요했다.

그들 역시 칠선문의 고수 시월이 지금까지 어떤 일을 해왔는지 잘 알고 있기 때문이었다.

화중마와 혼천마를 꺾은 자, 후기지수란 말을 넘어 당대 무림의 십대 고수와 어깨를 나란히 하는 젊은 고수가 시월이다. 그 이름에 동요되지 않을 마인들은 없었다.

"놈은 하나다. 모두 놈을 공격해!"

마인들의 우두머리가 악을 써댔다. 단 한 명의 적으로 인해 수하들이 동요하는 것을 인정할 수 없다는 표정이었다.

그런 우두머리를 향해 시월이 몸을 날렸다.

팟!

시월의 검이 날카로운 파공음을 만들어냈다. 그러자 그와 마인들의 우두머리 사이에 있던 마인 둘이 피를 뿌리며 쓰러졌다.

두 명의 마인이 쓰러지자 마인들이 파도 갈리듯 좌우로 갈라졌다. 순식간에 시월과 마인들의 우두머리 사이가 텅 비어 버렸다. 시월이 그 공간을 가로질러 마인들의 우두머리를 향해 일직선으로 질주했다.

"이놈이……."

마인들의 우두머리가 무서운 속도로 달려오는 시월을 당황한 시선으로 바라보며 욕설을 내뱉었다.

"놈을 막아!"

우두머리가 급하게 명을 내렸다. 하지만 그 누구도 시월의 앞을 막는 사람이 없었다.

"이 빌어먹을 놈들이……!"

우두머리 입에서 수하들에게 대한 욕설이 흘러나왔다. 하지만 그의 수하 중 일부는 이미 산을 타고 도주를 하고 있었다.

"젠장! 물러난다!"

겁에 질린 마인들의 우두머리가 싸움을 포기했다. 그러고는 남아 있던 수하들보다도 먼저 몸을 날려 도주하기 시작했다.

그러자 갑작스러운 상황에 당황하던 마인들이 이내 계곡을 포기하고 사방으로 흩어지기 시작했다.

"…저런 자들을 상대로 계곡을 넘지 못했다는 것을 믿을 수가 없군."

도주하는 적을 바라보며 시월이 허탈하게 중얼거렸다.

*　　　*　　　*

와아아!

갑자기 흩어져 버린 마련 마인들 진영으로 계곡을 넘은 요동 무림인들이 밀려들었다.

며칠 동안 길이 막혔던 것을 생각하면 거짓말 같은 상황이라 요동 무림인들은 환호성을 질러 승리를 기뻐하면서도, 이 급작스러운 결과가 믿기지 않은 듯 경계 어린 시선으로 주변을 살폈다.

그동안 만계지마의 함정에 여러 번 당한 경험이 있어서 언제 어느 때든 적이 반격을 할 수 있다는 불안감이 머리에 각인 되어 있는 요동 무림인들이었다.

하지만 한참을 살펴도 도주한 적이 반격할 기미는 보이지 않았다. 그제야 요동 무림인들은 적 진영을 완전히 장악한 것을 확신하고 안도의 숨을 내쉬기 시작했다.

"수고했다."

요동 무림인들이 마련의 진영을 장악하는 것을 보고 있던 시월에게 뒤늦게 계곡을 넘어온 검옹 천복이 말했다.

"어렵지 않았습니다. 생각보다 적의 전력이 약하더군요. 며칠간이 계곡을 지킨 자들이라고는 생각할 수 없을 만큼."

시월이 자신이 느낀 허탈감을 드러냈다.

"네 정체를 밝혔느냐?"

"예."

"그럼 당연한 결과다. 마인들에게도 널 상대하는 것은 두려운 일일 테니까."

"그래도 이렇게 쉽게 물러날 거라고는 생각지 못했습니다. 아니면 우리 쪽이 생각보다 약한 것일까요? 겨우 이 정도 적에게 며칠

동안 발목이 묶일 정도로?"

시월이 모용황이 이끄는 요동 무림인들을 보며 말했다.

"글쎄, 어쩌면 그럴지도 모르지. 하지만 겨우 몇 개밖에 안 되는 통나무 다리를 건너 전진해야 하는 상황이었으니까 전력을 논할 수는 없는 상황일 수도 있고……."

검옹 천복이 모호한 표정으로 말했다.

그때 멀리서 모용황의 목소리가 들려왔다.

"두 시진 동안 휴식을 취하겠소. 이후, 바로 정천일대 본대를 돕기 위해 떠날 것이오. 모두 그렇게 준비해 주시오!"

모용황의 지시가 있자 요동 무림인들이 각자의 문파 사람들과 모여 요기를 준비하거나 휴식을 취하기 시작했다.

*　　　*　　　*

"시월 소협, 수고하셨네."

"고생했네."

요동 정천대에 휴식을 명한 모용황과 이가검문의 이장룡이 시월과 검옹이 있는 곳으로 다가와 시월에게 말을 건넸다.

"그들이 제풀에 흩어져서 큰 어려움은 없었습니다. 진즉에 이 방법을 썼더라면 고생할 필요가 없었을 것 같더군요."

시월이 담담하게 대답했다.

"방법을 안다고 해도 실행할 수 있는 사람은 많지 않지. 시월 자네처럼 과감하게 계곡을 건너 홀로 적진을 돌파한 것은 아무나 할 수 없는 일이네."

이장룡이 이가검문의 사위인 시월이 자랑스럽다는 듯 어깨를 두드리며 말했다.

그러자 시월이 되물었다.

"서쪽의 전황은 어떻습니까?"

"아무래도 정천일대가 크게 고전 중인 것 같아. 만계지마가 모든 전력을 쏟고 있는 것 같더군."

"그렇다면 요동 무림인들이 가면 큰 힘이 되겠군요."

"아무래도 그렇지. 적의 후방을 치는 것이니까."

이장룡의 대답에 시월이 고개를 끄덕였다.

그러자 검옹 천복이 입을 열었다.

"그렇게 되면 우리에게도 기회가 올 것 같구나."

"그럴까요?"

"앞뒤에서 협공을 받으면 아무리 만계지마라 해도 당황할 수밖에 없을 거다. 그럼 그는 전멸을 면하기 위해 마련의 무인들을 물러나게 할 거야. 그리고 물러난 그가 향할 곳은 오직 두 곳이지."

"그가 어디로 가겠습니까?"

이장룡이 물었다.

그러자 이번에는 모용황이 대답했다.

"나도 한마디 하자면, 내 짧은 소견으로는 그자가 궁지에 몰리면 신검산 마정궁으로 들어가 문을 걸어 잠그고 수성전을 하든지, 아니면 홍안령 깊은 곳으로 숨어들어 반격의 기회를 엿볼 것 같소. 사막과 초원으로 나가는 것은 눈에 띄는 일이고. 어떻습니까? 제 생각이."

모용황이 검옹 천복에게 물었다.

"핫하! 모용가주님의 생각이 바로 내 생각이오. 그중에서도 난 후자 쪽에 패를 걸고 싶소."

천복이 웃으며 대답했다.

"그가 그동안 마정궁에 그렇게 공들였는데 그걸 포기한단 말입니까?"

이장룡이 물었다.

"신검산 마정궁이 수성전을 펼치면 몇 년이든 지켜낼 수 있는 요지이기는 하네. 하지만 그들도 사람인지라 먹고는 살아야지. 의천무맹이 신검산을 사방에서 포위하면 그들이라고 버텨낼 재간이 없지."

"하지만 이미 식량 정도는 충분히 마정궁 안에 비축하지 않았을까요?"

이번에는 시월이 물었다.

"물론 얼마간 준비해 놓았겠지. 하지만 그래봐야 몇 개월… 또한 마정궁에 갇혀서는 그가 쓸 수 있는 전략은 거의 없다. 결국 누군가 그를 구원해 주기 바라야 하는데, 마련의 문파 중 그를 구원해 줄 곳은 천마궁 밖에 없다. 그런데 오히려 천마후가 이 전장을 떠나지 않았느냐? 그 사실을 알고 있는 그가 마정궁으로 스스로 걸어 들어갈 것 같으냐?"

검옹 천복이 물었다.

그러자 시월이 고개를 끄덕였다.

"그렇겠군요. 그런데 그럼 좀 곤란해지겠네요. 홍안령으로 가는 길은 너무 많고, 일단 마련의 세력이 홍안령 안으로 들어가면 그를 잡는 것은 어려워질 테니까요."

시월이 눈살을 찌푸리며 말했다.

"맞는 말이다. 그래서 어떻게든 그자가 홍안령으로 들어가기 전에 반드시 잡아야 한다. 홍안령으로 들어간 이후라면 뛰어난 추적술을 가진 사람이 필요하니까."

검옹 천복이 말했다.

"그가 움직일 경로를 미리 알 수가 있어야죠."

시월이 난감한 표정으로 말했다.

그러자 모용황이 불쑥 말했다.

"월문주라면 만계지마가 이동할 경로를 추측할 수 있지 않겠나. 신검산은 월문의 터전이었으니 그 주변 지형에 능통할 테니. 이런 말은 좀 그렇지만 월문주와 만계지마는 성정이 비슷하니 퇴로 역시 비슷한 곳을 고를 것 같은데……."

갑작스러운 모용황의 말에 시월의 표정이 굳었다. 그는 다시는 백문보를 만나고 싶지 않았다. 하물며 그와 동행하는 것은 끔찍한 일이었다.

모용황은 무심코 내뱉은 말이지만 시월에게는 결코 받아들일 수 없는 일이었다. 그런 시월의 마음을 모를 리 없는 검옹 천복이 얼른 입을 열었다.

"아마도 그라면 몇 갈래의 길을 지목할 수 있을 것이오. 다행히 이 싸움에서 승기를 잡아 만계지마가 물러난다면 그때 월문주에게 조언을 구해 의천무맹 추살대를 각 길목에 파견하는 것도 좋은 계책일 것이오. 다만, 시월과 나는 따로 생각해 둔 바가 있으니 달리 움직이도록 하겠소."

"생각해 두신 바라면……?"

모용황이 궁금한 듯 되물었다.

"그가 얼마나 빠를지 모르지만, 좀 더 확실하게 그를 만나려면 그가 이동할 길을 미리 짐작하는 것보다, 그 뒤를 따라가 만나는 것이 확실하지 않겠소?"

"앞서지 않고 그의 흔적을 따라 추격하시겠다는 말씀이군요."

모용황이 고개를 끄덕였다. 만약 상대의 속도를 따라잡을 수만 있다면 검옹 천복의 생각이 가장 확실한 방법이었다.

"일단 정천일대와 합류해 이 싸움의 승기를 잡는 것이 중요하겠군요."

이장룡이 지금 신경 쓸 일은 눈앞의 대전이라는 듯 말했다.

"시간은 우리 편이네. 그는 결국 물러나게 될 것이네. 곧 정천이대와 삼대가 근방에 도착할 테니까."

검옹 천복이 말했다.

"그럼 역시 문제는 만계지마의 생사군요."

모용황이 와호산 서쪽을 바라보며 말했다.

*　　　*　　　*

화공을 펼쳐 전면전을 벌이기 시작한 이후 만계지마 중산은 싸움의 승기를 잡았다고 확신했었다.

천마후와 흑화수가 떠나는 바람에 선택한 고육지책의 강공책이었지만, 천무문과 지황문이 중심이 된 정천일대는 만계지마의 강공을 예상하지 못했다가, 화공을 동반한 급작스러운 강공에 놀라 선기를 빼앗기고 급격하게 전열이 무너지기 시작했기 때문이었다.

그래서 만계지마는 이전과 달리 자신이 머물던 금장 천막을 벗어나 직접 검을 들고 싸움터에 뛰어들기까지 했다.

물론 그런 그의 주변은 마정궁의 마정사들이 겹겹이 둘러싸고 있어서 실질적으로 그가 위험할 일은 없었다.

그럼에도 그는 전장에서 자신의 승리를 눈으로 확인하고 싶었다. 그리고 승리하는 자리에 자신이 서 있는 것을 마련의 마인들에게 보여주고 싶었다.

천마성에 안주하는 천마를 넘어서는 위대한 마도의 제왕이 되고 싶은 그의 꿈이 이 싸움의 승리로 한 걸음 현실로 다가올 것이기 때문이었다.

"궁주! 천무문주요!"

이번 정사 대전을 치르면서 거의 만계지마의 심복처럼 변한 마련십천마의 일인이자 마검림의 림주 마검 오립이 만계지마 중산의 곁으로 다가서며 말했다.

만계지마 중산이 그가 가리키는 곳을 바라 보니 연기로 인해 시야가 흐리기는 했지만 눈에 띄게 도드라지는 존재감을 발휘하는 두 인물이 눈에 들어왔다.

그중 한 사람은 마검 오립의 말대로 천무문주 양무강이 분명해 보인다.

"그 옆에 있는 자는 지황문주 도제 목용인 것 같구려."

만계지마 중산이 말했다.

"그런 것 같소이다. 당황한 빛이 역력한 것이 잘하면 오늘 저들을 잡을 수 있을지도 모르겠소."

마검 오립이 욕심을 드러냈다.

그러자 만계지마 중산이 슬쩍 수하를 돌아보며 물었다.

"사혈문주의 위치는 파악되느냐?"

"사혈문주님과 연락을 할 수 있는 사혈문의 문도가 대기하고 있습니다."

"내게 오라 전하라."

만계지마 중산이 사혈문주가 마치 자신의 수하라도 되는 듯 말했다.

"알겠습니다."

만계지마의 명을 받은 마정사가 대답을 하고는 재빨리 자리를 벗어났다.

그러자 마검 오립이 물었다.

"저자들을 사냥하시겠소이까?"

"그물에 들어온 고기를 살려 보내면 그 또한 예의가 아니지 않겠소."

만계지마 중산이 싸늘한 미소를 머금었다.

"하긴 그렇지요. 후후후! 저들 두 사람을 제거할 수만 있다면 이 싸움은 끝난 거나 마찬가지지요. 저 둘은 그야말로 의천무맹의 양대 기둥 아니오?"

"맞소. 저들을 제거하면 정천일대가 무너지는 것은 물론 정천이대와 삼대 역시 감히 장성 이북에 머물지 못할 것이오."

만계지마 중산은 자신의 강공이 성과를 내고 있다는 생각에 만족스러운지 얼굴에서 미소가 떠나지 않았다.

그런데 그때였다. 갑자기 그를 향해 한 명의 마인이 빠른 속도로 달려왔다.

"궁주께 아룁니다!"

"무슨 일이냐?"

만계지마를 호위하는 마정사들이 달려온 자의 앞을 막으며 서늘하게 소리쳤다.

"와호산 동쪽 계곡의 방어선이 무너져 요동의 정파 무림인들이 계곡을 넘어왔습니다."

"뭣?"

만계지마 중산이 당황하여 보고하는 자를 바라봤다.

"그 계곡은 한 명이 지켜도 백 명을 막을 수가 있는 요지인데 어떻게 뚫렸단 말이냐?"

함께 보고를 듣고 있던 마검 오립이 추궁하듯 물었다.

"그것이… 칠선문의 시월이란 자가 홀로 북쪽에서 계곡을 넘어와 본련 진영을 측면에서 파괴했습니다."

"시월! 그 어린놈이 말이냐?"

칠선문의 시월이라는 이름은 마도에서도 모르는 사람이 없었다. 당연히 마검 오립 역시 시월의 존재를 알고 있었다.

"그렇습니다."

"아무리 그래도 그 한 놈을 막지 못했단 말이냐?"

"그것이… 놈을 막으러 갔던 자들이 속절없이 죽어버리자 계곡을 지키던 본련의 형제들이 겁을 집어먹고 그만……."

"도주를 했다?"

"……."

"조강은 어딨느냐?"

만계지마 중산이 물었다.

아마도 서쪽 계곡을 지키던 자들의 우두머리 이름이 조강인 모양이었다.

"그게… 중간 산지에서 다시 한번 놈들을 막아보겠다며 흩어진 형제들을 불러 모으고 있습니다."

"멍청한 놈! 계곡에서 막지 못한 적을 어떻게 숲에서 막겠다는 것이냐?"

"그게… 막지는 못하더라도 궁주께서 그에 대비할 시간은 벌 수 있으실 거라 말했습니다."

소식을 전한 자가 말꼬리를 흐렸다. 화가 나긴 하지만 조강이란 자의 선택이 나쁘지 않다고 생각한 만계지마 중산이 눈살을 찌푸리며 중얼거렸다.

"예상보다 너무 빨리 넘어왔어… 후우! 그럼 이제 어려운 선택을 해야 할 시간이군."

만계지마 중산이 아쉬운 듯 천무문주와 지황문주에게로 시선을 향했다.

* * *

둥둥둥!

마도의 땅에선 들려오는 북소리조차 음울하다.

천무문의 문주 천무객 양무강과 지황문의 문주 도제 목용은 음울하게 들려오는 북소리를 들으며 눈살을 찌푸렸다.

이미 전세가 기울어 와호산에서의 퇴각을 고민하고 있던 시기였다. 이럴 때 들려오는 음울한 북소리는 마치 그들의 처지를 조롱하는 것처럼 느껴졌다.

"또 무슨 수작을 벌이려고 저러는 것인지 모르겠소."

침울한 표정으로 지황문주 목용이 말했다.

"그러게 말이오. 여기서 더 강한 공격을 받게 되면 퇴각할 기회조차 없을 수도 있는데……."

천무문주 양무강이 어두운 표정으로 말했다.

"후… 아무래도 이만 물러나야겠소. 이미 정천일대의 전력 중 삼분지 일이 꺾였소. 우리 양 문파의 장로급 고수 중에도 죽은 사람이 적지 않소이다. 이대로 계속 싸우다가는 설혹 승리한다고 해도 너무 큰 손해를 입게 될 것이오."

지황문주 목용이 드디어 하기 힘든 말을 꺼냈다.

와호산에서의 퇴각은 곧 패배를 의미하는 것이고, 그건 향후 의천무맹 내에서 천무문과 지황문 두 문파의 권위를 크게 떨어뜨릴 것이 분명했다.

하지만 체면이 손상되는 것이 문파의 힘이 약해지는 것보다는 나은 일이었다. 두 문파의 체면을 위해 마련과 끝까지 승부를 내다가는 십대천문의 지위를 유지하지 못할 정도의 피해를 볼 수도 있었다.

그건 두 사람으로서는 절대 감수할 수 없는 일이었다.

"좋소. 이쯤에서 물러납시다. 우리 두 문파가 최선을 다했다는 것에 시비를 걸 문파는 없을 것이오."

천무문주 양무강이 입술을 깨물며 말했다. 말은 그렇게 해도 이 패배가 두 사람의 명성에 큰 오점을 남길 거라는 걸 모를 리 없었다.

"잘 생각하셨소. 그럼 그리… 응?"

말을 하던 도제 목용이 갑자기 입을 닫았다. 그러자 천무문주 양무강이 목용을 바라봤다.

"왜 그러시오?"

"뭔가 이상한 것 같소."

문득 목용이 눈을 가늘게 뜨며 말했다.

"무엇이 말이오?"

"놈들이… 공격을 하는 것이 아니라 물러나는 것 같소."

도제 목용의 말에 양무강이 급히 매캐한 연기로 가득한 전장으로 시선을 돌렸다.

그리고 잠시 후 양무강의 입에서 당혹스러움이 느껴지는 말이 흘러나왔다.

"정말 그렇구려. 그런데 대체 왜……?"

이해할 수 없는 상황이었다. 전세는 확실히 마련에 유리했다. 그런데 마련의 마인들이 서서히 전장에서 뒤로 물러나고 있었다. 현재의 전황을 생각하면 오히려 마지막 공격을 가해 승부를 결정지어야 할 시점이었다.

"놈들에게 무슨 문제가 생긴 것이 분명하오. 그렇지 않다면 이 상황에서 물러날 이유가 없지 않겠소?"

지황문주 목용이 말했다.

"그런 것 같기는 하오만, 대체 무슨 일이 벌어진 건지. 그걸 알아야 반격을 하든 아니면 이참에 후방으로 멀리 물러나 전열을 가다듬든 결정을 할 텐데 말이오."

그동안 워낙 손실이 커서 적이 물러남에도 쉽게 반격할 엄두를 내지 못하는 두 사람이었다.

그런데 그때 문득 그들의 진영으로 두 명의 무인이 빠르게 다가왔다.

"누구냐?"

천무문주와 지황문주를 호위하던 무인들이 그들을 향해 다가오는 자들을 막아서며 날카롭게 물었다.

"모용가주께서 보낸 사람들이오."

숨을 헐떡이며 달려온 자들이 걸음을 멈추고 숨을 고르며 소리쳤다.

"아, 모용세가 분들이셨구려. 어서 오시오!"

정천대 무인들이 뒤늦게 두 사람을 반겼다.

"가주님의 전갈을 가지고 왔소."

"수고하셨소. 저기 천무문주님과 지황문주님이 계시니 어서 가서 전하시오."

정천대 무인들이 얼른 길을 열었다.

그러자 두 사람이 지친 몸을 이끌고 다시 바람처럼 움직여 천무문주와 지황문주에게로 달려갔다.

"모용가주의 전갈을 가져왔다고?"

두 사람이 자신들 앞에 도착하자 지황문주 목용이 서둘러 물었다.

"그렇습니다."

"말해보게."

"요동 무림 형제들이 놈들의 와호산 동쪽 계곡 쪽 방어막을 깨뜨렸습니다. 그리고 잠깐 휴식 후 다시 전진을 시작했습니다. 앞으로 한 시진 안에 도착할 것입니다."

"그게 정말인가? 놈들의 방어막이 워낙 강해서 뚫기 어렵다고 하더니?"

지황문주가 반색을 하며 물었다.

"난공불락인 줄 알았는데, 칠선문의 시월 대협이 홀로 상류에서 계곡을 넘어 적진을 돌파했습니다. 그 기세에 놀란 마련의 마인 놈들이 제대로 싸워보지도 않고 도주했습니다."

"칠선문의 시월?"

지황문주가 놀란 듯 되물었다.

"그렇습니다."

"음… 또 그인가?"

지황문주가 모호한 표정으로 중얼거렸다.

"최근 얼마간 그의 이름이 잊을 만하면 무림을 진동시키는구려."

천무문주도 조금은 씁쓸한 표정으로 말했다.

"그러게 말이오. 그에 반해 우리 십대천문의 후기지수들은 도드라지게 존재감을 드러내는 사람이 없으니… 그나마 월문신룡이 대단하다 했는데, 그 역시 몰락하였고."

지황문주가 십대천문 이외의 문파에서 시월 같은 뛰어난 고수가 출현한 것이 아쉬운 듯 말했다.

"어찌 보면 다행일 수도 있소. 칠선문은 작은 소문파에 지나지 않아, 강호 권력에 욕심이 없는 것 같으니 말이오."

"그렇긴 하오만, 그 칠선문이 이가검문이나 항주 금가장과 혼맥으로 이어졌으니 맹의 판세에서 완전히 별개의 인물들은 아니라고 봐야지 않겠소?"

"이가검문은 스스로 십대천문의 자리를 마다했고, 항주 금가장은 이러니저러니 해도 상계에 뿌리를 두고 있으니 역시 그리 걱정할 일은 아닌 것 같소."

"음… 듣고 보니 그렇기는 하구려."

지황문주가 고개를 끄덕였다.

그러자 천무문주가 시선을 돌려 적진을 바라보며 말했다.

"어쨌든 놈들이 물러나는 이유는 밝혀졌구려. 만계지마도 앞뒤에서 협공을 당하면 승산이 없다는 것을 아는 것이오."

"반격합시다. 놈들이 마정궁으로 들어가기 전에 최대한 타격을 줘야 하오. 마정궁은 난공불락의 요새, 한 번 들어가면 쉽게 무너뜨릴 수 없을 것이오."

지황문주 목용이 말했다.

"그럽시다. 모두 들어라. 요동의 형제들이 놈들의 동쪽 방어선을 뚫었다. 해서 놈들이 도주하기 시작한 것이다. 지금 즉시 반격에 나선다. 한 놈이라도 더 죽여서 죽은 형제들의 복수를 하라! 당장 이 명을 전장의 모든 정천일대 형제들에게 전하라!"

"알겠습니다. 문주님!"

명을 받은 정천대의 무사들이 천무문주의 명을 전하기 위해 사방으로 달리기 시작했다.

그렇게 반격의 명을 내린 천무문주와 지황문주가 자신들도 적을 공격할 준비를 하는데 모용황의 전갈을 가져온 모용세가의 무인이 조심스럽게 입을 열었다.

"가주께서 전하시는 또 다른 말씀이 있습니다."

"다른 말? 무엇이냐?"

"혹, 월문주께서 거동이 가능하시면 그분에게 의견을 물어 혹시라도 만계지마가 마정궁을 버리고 홍안령 대산맥으로 퇴각할 경우, 그 퇴로를 여쭤보라 하셨습니다. 월문주께서는 이 근방 지리에 밝으시니 몇 개의 도주로를 정해주시면 추살대를 미리 보내 만계지마를 잡을 수 있을 거라 하셨습니다."

"만계지마가 마정궁을 포기한다고?"

천무문주가 예상치 못한 일이라는 듯 되물었다.

"요동 정천대의 수뇌분들은 그 가능성을 더 높게 보시는 것 같습니다."

"이유가 무엇이냐?"

"마정궁에 들어가 농성을 한다 해도 그를 도우러 올 마련 세력이 없을 거라 하셨습니다. 하지만 본 맹의 경우 정천이대와 삼대까지 신검산으로 오게 되면 그가 마정궁에서 살아남을 방법이 없을 것이기 때문에……."

"구원하러 올 자들이 없다? 천마궁이 건재하다는 것을 생각지 않는 것인가?"

지황문주가 요동 정천대 수뇌들의 생각이 짧은 것이 아니냐는 투로 말했다.

그러자 모용세가의 무인이 다시 입을 열었다.

"애초에 천마궁이 이 싸움에 관여할 생각이 있었으면 벌써 천산의 마인들을 보냈을 거라 하셨습니다."

"천마후가 오지 않았느냐?"

지황문주가 이미 천마궁의 사람이 와 있는데 무슨 소리냐는 듯 물었다.

"정확한 것인지는 모르겠지만, 천마후가 전장을 떠났다는 소식이 있었습니다. 가주께서 직접 확인한 바가 아니니 단정하기 어렵다 하셨습니다만."

"천마후가 전장을 떠나? 그게 정말이냐?"

"말씀드렸지만 직접 확인한 것이 아니라서……."

모용세가의 무인이 말꼬리를 흐렸다.

그러자 지황문주 목용이 천무문주를 돌아보며 말했다.

"그게 사실이라면 놈들 사이에 내분이 발생했다는 뜻 아니겠소?"

지황문주의 눈에 강한 전의가 드러났다. 내분이 발생했다면 정말 만계지마 중산을 잡을 수도 있다고 생각한 것이다.

"일단 월문주를 만나 봅시다."

천무문주 양무강 역시 전의를 숨기지 않았다.

"자넨 잠시 기다리게. 월문주가 큰 부상을 입어 후방에서 상처를 치료 중이네. 그를 만나 만계지마가 퇴각할 경로를 물어 볼 테니 그 소식을 가지고 돌아가게."

"예, 문주님!"

모용세가의 무인이 얼른 대답했다.

* * *

"정말 놈이 도주를 한단 말이오?"

월문주 백문보의 눈이 커졌다. 그는 옆구리에 부상을 입어 제대로 움직일 수도 없는데 자리에서 벌떡 일어날 정도로 흥분했다.

"조심하시오."

천무문주가 몸을 일으키는 백문보를 만류했다.

"난 괜찮소. 이따위 부상쯤은! 그런데 확실히 놈이 도주를 하고 있소?"

"일단 와호산에서는 퇴각을 하고 있소. 그가 마정궁으로 들어갈지, 홍안령 대산맥으로 숨어들지는 알 수 없으나 일단 그가 홍안령으로 도주할 가능성이 커 보이는 상황이오. 그래서 이곳 지리에 밝은 월문주께서 몇 개의 도주로를 추려주시면 빠르고 강한 무사들을 보내 그를 잡아볼 생각이오."

"좋소. 그렇게 하리다! 그리고 나도 출전하리다!"

"무리하지 마시오. 이미 이 싸움은 본 맹의 승리로 결론이 났고, 월문은 신검산을 되찾은 것이나 마찬가지니까 말이오."

천무문주가 만류했다.

"아니오. 오늘날 월문을 이 지경으로 만든 그놈을 절대 다른 사람 손에만 맡겨 둘 수 없소. 내 손으로 반드시 놈을 베어야겠소이다. 그러니 날 말릴 생각은 마시오. 의룡단주는 지도를 가져오게!"

백문보의 명에 막사 밖에 대기하고 있던, 월문의 몇 안 남은 고수 의룡단주 정천보가 서둘러 막사 안으로 들어왔다.

그리고 월문 앞에 커다란 지도를 펼쳐 놓았다. 신검산 주변 지형이 세세하게 그려진 거대한 지도로, 대대로 월문주들이 지니고 있던 것이었다.

"놈이 홍안령으로 향한다면 놈이 갈 만한 길은 다섯 갈래 정도 있소. 신검산과 홍안령 사이에는 초지가 많아서 몸을 숨기기 어렵기 때문이오."

백문보가 지도를 보며 말했다.

그러자 지황문주가 물었다.

"어디 어디요?"

지황문주는 만계지마를 잡을 수도 있다는 생각에 마음이 조급한 듯 보였다.

그러자 월문주가 손가락으로 지도의 다섯 지점을 찍어 보였다.

"이곳들이오. 길이 다섯 개이니 그중 하나는 내가 맡겠소."

백문보가 만계지마를 향한 살의를 드러내며 말했다.

"정말 괜찮으시겠소?"

"걱정 마시오. 날 돕는 사람들을 보시지 않으셨소. 숫자는 적지만 모두 일당백의 고수들이오."

"알겠소. 그럼 월문주께서 한 곳을 맡으시고, 요동 무림에 한 곳을 맡깁시다. 나머지 세 곳은 우리 정천일대의 고수를 뽑아 보내는 것으로 합시다."

천무문주가 지황문주를 보며 말했다.

제 8장
—
간웅들

"다섯 개의 길을 지목했고, 그중 가장 가까운 동쪽 퇴로를 우리에게 맡기겠다는 전갈입니다."

모용황이 검옹 천복에게 말했다.

그의 손에는 월문주 백문보가 가지고 있는 지도와 비슷한 지도가 들려 있었는데, 급하게 그린 듯 보이는 지도 위에 다섯 개의 붉은 줄이 신검산에서 홍안령까지 그어져 있었다.

"다섯 중 하나라… 그들이 욕심을 내는군요."

듣고 있던 이장룡이 말했다.

"그런 것 같소이다. 지난 며칠간 마련의 총공세로 정천일대의 전력이 많이 약해졌는데도 불구하고, 네 개의 퇴로를 막겠다고 하는 것을 보면 만계지마를 잡고 싶은 욕심이 많은 것 같소이다."

모용황이 불편한 표정으로 말했다. 내심으로는 그 역시 만계지마를 자기 손으로 잡고 싶은 마음이 있기 때문이었다.

전세가 기울었다고 판단되는 순간부터 의천무맹 각 문파 수뇌들의 관심은 온통 만계지마 사냥에 가 있었다. 그를 잡는 자가 이 싸움에서 가장 큰 이득을 볼 것이기 때문이었다.

"그중 한 곳은 월문주가 맡는다고 들었습니다."

정천일대에 다녀온 모용세가의 무사가 말했다.

"월문주까지? 하하! 참, 사람 욕심이란 것이……."

모용황이 혀를 찼다.

월문주 백문보가 천마후에게 큰 부상을 입은 것은 이미 널리 알려진 사실이었다. 그런데 그 몸을 하고도 만계지마를 잡겠다고 나섰으니 어이가 없는 일이었다.

"그럼 그가 선택한 곳이 가장 가능성이 높겠군요."

듣고 있던 시월이 조심스럽게 말했다.

"아무래도 그렇겠지. 퇴로로 다섯 곳을 추정했지만 어쩌면 그의 마음속에는 오직 한 곳의 퇴로만 들어있을지도 모른다. 그곳으로 그가 가는 것은 당연한 일이고."

검옹 천복이 대답했다.

"문제는 과연 그가 만계지마를 상대할 수 있느냐는 겁니다. 만계지마가 물러나는 것은 싸움에 패해서라기보다 전세가 불리해서인데 그건 그의 곁에 여전히 강한 고수들이 많이 남아 있다는 뜻이니까요."

이장룡이 걱정스러운 표정으로 말했다.

"일단 우린 이제부터 따로 움직이겠소이다."

검옹 천복이 모용황에게 말했다.

"역시 적진으로 들어가 만계지마의 흔적을 추적하시겠습니까? 월문주의 추측이 정확하다면 괜한 고생을 하시는 것이 아닌지……."

모용황이 말했다.

처음부터 시월과 검옹 천복은 월문주 백문보가 지목하는 퇴로로 앞서가지 않고, 적진으로 들어가 만계지마의 흔적을 찾아 후방에서 추격할 생각이었었다.

그리고 지금 그 계획대로 움직이려는 것이었다.

"일에는 늘 변수가 있으니, 월문주의 추측대로 만계지마가 움직이지 않을 수도 있소. 그러니 역시 조금 귀찮더라도 그의 흔적을 후방에서 추적하는 것이 나을 것 같구려."

"혹, 그자가 홍안령으로 들어가도 계속 추격하실 생각이신지요?"

이장룡이 걱정스럽게 물었다.

"살려두면 후환일 될 자이니 따라잡을 수 있다면 그래야겠지."

"너무 위험한 일입니다."

"걱정 말게. 어떤 상황이 닥쳐도 우리 몸 하나는 건사할 수 있으니까."

검옹 천복의 이장룡을 안심시켰다.

"몇 사람 데리고 가시는 것이 어떨까 합니다만."

모용황도 걱정이 되는지 사람을 데려갈 것을 권했다.

그러자 검옹 천복이 고개를 저었다.

"사람이 많으면 그 사람들 안전까지 걱정해야 해서 제대로 그자를 상대할 수 없소이다. 이 일은 역시 시월과 나 둘이서 하는 게 좋겠소."

“그러시다면 어쩔 수 없지요. 다만 너무 무리하지 마시기 바랍니다. 검옹께서는 이제 단지 이가검문의 어른만이 아니신 우리 요동 무림의 기둥이시니 말입니다.”

모용황의 말에 진심이 묻어난다.

그 역시 지금 요동 무림을 지탱하는 힘의 상당 부분이 검옹 천복에게서 나오고 있다는 것을 알기 때문이었다.

“걱정해 주셔서 고맙소. 가주께서 말씀대로 조심해서 다녀오리다. 시월, 가볼까?”

검옹 천복이 시월을 돌아봤다.

“예. 어르신! 그럼 다녀오겠습니다.”

대답한 시월이 이장룡과 모용황에게 인사를 하고는 서둘러 모용황의 천막을 나갔다. 그러자 검옹 천복 역시 시월의 뒤를 따라 장내를 떠났다.

* * *

매캐한 연기 냄새와 여전히 불타고 있는 잔목들이 와호산 전체를 뒤덮고 있었다.

한때 신검산에 들어가기 전, 하루 정도 쉬어갈 수 있는 아름다운 산으로 유명했던 와호산이 이제는 마치 현실에 지옥도를 펼쳐 놓은 것 같은 풍광으로 변해 있었다.

곳곳에 미처 수습되지 않은 시신들도 보였다. 자연스럽게 눈살이 찌푸려질 수밖에 없는 풍광이었다.

“이따위 싸움을 해야 하다니. 그자를 반드시 잡아야겠다.”

검옹 천복이 와호산의 참혹함에 화가 난 듯 말했다.

"지난 수십 년간 무림에서 일어난 큰 혈사들은 거의 모두 그가 주도를 한 것이지요?"

시월이 물었다.

"그렇다고 봐야지. 삼십육마의 난에서부터 그의 간악한 계략에서 시작되었으니까."

검옹 천복이 대답했다.

"참, 사람 마음이 어떻게 그렇게 간악할 수 있는지 모르겠어요."

"사람 마음속에는 누구나 그런 잔인함이 들어 있단다. 다만 보통 사람들은 이성으로 그 욕구를 억누를 뿐이지. 하지만 세상의 거대한 권력을 얻을 기회가 오면 누구나 유혹을 이기지 못하고 잔혹한 괴물로 변하는 것이다."

"어? 어르신이 사람에 대해 그렇게 회의적인 분인지 몰랐어요."

시월이 놀란 듯 말했다.

"회의적이라기보다는 인간이 그만큼 약한 존재라는 거지. 인간은 결국 자기 자신의 욕망에 허물어지거든."

검옹 천복이 우울한 표정으로 말했다.

"그렇게 되지 않기 위해 노력해야겠네요. 내가 만계지마 같은 자가 된다는 것은 생각만 해도 끔찍한 일이니까요."

"그래서 무인은 늘 자신의 마음을 돌아보는 버릇을 가져야 하는 거다. 마인으로 태어난 특이한 사람들이 처음부터 있는 게 아니다. 한순간 마음을 한 번 잘못 물들이면 마인이 되는 거지."

"알겠습니다. 늘 조심하겠습니다."

"뭐… 사실 그런 면에서 너희 칠선문의 사형제들은 걱정할 필요가 없다. 마공을 수련하고도 오히려 그 마기에서 벗어난 사람들이니까. 참 드문 일이지."

"우리야 뭐……."

시월이 말꼬리를 흐렸다.

"생각해 보면 결코 쉽지 않은 일이다. 그러니 칠선문의 사형제들에 대해 자부심을 가져도 좋아. 어떤 정파의 인물들보다 더 훌륭한 의협들이다."

"그렇게 말씀해 주셔서 감사합니다."

"후후, 고마울 일은 아니다. 있는 그대로 말한 거니까. 그나저나 어디서부터 시작하나……."

검옹 천복이 와호산 북쪽 비탈을 바라보며 중얼거렸다.

"그의 천막이 있던 곳에서부터 시작하면 될 겁니다."

"그가 이동한 흔적을 찾을 수 있다고?"

검옹 천복이 놀란 듯 물었다.

"그런 면에서는 외려 와호산이 불탄 것이 도움이 되죠. 불에 타고 남은 잔재가 쌓인 곳을 지나면서 흔적을 숨기기는 어려우니까요. 저희 사형제들은 사냥감의 흔적을 찾는데 특별한 재주가 있습니다. 물론 부리 사형이 왔으면 더 쉽게 찾을 수 있을 테지만요."

"그런 재주도 있었느냐? 그럼 한번 그 재주 좀 보자."

검옹 천복이 호기심을 드러내며 말했다.

작정하고 자신의 흔적을 지운 자의 뒤를 쫓는 것은 쉬운 일이 아니다. 하지만 만계지마 중산은 자신의 흔적을 지우는데 큰 노력을 기울이지는 않은 듯했다.

어차피 사방에서 의천무맹의 고수들이 자신을 쫓을 것임을 알고 있었기 때문에 흔적을 감추기보다 퇴각 속도를 높이는 데 더 힘을 쏟은 것이다. 어떻게든 거대한 홍안령 산맥 안으로 후퇴한다면 그곳에서부터는 추격에 대한 걱정을 한시름 덜 수 있기 때문이었다.

덕분에 시월은 쉽게 만계지마의 흔적을 찾을 수 있었다. 그가 머물던 천막에서부터 시작된 만계지마의 흔적은 말과 사람이 한 무리로 움직이고 있다는 것을 말해주고 있었다.

말의 속도를 따라갈 사람들이라면 고수 중의 고수가 분명했다. 그 숫자가 적어도 이십 명에 이르는 무리다.

시월은 서두르는 법 없이, 차근차근 확실하게 만계지마 중산의 흔적을 확인하며 북방으로 향했다.

하루를 이동하자 벌써 신검산 북쪽을 지나고 있었다. 그곳에서는 아스라이 홍안령의 고산준령들이 보였다.

하지만 눈에 보인다고 가까운 거리는 아니었다. 보통 사람의 걸음으로는 적어도 사오일은 이동해야 하는 먼 거리였다.

북방의 차고 맑은 공기 때문에 그 거리의 산들조차 가깝게 느껴질 뿐이었다.

그곳에서부터 시월과 검옹의 이동 속도가 한결 빨라졌다. 신검산을 벗어나기 전과 달리, 신검산에서 멀어질수록 만계지마 중산의 흔적이 더 명확하게 남아 있었기 때문이었다.

그런데 그렇게 빠른 속도로 만계지마를 추격하던 시월이 어느 순간 뚝 걸음을 멈췄다.

"왜 그러느냐?"

갑자기 걸음을 멈춘 시월에게 검옹 천복이 물었다.

"뭔가 이상합니다."

"뭐가?"

검옹 천복이 되묻자 시월이 대답을 하는 대신 품속에서 한 장의 종이를 꺼내 들었다. 그 종이에는 월문주 백문보가 만계지마 중산의 도주로를 예상한 지점들이 표시되어 있었다.

시월이 모용황의 천막에서 급하게 필사해 온 지도였다. 급하게 필사한 덕에 엉성하기는 해도, 주변 지형과 도주로를 알아보는 데는 어려움이 없었다.

지도를 꺼낸 시월이 지도를 펼쳐 들고 주변 지형과 견주어보았다.

"뭐가 문제인 거냐?"

검옹 천복이 시월의 행동이 심상치 않음을 알아채고는 심각한 표정으로 물었다.

"월문주가 말한 오로(五路)의 예상 도주로와 이 방향은 일치하지 않습니다."

"그게 정말이냐?"

검옹 천복이 급히 지도로 시선을 돌리며 물었다. 그러자 시월이 천복에게 지도를 건네 후 주변을 살펴보며 말했다.

"애초에 이 길은 월문주가 표시한 퇴로에 없는 길입니다. 이해할 수가 없군요. 지형을 보면 이 길이야말로 홍안령까지 물러나기에 가장 유리한 길인데. 월문주가 어떻게 이 길을 놓쳤을까요?"

그러자 지도를 살피던 검옹 천복이 나직하게 탄식을 흘렸다.

"이런 곳을 월문주가 모를 리 없다. 그런데도 이 길을 말하지 않은 것은 그자가 욕심을 냈다는 의미다."

"…설마 홀로 만계지마를 잡으려 한다는 겁니까? 그래서 다른 사람들에게 이 퇴각로를 말하지 않은 것이고?"

시월이 믿을 수 없다는 듯 물었다.

"그게 아니라면 설명할 수 없는 일 아니냐?"

"하지만 그는 큰 부상을 입은 상태인데 어떻게……?"

"그를 돕는 자들이 있다고 하지 않았느냐?"

"하지만 숫자가 그리 많지 않습니다."

아무리 대단한 고수들이라 해도 겨우 몇몇이서 만계지마와 그를 따르는 절대마인들을 잡을 수는 없었다.

"그가 부상을 당한 것이 맞고, 그를 돕는 자들이 정말 적은 숫자라면 이 결정이 그를 완전한 파멸로 밀어 넣겠지. 반면 그에게 사람들에게 드러내지 않은 또 다른 전력이 있다면 그때는 이 도박이 월문의 재건에 큰 도움일 될 것이다. 만계지마 중산을 잡거나 죽일 수만 있다면 말이지."

검웅 천복이 말했다.

"하는 일마다 왜 이렇게 괴팍한지. 후……."

시월이 한숨을 내쉬었다.

"일단 속도를 좀 더 내자. 월문주가 죽고 사는 거야 그의 운명이니 관여하고 싶지 않지만, 만계지마는 반드시 잡아야 하니까."

검웅 천복이 지도를 시월에게 건네며 말했다. 시월은 지도를 건네받아 품속에 넣고는 만계지마의 흔적이 이어진 긴 협곡을 향해 달리기 시작했다.

* * *

"후우우!"

월문주 백문보가 긴 숨을 내뱉었다.

그가 운기를 하고 있는 작은 천막은 노숙하기도 버거울 정도로 허름했다.

신검산으로부터 하룻길 떨어진 북쪽의 작은 산에서 시작된 협곡은 몇 리에 걸쳐 이어진다. 협곡은 홍안령에 이르기 전 마지막 초지가 시작되는 지점에서 끝나는데, 백문보는 그 출구 부근에 허름한 천막을 치고 운기를 하고 있었다.

만계지마 추살이라는 급박한 상황에서 운기를 하고 있는 것은 누가 봐도 이상한 일이었다.

당연히 일부 월문도들과 함께 천막 주변을 지키고 있는 호천밀사들의 표정도 밝지 않았다.

하지만 그렇다고 이제 와서 백문보를 떠날 수도 없었다. 그가 무슨 일을 하든 일단 그를 도우라는 운중오문의 명이 있었기 때문이었다.

그렇게 얼마나 지났을까. 문득 협곡의 남쪽에서 미미한 진동 소리가 들려왔다.

"정말 이리로 오는 모양이오."

호천밀사 양소산이 우두머리 곡천을 보며 말했다.

"그러게 말이오. 이것 참 곤란한 일이오. 일을 이렇게 어렵게 만들다니……."

호천밀사 곡천이 백문보가 운기를 하고 있는 천막을 보며 불만스러운 표정으로 중얼거렸다.

그런데 그 순간 문득 천막이 바람에 날리듯 허공으로 날아가면서 월문주 백문보가 모습을 드러냈다.

모습을 드러낸 백문보는 전혀 부상을 입지 않은 사람처럼 바위처럼 단단해진 몸과 형형한 안광을 드러내고 있었다. 운기 전과는 완전히 다른 사람처럼 느껴질 정도였다.

"만계지마! 결국 이리로 오는구나. 오늘 내가 반드시 네 목을 베겠다."

일변한 모습을 한 백문보가 살기 가득한 목소리로 읊조리며 말발굽 소리가 들리는 협곡을 노려봤다.

*　　　*　　　*

두두두! 다섯 필의 말과 그 말을 호위하는 자들이 이십여 명이다. 생각보다 단출한 만계지마 일행이었다.

그들은 수백 년 자란 나무가 무성한 협곡을 달렸다.

마른 협곡에 물은 없었지만, 평소 사람들이 다닌 흔적도 없었다. 애초에 잘 닦인 길이 없던 곳이고 수목이 무성해서 말들도 초원에서 달리듯 마음껏 달릴 수가 없었다.

그래서 가끔은 사람이 말을 앞서가기도 했다. 하지만 전체적으로 보자면 길 없는 길을 달리는 것치고는 무척 빠른 속도로 이동하는 만계지마였다.

그렇게 한동안 계곡을 달린 만계지마 일행 앞에 드디어 협곡의 끝이 보였다.

협곡을 벗어나면 십여 리에 걸쳐 펼쳐진 초지가 나타난다. 그 초지를 주파하면 드디어 홍안령으로 들어갈 수 있었다. 그리고 홍안령에 도착하는 순간 만계지마는 더 이상 도망자가 아니었다.

홍안령의 험한 산세에 의지하여, 퇴각한 마련의 마인들을 모아 세력을 정비하면, 그는 또다시 정파를 위협할 만한 힘을 가지게 될 터였다.

그래서 퇴각하면서도 만계지만 중산의 얼굴에는 아쉬움은 있을지언정 패배자의 절망감 같은 것은 찾아볼 수 없었다.

"출구입니다!"

앞에서 달리던 마정사 오라가 소리쳤다.

"그대로 초지를 주파해 산으로 간다!"

"말이 지쳤는데 쉬어가심이……."

쉬지 않고 달린 말들의 호흡은 거칠기 이를 데 없었다.

"그럴 여유는 없다. 놈들의 추격을 따돌린 것 같지만, 그래도 방심할 수 없다. 말들이 달릴 수 있을 만큼 달리고, 지쳐 쓰러지면 그때는 말을 버리고 간다."

만계지마 중산이 비정하게 말했다.

달리다 진이 빠져 쓰러진 말은 사람과 달라서 쉰다고 회복되지 않는 경우가 많다. 회복하지 못한 말들은 죽게 마련이어서 쓰러지기 전에 반드시 말에게 휴식을 주는 것이 말을 아는 사람들의 상식이었다.

그런데 만계지마 중산은 그 사실을 알면서도 말이 쓰러져 죽을 때까지 달릴 생각이었다. 사람에게만큼이나 짐승에게도 잔혹한 만계지마였다.

하지만 일행 중 그 누구도 그런 만계지마의 결정에 반대할 사람은 없었다. 그의 말에 반대하는 순간 말이 아니라 자신이 죽을 거라는 걸 알기 때문이었다. 또한 그들 역시 마인들이어서 짐승의 생명을 아까워할 심성들이 아니었다.

그런데 말이 쓰러질 때까지 달리겠다는 만계지마의 독심은 타인에 의해 꺾였다.

"적입니다!"

일행의 가장 선두에서 달리던 마정사 중 한 명이 소리쳤다.

순간 누가 먼저랄 것이 일행이 전진을 멈췄다.

"어떤 자들이냐?"

마정사 오라가 소리쳐 물었다.

"정체를 알 수 없습니다."

"혹, 마련의 형제가 아니냐?"

오라가 일말의 기대를 갖고 물었다.

하지만 이내 실망스러운 대답이 돌아왔다.

"마련 형제들 복장이 아닙니다."

"…어찌하면 좋겠습니까?"

실망한 표정으로 오라가 만계지마 중산을 돌아보며 물었다.

그러자 만계지마 중산이 덤덤하게 대답했다.

"다른 방책을 찾을 수 있다면 모를까 지금은 놈들을 죽이고 돌파하는 것만이 유일한 방책이다. 돌파해!"

만계지마 중산이 단호하게 명을 내렸다.

적이 누군지, 적진을 돌파할 때 얼마나 많은 수하가 죽을지는 관심이 없는 만계지마였다.

그의 생각은 온통 홍안령에 가 있었다. 그는 이미 홍안령에 들어간 이후의 일까지 모두 계획을 세워놓고 있었다.

그래서 지금 이곳에서 주춤거리나 발목이 잡힐 생각이 전혀 없었다. 수하들이 모두 죽어도, 그 자신이 홍안령에 들어갈 수 있다면 조금도 망설일 이유가 없는 만계지마였다.

"돌파한다!"

만계지마 중산의 단호함을 알고 있는 마정사 오라가 큰 소리로 외쳤다.

그러자 잠시 전진을 멈췄던 만계지마 일행이 다시금 협곡의 출구를 향해 달리기 시작했다.

* * *

"화살 몇 대 날려줘라!"

월문주 백문보가 명을 내렸다.

그러자 그를 따라온 월문의 무인들 십여 명의 철궁을 꺼내 들고 화살을 먹인 후 협곡의 출구를 향해 달려오는 만계지마 일행을 향해 화살을 날렸다.

쐐애액!

월문주를 따라온 월문의 문도들은 대호단과 의룡단 출신으로 월문이 패망한 이후에도 백문보를 떠나지 않은 심복 중의 심복들이었다. 무공 역시 다른 월문의 무인들에 비해 몇 단계 위에 있는 고수들이었다.

그런 그들이 날린 화살은 비록 십여 대에 지나지 않았지만, 무서운 속도로 질주하는 만계지마 일행의 걸음을 늦출 만큼 충분히 위력적이었다.

카카캉!

만계지마의 수하들이 날아온 화살을 쳐내는 소리가 월문주 귀에까지 들렸다. 동시에 주춤거리는 모습도 눈에 들어왔다.

"문주, 다시 한번 생각해 보시는 게 어떨까 싶소. 움직임이 범상치 않은 자들이오."

호천밀사 곡천이 백문보에게 말했다.

"그래도 생각보다 숫자가 적지 않소?"

백문보가 퉁명스럽게 말했다.

만계지마를 따라온 자들의 숫자는 이십여 명 안쪽, 반면 백문보 곁에는 십여 명의 호천밀사와 월문의 정예고수 십여 명이 함께하고 있었다. 그로서는 충분히 승산이 있는 싸움이라 판단하고 있었다.

"저들 무리에 마련십천마가 섞여 있을 수도 있소이다."

곡천이 경고했다.

"그렇다고 해도 괜찮소. 마련십천마 한두 명이 있다고 해도 그들을 대협들이 맡아주면 만계지마는 내가 상대하겠소."

"…부상을 당한 몸으로 가능하시겠소?"

곡천이 만계지마를 직접 상대하겠다는 월문주 백문보의 말에 놀라 그를 바라보며 물었다.

천마후에게 당한 백문보의 상처는 결코 가벼운 것이 아니었기 때문이었다.

"걱정 마시오. 난 이미 다 회복했소. 아니, 부상을 당하기 전보다 더 강해졌소. 그러니 만계지마는 내게 맡기시오!"

백문보가 도도한 표정으로 말했다.

호천밀사들이 그런 백문보를 어이없다는 듯 바라봤다. 천마후에게 부상을 입은 이후 제대로 움직이지도 못했던 백문보였다.

이곳으로 오는 동안에도 그는 줄곧 월문 문도들의 보호를 받아야 했었다. 그래서 호천밀사들은 만계지마와의 싸움을 자신들에게 맡기려 하는 백문보의 행동에 어떻게 대처해야 할까 지금 이 순간까지 고민하고 있었던 것이다.

호천밀사들이 운중오문의 비밀스러운 무인 집단으로서 모두 일류고수 이상의 무인들이기는 해도, 만계지마와 마도의 대마인들을 단 열 명이서 상대하는 것은 버거운 일이기 때문이었다.

그런데 검이나 제대로 들까 싶었던 백문보가 만계지마를 자신이 상대할 수 있다고 호언장담을 하니 기가 막힐 일이 아닐 수 없었다.

"만계지마가 무력보다는 지모로 더 유명한 자이지만 그 역시 삼십육마에 속했던 마도의 고수요. 비록 천마후에 비할 바는 아니겠지만, 그를 상대하는 일은 결코 쉬운 일이 아니오. 그리고 문주께서 몸을 회복하셨다고 하지만 솔직히 천마후에게 당한 부상이 며칠 사이에 회복될 부상은 아니지 않소이까?"

현실을 인정하고 이제라도 물러나는 것이 어떻겠냐는 듯 호천밀사 곡천이 직설적으로 물었다.

그러자 백문보가 갑자기 월문 무사 중 한 명의 철궁을 빼앗아 들었다. 그러고는 허공으로 가볍게 뛰어오르더니 공중에서 한 대의 화살을 시위에 먹여 벼락처럼 앞으로 날려 보냈다.

쿠오오!

시위를 떠난 화살이 괴이한 파공음을 만들어내며 무서운 속도로 날아갔다. 보통 화살들이 만들어내는 파공음과는 전혀 다른 소리였다.

화살은 어찌나 빠른지 공기의 소용돌이가 화살의 꼬리를 따라

빨려 들어가는 것이 보일 정도였다.

화살은 전광석화처럼 날아가더니 그 화살을 쳐내려는 마인의 검을 뚫고 들어가 그대로 마인의 가슴을 꿰뚫었다.

"악!"

쿵!

가장 앞서 달려오던 마정사가 사냥감 꿰뚫리듯 월문주 백문보의 화살에 관통당한 채 허공으로 떠올랐다가 그대로 마른 협곡 바닥에 떨어졌다. 그러고는 더 이상 움직이지 않았다. 즉사였다.

순간 협곡 입구를 향해 질주하던 만계지마와 그 수하들이 급히 달리는 속도를 늦췄다.

적의 걸음이 느려지는 것을 지켜보면서 어느새 땅에 내려선 백문보가 호천밀사들을 보며 물었다.

"이젠 믿으시겠소?"

백문보의 물음에 호천밀사들이 당황한 표정으로 말을 하지 못했다. 그러다가 정신을 차린 호천밀사 곡천이 급히 물었다.

"대체 이게 어찌 된 일이오? 이건 아무리 생각해도 이해가 되지 않소이다만……."

며칠 전까지만 해도 부상을 당해 제대로 움직일 수도 없던 사람이 이렇게 강전을 쏘아 보낼 수 있다는 것은 그의 말대로 그가 이전보다 훨씬 강해졌다는 의미다. 그런데 그건 상식적으로 절대 일어날 수 없는 일이었다.

"다행히 내게 귀중한 신단이 있었소. 나 자신을 위해 쓰는 것을 망설여 지니고만 있었는데, 만계지마를 잡기 위해 결국 사용하게 되었소. 그러니 내 걱정은 마시고 최선을 다해 만계지마를 잡아봅시다."

백문보가 호천밀사들을 독려했다.

"아! 그래서 그동안 천막 안에서 운기를 하셨던 것이었구려. 그렇다면 알겠소이다. 문주께서 만계지마를 맡아주신다면 이 싸움은 승산이 있을 것 같소이다."

곡천도 백문보의 무공 회복을 눈으로 확인하자 전의가 끓어오르는 모습이다.

그러자 백문보가 고개를 끄덕여 보이고는 갑자기 앞으로 훌쩍 날아가 검을 뽑아 들고 산처럼 우뚝 선 채 협곡 안쪽을 향해 소리쳤다.

"만계지마 중산! 어서 오너라! 난 월문의 문주 백문보다! 간교한 계책이 아니라 검을 든 무인으로서 날 상대할 자신이 있다면 앞으로 나서라!"

월문주 백문보의 사자후가 만계지마가 서 있는 협곡을 뒤흔들었다.

"백문보! 저자가 어떻게……?"

만계지마 중산이 협곡 입구를 혼자 막아설 것처럼 서 있는 백문보를 보며 중얼거렸다.

천마후가 신검산을 떠나기 전, 백문보에게 치명적인 부상을 입혔다는 사실을 알고 있는 만계지마였다. 그런데 그 백문보가 놀라운 강전을 날리고, 자신을 상대하겠다고 협곡을 지키고 있었다. 아무리 월문을 몰락시킨 자신에 대한 원한이 크더라고 그런 몸으로 이런 일을 하는 것은 불가능했다.

"저들의 숫자가 대략 이십여 명입니다. 명하시면 돌파하겠습니다."

마정사 오라가 말했다.

"월문주가 왔다면 그를 돕는다는 그 비밀스러운 자들도 함께 왔을 것이다. 결코 만만히 볼 수 없는 상대다."

만계지마가 호천밀사를 경계했다.

"하지만 적을 돌파하는 것 말고는 달리 방법이 없지 않습니까?"

오라가 물었다.

그러자 만계지마 중산이 잠시 고민을 하다 이내 뒤를 돌아보며 소리쳤다.

"아무래도 사혈문 형제들의 도움을 받아야겠소!"

만계지마의 외침에 갑자기 협곡 안쪽에서 검은 그림자들이 불쑥불쑥 모습을 드러냈다. 총 숫자는 십여 명 정도, 그들이 만들어내는 살기가 한순간 주변을 무덤 속에 있는 것처럼 차갑게 만들었다.

마정사들조차도 긴장할 정도였다.

"월문주가 나타날 줄은 몰랐소이다."

만계지마 앞에 혼령처럼 나타난 사혈문주 천인혈마 공후가 감정이 느껴지지 않는 목소리로 말했다.

"나 역시 마찬가지요. 저자는 크게 다쳤다고 알고 있었는데 말이오. 하지만 그가 몸을 회복했다고 해도 걱정하지는 않소. 다만 내가 걱정인 것은 그가 데려온 자들이 과연 저들이 전부일까 하는 것이오. 그래서 사혈문의 도움이 필요하오."

만계지마가 말했다.

"알겠소이다. 그럼 만계지마께서 저들을 상대하는 동안 사혈문에서 주변을 지키겠소이다."

"그래 주시오."

만계지마 중산이 대답했다.

그러자 사혈문주가 고개를 한번 끄덕이고는 나타낼 때와 마찬가지로 혼령처럼 그 자리에서 사라졌다.

*　　　　*　　　　*

허공에 떠오른 만월이 만계지마 중산의 머리 위에 떨어졌다. 그러자 만계지마가 짧지만 두터운 검신의 검을 들어 만월 같은 검기를 막아냈다.

쾅!

주륵!

강력한 충돌음과 함께 만계지마가 서너 걸음 뒤로 물러났다. 그런 만계지마를 향해 월문주 백문보가 다시 한번 도약했다.

촤아악!

이번에는 수십 개의 검기들이 잘게 쪼개져서 만계지마를 향해 날아갔다. 앞서의 공격은 월문의 문주들이 자랑하는 만월검이었고, 두 번째 공격은 월문의 대표적인 검공인 성하검이었다.

백문보가 펼친 성하검의 검기들이 촘촘하게 망을 구성한 채 화살처럼 만계지마를 향해 떨어졌다.

그러자 만계지마 중산이 들고 있던 검으로 허공에 글씨를 쓰듯 기이한 초식을 펼쳤다.

그러자 그의 앞에서 방패가 생겨나듯 진기의 막이 만들어졌다.

카카캉!

만계지마를 향해 쏟아지던 검기들이 검기의 막에 막혀 사방으로 튕겨 나갔다.

순간 만계지마가 앞으로 전진하며 검을 뻗어냈다.

팟!

만계지마의 검에서 뻗어나간 한 줄기 검기가 백문보의 심장을 파고들었다.

"흡!"

백문보가 수세에 몰렸던 만계지마가 놀라운 반격을 가하자, 다급성을 흘려내며 허공에서 몸을 비틀었다.

팟!

백문보를 향해 날아가던 검기가 날카롭게 그의 옷자락을 베고 지나갔다.

"사악한 놈!"

백문보가 만계지마의 무공이 범상치 않자 더욱더 그에 대한 적개심이 끌어오르는 듯, 땅에 내려서자마자 재차 만계지마를 향해 도약하며 욕설을 퍼부었다.

"너 따위가 감히 날 막을 수는 없다."

만계지마 역시 월문주 백문보 따위에게 길이 막힌 것이 화가 나는 듯 망설이지 않고 백문보를 향해 달려들었다.

카카캉!

벼락 치는 것 같은 충돌음이 허공으로 퍼져나갔다. 눈부신 검광들이 사람들의 눈을 어지럽혔다.

만계지마 중산과 백문보는 둘 다 사람들이 알고 있는 것 이상의 무공들을 지니고 있었다. 그들의 격돌은 와호산에서 일어났던 정사 양도의 고수들 간의 그 어떤 대결보다도 강렬했다.

또한 서로의 무공이 비슷해서 쉽게 승부를 예측할 수도 없었다.

그래서 이 싸움의 승패는 그들이 아니라 두 사람을 따르는 사람들의 대결로 결정될 가능성이 커졌다.

"어떻게든 길을 열어라!"

마정사 오라가 마정사들을 독려했다.

그러자 마정사들이 두려움 없이 적을 향해 달려들었다.

마정사들의 무공은 놀라웠다. 단지 만계지마를 따르는 마정궁의 마인들로만 치부할 수 없는 무공을 가진 마정사들이었다.

특히 그들 중 몇몇의 무공은 호천밀사들을 상대로도 밀리지 않았다. 당연히 월문 문도들에 비해서는 두세 수 위의 고수들이었다.

하지만 그래도 싸움은 월문에 유리했다.

호천밀사를 상대할 수 있는 무공을 가진 마정사의 숫자가 다섯 명을 넘지 않았기 때문이었다.

그래서 고수의 수에서 우위를 점한 백문보의 사람들은 마정사들에게 절대 길을 내어주지 않았다.

마정사들은 홍안령으로 가는 길을 뚫기보다는 자신들의 목숨을 지키는 것이 더 다급한 상황이었다.

그래서 마정사들의 우두머리인 오라의 독려에도 길은 좀체 열리지 않았다.

"후후후, 만계지마! 네놈은 결국 오늘 이곳에서 죽게 될 것이다. 널 따르는 마졸 놈들도 함께, 아니, 널 사로잡아 세상 사람들의 놀림감이 되게 만들어 주겠다."

백문보가 주변의 상황이 유리하게 돌아가자 여유가 생겼는지 잠시 공격을 멈추고 말했다.

"백문보! 너 따위 소인배에게 발목이 잡힐 내가 아니다!"

만계지마 중산이 경멸하듯 말하며 백문보를 향해 달려들었다. 그러자 백문보가 검을 들어 만계지마를 향해 만월검을 펼쳤다.

콰아아!

다시 허공에서 만월검이 눈부시게 일어났다. 그 만월 모양의 검기는 백문보를 향해 달려드는 중산을 향해 밀려갔다.

순간 만계지마 중산이 다시 한번 글씨를 쓰듯 검 끝을 미세하게 움직였다.

순간 백문보가 만든 만월검의 검기에 균열이 생겼다.

쩌저적!

만월 모양을 하고 있던 백문보의 검기가 갈라지면서 만계지마의 검이 그대로 검기를 뚫고 백문보의 얼굴을 향해 날아들었다.

"놈!"

백문보가 자신의 검기가 파훼된 것에 분노한 듯 욕설을 내뱉으며 재차 검을 휘둘렀다.

우웅!

만계지마의 공세를 피해 뒤로 물러나며 휘두른 백문보의 검에서 강력한 검음이 일어나더니, 다시 한번 만월이 허공에 떠올라 만계지마의 머리를 향해 떨어져 내렸다.

"음!"

만계지마가 자신의 머리로 떨어지는 만월의 검기를 무시하지 못하고 침음성을 흘리며 검의 방향을 머리 위로 바꿨다.

그러자 다시 한번 강력한 충돌음이 장내를 뒤흔들었다.

콰릉!

주룩!

충돌음과 함께 백문보와 만계지마가 각기 대여섯 걸음 뒤로 밀려났다.

누구도 우위를 점하지 못한 상황, 하지만 전세는 확실히 백문보에게 유리했다. 왜냐하면 그즈음부터 사방에서 격전을 벌이고 있던 마정사들 중에 죽는 자가 생겨나기 시작했기 때문이었다.

"악!"

"지옥으로 가라!"

호천밀사 중 한 명이 마정사의 가슴에 검을 꽂아 넣으며 소리쳤다.

호천밀사들은 평소에는 살검을 즐겨 쓰는 사람들이 아니었지만, 상대가 마정사들이라면 거침없이 살검을 쓸 준비가 되어 있는 사람들이었다.

운중오문은 정파의 정신적 뿌리를 자처하는 문파들이다. 당연히 마도에 대한 경멸감은 의천무맹 무인들을 능가했다. 그래서 호천밀사들도 평소보다 독한 검초들을 뿌려대고 있었다.

월문 무인들을 뚫고 홍안령으로 가야 하는 만계지마와 마정사들 입장에서는 좋지 않은 상황이 되어가고 있었다.

하지만 만계지마에게는 한 가지 믿을 만한 수단이 있었다.

"혈마께서 도와주셔야겠소!"

강력한 격돌 이후 잠시 호흡을 고르고 있던 만계지마 중산이 월문주 백문보로부터 시선을 떼지 않고 소리쳤다.

그러자 갑자기 계곡 안쪽에서 검은 인영들이 나타나더니 월문 무인들을 향해 비도와 독침들을 날리며 달려들었다.

파파팟!

"억!"

"컥!"

검은 인영들이 던진 비도와 독침에 맞은 월문 문도 몇몇이 바닥에 쓰러져 즉사했다.

"사혈문의 살수들이오! 모두 조심하시오!"

호천밀사 곡천이 급하게 경고했다.

하지만 이미 사혈문의 살수들은 월문 사람들을 덮치고 있었다.

"컥!"

"욱!"

곳곳에서 비명이 터져 나오기 시작했다.

사혈문의 살수들이 등장하자 전세는 완전히 역전됐다. 순식간에 절반의 월문도들이 쓰러졌다. 호천밀사들도 갑자기 위험에 노출되기 시작했다.

스스슥!

검은 그림자처럼 움직이는 사혈문 살수 중에서도 유별하게 특이한 자가 있었다.

그자는 다른 살수들과 달리 바쁠 것 없다는 듯 천천히 장내에 진입했다. 하지만 그런 여유와 달리 일단 그가 싸움에 관여하는 순간 격렬한 위험이 호천밀사들을 강타했다.

파파팟!

검은 기운에 가려진 자가 세 개의 비도를 던졌다. 비도가 그의 손을 떠났을 때는 앞서 사혈문 살수들이 던진 것과 다를 바 없어 보였다.

그래서 호천밀사들도 검으로 비도를 쳐내려 할 뿐 크게 경계하지는 않았다.

그런데 세 자루 비도가 호천밀사의 검과 충돌하려는 순간 갑자기 비도들이 살아 있는 생명처럼 꿈틀거리더니 호천밀사들의 검을 우회해 번개 같은 속도로 그들의 가슴을 파고들었다.

"엇?"

"헉!"

호천밀사들이 다급한 음성을 토해내며 급히 몸을 피했지만 세 자루 비도는 여지없이 삼 인의 호천밀사의 몸에 꽂혔다.

퍼퍼퍽!

"억!"

"음……!"

비도를 맞은 호천밀사들이 주춤거리며 뒤로 물러났다. 그리고 그중 한 명은 흔들거리는 몸을 지탱하지 못하고 그대로 땅바닥에 고꾸라졌다.

그 순간 검은 기운에 쌓인 자가 비도에 격중된 호천밀사들을 향해 사신처럼 달려들었다.

그는 미처 다른 사람들이 싸움에 관여하기 전에 좁은 검신의 초승달처럼 휘어진 검으로 세 명의 호천밀사들을 베어 넘겼다.

서걱!

"윽"

"쿵!"

비도를 맞고도 서 있던 두 명의 호천밀사가 그대로 땅에 스러졌다. 그중 한 명은 비명도 지르지 못한 채 목숨을 잃었다.

"네놈은 천인혈마 공후구나!"

호천밀사 곡천의 입에서 노성이 터져 나왔다.

"알았다면 지금이라도 물러나라. 길을 열면 그뿐, 너희들을 죽일 생각은 없다."

여전히 검은 기운에 휩싸인 채 사혈문주 천인혈마 공후가 협박을 했다.

"살인귀 따위의 협박에 겁이라도 먹을 줄 알았느냐?"

천인혈마 공후의 악명은 무림의 그 어떤 마인보다도 강렬하다. 그의 손에 죽은 무림의 고수만 해도 일백이 넘는다고 알려진 절대 살수가 그였다.

그의 손에 죽은 자 중에는 운중오문의 고수들도 여럿 있었다. 그래서 호천밀사들은 절대 그의 협박에 굴복할 수 없었다.

"물러나지 않겠다면 모두 죽여주는 수밖에! 모두 죽여라!"

천인혈마 공후의 입에서 살기 가득한 명이 떨어졌다.

그러자 공후의 등장으로 잠시 멈췄던 사혈문 살수들이 다시 월문의 사람들을 향해 살수를 펼치기 시작했다.

"어떠냐? 이제 오늘 죽어야 할 사람이 누군지 알겠느냐?"

사혈문의 살수들이 등장해 한순간에 전세를 역전시키자 만계지마 중산이 월문주 백문보를 보며 차갑게 웃었다.

"어쨌든 오늘 네놈을 반드시 죽는다!"

백문보가 아이 같은 오기를 부렸다.

"그럴 실력이 있다면 그렇게 하거라. 나 역시 오늘 널 살려둘 생각이 없으니까."

팟!

만계지마가 가볍게 땅을 찼다. 그러자 그의 몸이 지금까지와는 전혀 다른 속도로 백문보를 향해 폭사했다.

만계지마의 검이 무서운 속도로 백문보의 머리를 쪼개려 들자 백문보가 급히 검을 들어 만계지마의 검을 막았다.

쾅!

주르륵!

백문보가 만계지마의 공격에 밀려 대여섯 걸음 뒤로 물러났다.

그리고 그 순간 백문보의 눈이 당황한 듯 흔들렸다.

"이 간교한 놈! 본 실력을 숨기고 있었구나!"

백문보가 검을 고쳐 잡으며 소리쳤다.

"후후, 화낼 일은 아닐 것 같은데. 너 역시 아직 네 모든 밑천을 드러낸 것이 아니지 않느냐?"

만계지마가 다시 백문보에게로 달려들며 말했다. 마계지마는 백문보도 여전히 더 끌어낼 힘이 남아 있을 거라고 확신하고 있는 듯했다.

"좋다. 오늘 우리 둘 중 하나는 반드시 죽을 것이다!"

백문보가 씹어뱉듯 말하며 만계지마를 향해 마주 검을 뻗어냈다.

제 9장

옛 사람들

월문주 백문보와 만계지마의 대결은 사람들의 예상을 뛰어넘는 폭발력을 보여주었다. 두 사람 모두 그동안 자신들에 대한 평을 훨씬 능가하는 무공을 선보였다.

이 한 번의 대결에서 감추고 있던 모든 힘을 써야 한다는 것을 두 사람도 알고 있었다.

백문보도 만계지마도 결코 상대를 살려둘 생각이 없었다. 그런데 시간이 지날수록 서서히 두 사람 간의 우열이 조금씩 드러나기 시작했다.

백문보가 만들어내는 만월검의 크기가 조금씩 줄어들고 있었고, 그 광채 역시 적지 않게 흐릿해져 가기 시작했던 것이다.

반면 만계지마가 만들어내는 검붉은 기운들은 여전히 맹렬해서 진기의 대결에서 만계지마가 우위에 서기 시작했다는 것을 보여주고 있었다.

주변 상황도 마찬가지였다.

사혈문의 살수들이 싸움에 뛰어든 이후 월문의 사람들이 어느새 수세에 몰리고 있었다. 그나마 사혈문의 살수들이 이렇게 드러난 공간에서 난전을 벌인 경험이 부족한 게 월문 문도들이 완전히 무너지지 않고 버티는 이유였다.

그런데 그렇게 월문에 불리하게 진행되던 싸움에 또 다른 변수가 일어났다.

두두두!

갑자기 홍안령 쪽에서 말을 탄 일단의 무리가 나타났다. 초원을 달리는 기마대의 속도가 광풍과 같았다.

갑작스러운 기마대의 등장에 장내의 사람들이 잠시 싸움을 멈췄다. 그리고 새로 나타난 자들이 어느 쪽 사람들인지 초조한 마음으로 기마대를 바라봤다.

그런데 기마대들이 채 전장에 다가오기도 전에 그들에게서 들려온 한마디 외침이 장내의 분위기를 다시 한번 반전시켰다.

"마도의 무리들은 당장 검을 버리고 항복하라! 여기 월문 삼장로가 왔다!"

"아!"

"와!"

한 줄기 사자후가 들리는 순간 월문도들 사이에서 환호와 탄성이 터져 나왔다.

말을 몰아오는 기마대의 숫자는 이십여 명에 지나지 않았지만 그들이 그동안 종적을 감췄던 월문 삼장로라면 전황은 크게 달라질 수밖에 없었다.

백문보를 도와 월문을 의천무맹 십대천문 지위에 올린 사람들이 바로 삼장로였다.

그들의 무공은 월문주에 육박하고, 그들의 경험은 월문주를 능가했다. 그런 인물들이기에 사혈문 살수들의 등장으로 월문에 불리해진 장내의 전세를 되돌릴 수 있었다.

"떠납시다!"

월문 삼장로의 등장으로 잠시 싸움을 멈춘 만계지마에게 사혈문주 천인혈마 공후가 다가와 말했다.

"…알겠소. 그런데 길을 열 수 있겠소? 놈들이 막을 텐데."

애초에 만계지마의 목적은 홍안령으로 가는 것이었다. 다만 백문보와 월문도들이 길을 막아 이 처참한 싸움을 하고 있었을 뿐이었다.

"저자들이 도착하기 전에 떠나면 이곳에 있는 자들로는 감히 추격하기 어려울 것이오. 이미 싸움에 지쳐 추격할 힘이 없을 테니까. 그럼에도 추격하는 자가 있다면 본문의 살수들에게 좋은 먹잇감이 될 것이오. 그게 우리 살수들이 가장 좋아하는 방식의 싸움이니 말이오."

"알겠소! 그럼 사혈문의 형제들을 믿어 보겠소! 마정사들은 들어라! 지금 즉시 이곳을 떠난다. 모두 날 따르라!"

만계지마는 생각은 깊지만 행동은 빠른 인물이었다. 사혈문의 도움으로 이곳을 빠져나갈 수 있다면, 망설일 이유가 없었다.

백문보를 죽이는 일 따위는 자신의 안전을 도모하는 것에 비하면 아무런 의미도 없는 일이었다.

만계지마의 명이 떨어지자 마정궁의 마정사들이 계곡 출구를 벗어나 홍안령을 향해 동북쪽으로 펼쳐진 초지를 달리기 시작했다.

서북쪽에서 월문 삼장로가 달려오기 있었기 때문에 동북쪽으로 방향을 잡은 것이다. 다만 홍안령 초입까지 이어진 초원을 무사히 벗어날지는 아무도 장담할 수 없었다.

"놈들을 추격하라!"

만계지마가 갑작스레 도주하자 백문보가 다급하게 명을 내렸다.

하지만 만계지마와 천인혈마 공후의 예상대로 장내의 월문 무인들은 적을 추격할 힘이 남아 있지 않았다.

그래도 그나마 추격을 시도한다면 호천밀사들이 움직여야 할 텐데, 호천밀사들 또한 쉽사리 추격에 나서지 않았다.

"뭣들 하는 것이오? 놈들이 도주하고 있지 않소?"

백문보가 추격을 망설이는 호천밀사들을 보며 호통을 쳤다.

그러자 호천밀사 곡천이 고개를 저으며 말했다.

"저들을 추격해 추살하는 것은 어렵소. 마정궁의 마인들 뿐이라면 모를까. 사혈문의 살수들이 포함된 무리요. 추격하다가는 살수들의 기습에 오히려 우리가 당할 가능성이 크오. 그리고… 우리도 손실이 적지 않소."

호천밀사 곡천이 동료들을 돌아보며 말했다.

그의 말대로 열 명의 호천밀사 중 세 명이 보이지 않았다. 싸움 중에 목숨을 잃은 것이다. 이 싸움이 운중오문의 싸움이 아닌 월문의 싸움임을 생각하면 호천밀사 셋의 죽음은 무척 큰 손실이었다.

"하지만 이대로 놈을 살려 보낼 순 없소!"

백문보가 고집을 부렸다.

그러자 호천밀사 곡천이 시선을 돌려 이젠 거의 장내에 육박한 월문 삼장로를 보며 말했다.

"추격을 원한다면 저들에게 명을 내리시는 것이 좋겠소. 우리는 그럴 여력이 없소이다."

"…그 말은 더 이상 날 돕지 않겠다는 것이오? 그건 운중오문과 나의 약속을 깨는 행동이란 걸 모르시오?"

백문보가 따져 물었다.

그러자 곡천이 정색하며 말했다.

"문주! 나도 이런 말을 하고 싶지 않지만 문주께서 그렇게 말씀하시니 참지 못하겠구려. 애초에 싸움을 이렇게 어렵게 만든 사람이 누구요?"

곡천이 차가운 시선으로 백문보를 응시하며 물었다.

"나 때문이란 말이오?"

백문보가 되물었다.

"문주께선 애초에 만계지마 중산이 반드시 이 협곡을 통해 도주할 것을 예상하고 있었소. 그런데 의천무맹 정천일대의 수뇌들에게는 전혀 다른 다섯 개의 길을 지목해주었소. 그래서 정천일대의 무인들은 지금 다른 곳에서 만계지마를 기다리고 있소. 그들에게 이 퇴각로를 말하지 않은 것은 문주의 욕심 때문 아니오? 이곳에서 월문 홀로 만계지마 중산을 잡아 그 무공을 월문 재건의 발판으로 삼으려던 그 욕심이 지금 상황을 이렇게 어렵게 만든 것 아니냔 말이오?"

곡천의 추궁에 백문보의 얼굴이 벌겋게 달아올랐다. 곡천의 지적은 부인할 수 없는 사실이었다.

이 협곡을 만계지마의 도주 예상로에서 뺀 것은 백문보 자신이 만계지마를 제압하고 승리의 마지막을 장식한 주인공이 되고 싶었기 때문이었다.

물론 처음에는 약간의 비난을 받을 수 있겠지만 그 사정을 제대로 모르는 강호인들은 만계지마를 죽인 백문보를 추앙할 것이다. 그럼 월문의 명성은 신검산을 빼앗기기 그 이전보다 더 위대해질 것이었다.

그 명성을 이용하면 적지 않은 무림의 고수들을 끌어모을 수 있을 것이고, 월문은 제2의 전성기를 구가할 수 있었다.

그 목적을 위해 소림과 무당에서 백유검을 위해 받아낸 신단조차 자신의 부상을 치료하고 내공을 증진하는데 써버린 백문보였다.

그런데 지금은 그 보물과도 같은 만계지마 중산을 놓칠 위기에 처해 있었던 것이다. 그렇게 되면 그와 월문에 남는 것은 십대천문의 비난과 그에 따른 책임 추궁뿐이었다.

백유검은 영원히 불구의 몸으로 무공을 잃은 채 목숨만 겨우 연명할 것이고, 그와 월문은 더 이상 재기의 기회를 얻지 못하게 될 것이 분명했다.

그의 탐욕이 만계지마를 살려 보냈다는 사실이 강호에 퍼지면 겨우 남아 있는 월문의 문도들조차 완전히 흩어져 버릴 수도 있었다.

그래서 만계지마를 추격해야 하는 마음은 조급한데 호천밀사들은 움직일 생각 없이 자신의 잘못만 추궁하고 있었다.

"나도! 내 잘못을 알고 있소. 하지만 전장의 장수가 전공을 탐하는 것이 잘못은 아니지 않소? 한 번만 더 날 좀 도와주시오. 그럼 난 운중오문을 위해 어떤 일이라도 할 것이오."

백문보가 고개까지 조아리면서 곡천 등에게 말했다.

그러자 호천밀사들의 표정이 일그러졌다. 이렇게까지 부탁을 하는데 나 몰라라 하기도 쉽지 않았다. 하지만 앞장서서 추격에 나서면 반드시 사혈문 살수들의 반격을 받아 적지 않은 사람이 목숨을 잃을 것도 분명했다.

그들에게는 목숨까지 바쳐가며 월문을 도울 이유가 없었다. 운중오문도 함부로 명을 내리지 못하고 그들의 독자적인 행보를 존중하는 존재가 호천밀사들이었다. 겨우 월문주 따위가 목숨을 바치라고 명을 내려 다룰 수 있는 자들이 아니었다.

"후……! 문주께서 그리 말씀하시니 만계지마 추격에 동참하기는 하겠소. 하지만 앞서 말했듯이 저 사람들과 문주께서 추격의 선두에 서야 하오. 그것이 우리가 추격에 동참하는 조건이오."

호천밀사 곡천이 어느새 장내에 도착한 과거의 월문 삼장로 고태와 마건 그리고 천중한을 가리키며 말했다.

그러자 백문보의 시선이 그제야 세 사람에게로 향했다.

"문주! 오랜만에 뵙습니다!"

고태 등이 말 위에서 내리지도 않은 채 월문주 백문보를 향해 가볍게 고개를 숙여 보였다.

"……."

백문보는 복잡한 시선으로 세 사람을 바라볼 뿐 아무런 말도 하지 않았다. 아니, 어떤 말도 할 수 없었다. 고태와 천중한이 그동안 자신을 찾아오지 않았다는 것은 그들이 월문에서 마음이 떠났다는 것을 의미하기 때문이었다.

"문주님! 늦었습니다."

이장로 마건만이 말 위에서 날아내려 백문보 앞으로 달려왔다. 그는 오가장까지 백문보와 동행한 후 고태와 천중한을 찾아보겠다고 홀로 강호에 나갔었다.

"어찌 된 일이오?"

백문보가 차가운 말투로 마건에게 물었다.

"오가장에서 문주님과 헤어진 이후 노형과 아우님을 찾아 강호를 돌아다녔습니다. 하지만 어디서도 두 사람을 찾을 수 없었는데, 얼마 전 생존한 월문도 한 명을 만나 노형과 아우가 홍안령에 있다는 말을 듣고 그곳으로 두 사람을 찾아갔습니다. 홍안령 쪽에서 보았다면 아마 잠룡동 인근에 있을 거라 생각했고, 역시 그곳에서 두 사람을 만났습니다."

이장로 마건이 그간 있었던 일을 짧게 설명했다.

그러자 백문보가 물었다.

"그래서 두 사람이 이제 월문으로 돌아오겠다고 했소? 그래서 이곳으로 온 것이오?"

일장로 고태와 삼장로 천중한의 행보가 괘씸하기는 하지만 지금 당장은 두 사람이 절실히 필요한 백문보다. 그래서 그들이 월문으로 돌아오겠다고 하면 월문을 잠시 떠난 잘못쯤은 충분히 눈감아 줄 수 있다고 생각하는 백문보였다.

하지만 마건의 대답은 백문보의 기대와는 전혀 다른 것이었다.

"그것이… 노형과 천 아우는 월문으로 돌아올 생각이 없다고 합니다."

"지금 뭐라고 했소? 돌아올 생각이 없다고? 그럼 대체 여긴 뭐하러 온 것이오?"

백문보가 화를 참지 못하고 여전히 말 위에 올라 있는 고태와 천중한을 노려보며 소리쳤다.

그러자 말 위에서 고태가 입을 열었다.

"문주께서 신검산을 기습했다 크게 패했다는 소식을 듣고 혹 위험에 처하셨을까 봐 걱정되어서 온 것입니다."

"월문을 떠났으면 그만이지 날 걱정하는 건 또 무슨 오지랖이오? 설마 날 동정하는 것이오?"

백문보가 모욕을 당한 듯 부들거리며 물었다.

"물론 저희도 처음에는 오지 않을 생각이었습니다. 문주님의 말씀처럼 월문을 떠난 입장에서 월문의 일에 관여하는 것은 오만한 일이니까요. 그런데 마건 아우가 간곡히 부탁을 하더군요. 또한 나와 천 아우 역시 옛 식구들이 위험에 처한 것을 두고 보기 괴로운 일이었고……."

"…그래서 이제 다시 떠나겠다는 것이오?"

백문보가 물었다.

"만계지마가 떠났으니 돌아가야겠지요."

고태가 덤덤하게 말했다.

"대체! 왜 월문을 떠난 것이오? 그 이유를 들어야겠소!"

백문보가 죄를 추궁하듯 고태에게 물었다. 더 이상 월문의 일을 돕지 않겠다는 고태의 말을 도저히 인정할 수 없다는 태도였다.

그러자 고태가 백문보를 보며 망설이지 않고 말했다.

"우리가 문주를 떠난 것이 아니라 문주께서 우릴 떠난 것입니다."

"그게 무슨 해괴한 말장난이오?"

"말장난이라 하시면 곤란하지요. 신검산을 마련에 빼앗기던 날,

문주와 소문주는 장원에 남아 마련의 마인들과 끝까지 싸우고 있던 형제들을 외면한 채 문주님의 혈족만 데리고 신검산을 떠났습니다. 하물며… 동별당에 고립된 우담까지 놓아두고 말입니다. 이 사람들은 당시 문주께서 떠난 장원에 고립된 채 마련의 마인들과 끝까지 싸우다 가까스로 목숨을 건진 사람들입니다. 이 사람들에게 다시 문주를 위해 싸우라고 요구할 수 있으십니까?"

고태가 물었다.

순간 백문보가 움찔했다. 고태와 함께 달려온 이십여 명의 과거 월문 문도들 시선에서 백문보 자신에 대한 분노와 경멸의 기운을 느꼈기 때문이었다.

백문보는 그 순간 자신이 어떤 말을 해도 이들의 마음이 변하지 않을 것이란 걸 깨닫고 깊은 절망에 빠졌다. 이제 정말 자신이 월문의 부활을 위해 할 수 있는 것이 없다는 것을 깨달은 것이다.

* * *

"무림이 그대들의 배신을 경멸하고, 비난하게 될 것이오. 그대들은 평생 배신자의 굴레를 쓰고 세상의 이목을 피해 변방을 떠돌며 살아야 할 것이고. 오늘부터 그대들은 완전히 월문을 떠나게 된 것이오."

백문보가 고태와 천중한을 노려보며 씹어뱉듯 말했다.

"각오하고 있던 바입니다. 애초에 무림에 나올 생각도 없었고 말입니다. 흥안령 깊은 곳, 아니, 고비 사막을 지나 서역까지 여행이나 하면서 말년을 보내는 것도 나쁘지 않겠지요."

고태가 백문보의 저주 같은 비난을 덤덤히 받아넘겼다,

그러자 백문보가 살기 어린 시선으로 고태와 천중한을 바라본 후 갑자기 주변을 향해 소리쳤다.

“난 만계지마를 추격할 것이다. 월문에 대한 충성심과 나에 대한 믿음이 남아 있는 사람은 날 따르라.”

자기 자신에게 다짐하듯 명을 내린 백문보가 훌쩍 말에 올라 만계지마가 도주한 방향을 향해 달리기 시작했다.

그러자 묵천이단의 단주와 몇몇 월문 무인들이 급히 백문보를 따라가기 시작했다.

“형님! 다시 한번 생각해주시면 안 되겠습니까?”

이장로 마건이 백문보를 따라가려다가 고개를 돌려 고태에게 말했다.

그러자 고태가 고개를 저었다.

“이미 끊어진 인연일세. 그런데 노제야말로 정말 문주를 따라가려는가?”

“저로서는…….”

“위험한 길일세. 홍안령이 얼마나 넓고 깊은지 알지 않는가?”

“그래서 더더욱 가야겠습니다. 그곳이 어쩌면…….”

이장로 마건이 말꼬리를 흐렸다. 차마 홍안령이 문주 백문보의 무덤이 될 수도 있다는 말을 입 밖으로 내지는 못했다.

“후… 자네가 선택한 길이니 더 이상 만류하지는 않겠네. 하지만 가능한 문주를 설득해서 추격을 그만두고 돌아오기를 바라네.”

“설득해 봐야지요. 그럼… 다시 찾아뵙겠습니다!”

“부디 몸조심하시게.”

"이 형님. 조심하십시오."

천중한도 마건에게 조심할 것을 당부했다.

그런 두 사람에 고개를 한 번 끄덕여 보인 마건이 백문보를 따라 말을 몰기 시작했다.

"우리도 갑시다. 어쩔 수 없는 일인 것 같으니."

곡천이 이제는 일곱 명만 남은 동료들을 돌아보며 말했다.

"언제까지 그의 뒤치다꺼리를 해야 하는 건지 모르겠소."

호천밀사 구찬서가 질린 듯 고개를 저으며 말했다.

"어쨌든 그의 목숨이라도 지켜야지 않겠소?"

곡천이 한숨을 쉬며 말했다.

"후… 이 일을 끝으로 호천밀사의 직도 내려놔야 할 것 같소. 이렇게는……."

백문보같은 인물을 지키려고 호천밀사가 된 것이 아니라는 듯 구찬서가 중얼거렸다.

"홍안령에서 돌아온 후에 생각해 봅시다, 갑시다."

곡천이 다른 호천밀사들을 독려해 서둘러 백문보를 따라가기 시작했다.

그렇게 백문보 일행이 만계지마를 추격하기 위해 멀어지는 것을 보고 있던 천중한이 고개를 저었다.

"한평생을 탐욕의 늪에 빠져 허우적대시는군요."

백문보를 향한 안쓰러움이 느껴지는 말투다.

"누구나 마찬가지지. 어느 것에 욕심내느냐의 차이일 뿐."

"듣고 보니 그렇군요. 그나저나 무사할까요?"

"짐작하기 힘들군. 홍안령에 들어가면 워낙 변수가 많을 테니까."

"그나마 저들이 있어서 다행입니다."

천중한이 백문보를 따라가는 호천밀사들을 보며 말했다.

"그렇다 한들 과연 문주를 지켜낼 수 있을지는 모르겠군."

"…하긴 홍안령에 들어간 만계지마는 지금과는 또 다를 테니까요."

천중한이 어두운 표정으로 대답했다.

"그만 떠나세. 이젠 정말 더 이상 월문의 일에 관여하고 싶지 않으니까……."

"알겠습니다. 모두 돌아가세."

천중한이 그들을 따라온, 과거의 월문 문도들을 보며 소리쳤다.

* * *

"만나보지 않고?"

검옹 천복이 혀를 차듯 말했다.

"절 보는 것이 힘들 겁니다."

시월이 대답했다.

"그래도 어렵게 만났는데 인사도 없이 보내느냐."

검옹 천복이 질책하듯 말했다.

"어르신도 참… 저분들과 제가 어떤 관계인지 잊으신 거예요?"

시월이 어이없다는 듯 물었다. 그러자 검옹 천복이 뒤늦게 깨달은 듯 말했다.

"그렇구나. 생각해 보니 만나지 않는 것이 좋겠구나. 사람들이 좋아 보이기는 해도 너희들과는 악연이었으니까. 악연인 사람들은 만나지 않는 게 좋지. 서로를 위해서."

"그러니까요. 그나저나 만계지마는 어떻게 하죠? 홍안령에 들어가기 전에 처리할 생각이었는데 문주가 나서는 바람에 일이 틀어지고 말았어요."

시월이 아쉬운 듯 말했다.

"이번 기회를 놓치면 그를 다시 잡기 어려울 거야."

"그렇겠죠? 그럼 좀 위험해도 홍안령으로 가죠."

시월이 대답했다.

"잠시 검문의 사람들을 만나고 가자. 이대로 홍안령으로 가면 우리 소식을 알려줄 사람들이 없으니까."

"하지만 그럼 시간이……."

이가검문의 사람들을 만나고 가게 되면 반나절 정도의 시간을 허비하게 된다. 반나절이면 만계지마 정도의 고수가 충분히 추격을 따돌릴 시간이었다.

"월문주가 따라갔으니 시간이 모자라지는 않을 거다."

검옹 천복이 말했다. 월문주 백문보의 추격으로 인해 만계지마가 빠르게 도주하기는 어려울 거란 뜻이었다.

"그렇군요. 그래도 서둘러야겠어요. 너무 늦으면 그를 놓칠 수도 있으니까요."

"그러자꾸나!"

대답한 검옹 천복이 서둘러 걸음을 옮겼다.

*　　　*　　　*

"사형들!"

시월이 아이처럼 소리쳤다.

만계지마의 퇴각 이후 신검산 주변에 숙영지를 구축한 이가검문 문도들을 찾아갔을 때, 거짓말처럼 사형 부리가 대사형 무광과 함께 그를 기다리고 있었던 것이다.

"어이! 사제! 어서 와!"

부리가 이장룡 등 이가검문의 수뇌들과 함께 앉아 있다가 시월을 발견하고는 손을 흔들며 소리쳤다.

"사형, 이게 어떻게 된 일이에요?"

부리나케 달려온 시월이 부리를 얼싸안으며 물었다.

"에이, 사제, 사람들이 본다. 적당히 해라."

부리가 슬쩍 시월을 밀어내며 말했다.

"어라? 내가 반갑지 않은 겁니까?"

"무슨 소리야 당연히 반갑지. 그래서 신검산에 오자마자 이곳으로 온 건데."

부리가 시월의 어깨를 툭 치며 말했다.

"그런데 어떻게 이렇게 갑자기 왔어요?"

"정천삼대가 요하 하구 앞 바다에서 해룡마궁 놈들하고 세게 붙은 것은 알고 있지?"

"예, 대사형의 무위가 대단했다고 여기까지 소문이 퍼졌는데요."

"에이, 그러게 말이야. 사실 나도 제법 전공을 세웠거든. 해전에선 내 활 솜씨가 꽤 쓸모가 있었으니까. 그런데 대사형이 워낙 놀라운 실력을 보여줘서 내 이름은 작은 소문도 나지 않더라고."

부리가 투덜거렸다.

"아무튼 그래서요?"

부리의 명성이 알려지든 말든 그건 관심이 없다는 듯 시월이 물었다.

"사제, 내 활약을 그렇게 무시하면 난 정말 서운하지."

"사형의 활약은 나중에 들을게요. 그래서 어떻게 오시게 된 건데요?"

"해룡마궁과의 해전 이후 정천삼대의 전력을 추스르는 사이 와호산에서 전면전이 벌어졌다는 소식을 들었다. 그래서 장인께서 이곳 전황을 먼저 살펴달라고 우리 사형제에게 부탁했어."

조금 떨어진 곳에서 듣고 있던 무광이 투덜대는 부리를 대신해서 대답했다.

"그렇게 된 일이군요. 와! 사형들을 이렇게 만날 줄은 몰랐는데. 대사형! 늦었지만 막내 시월이 인사 올립니다!"

실랑이하던 부리를 놔두고 대사형 무광 앞으로 다가간 시월이 정중하게 고개를 숙여 보이며 말했다.

"후후, 그래. 무탈한 모습을 보니 나도 기분이 좋구나. 그런데 만계지마를 잡으러 갔다고 하던데?"

"맞아! 그런데 왜 빈손이냐? 설마 만계지마에게 패한 거냐?"

아직 심술이 풀리지 않은 듯 부리가 놀리듯 물었다.

"싸우지도 않았어요."

"만나지 못했어?"

무광이 물었다.

"보기는 했죠. 그런데 다른 사람이 그를 상대하고 있어서 그냥 지켜보다가 돌아왔어요."

"그럼 만계지마가 다른 사람에게 잡혔단 말이야? 그게 누군데?"
부리가 아깝다는 듯 물었다.
그러자 시월이 고개를 저었다.
"아뇨. 만계지마는 홍안령으로 도주했어요."
"아니, 그럼 그걸 그냥 두고 봤단 말이야?"
부리가 이해가 되지 않는다는 듯 물었다.
"만계지마를 상대한 사람이 월문주였거든요."
"뭐? 그 양반이?"
부리가 놀란 듯 물었다.
"예, 정천일대에게 만계지마의 퇴각로로 알려준 다섯 갈래의 길이 아닌 다른 협곡에서 월문의 사람들만 데리고 만계지마를 기다리고 있더라고요."
"아이고, 그 양반! 아직도 그 욕심을 버리지 못했구나."
부리가 질렸다는 듯 고개를 절레절레 흔들었다.
"그래서 그가 만계지마를 놓친 건가?"
옆에서 듣고 있던 이장룡이 물었다. 그로서도 만계지마의 신변에 대해선 특별히 관심을 가질 수밖에 없었다.
"월문의 사람들의 피해가 컸습니다. 만약 장로님들이 구원하러 오지 않았다면 월문은 그곳에서 전멸을 당했을 겁니다."
"장로님들이 왔다고?"
무광이 놀란 표정으로 물었다.
"예, 만계지마 때문에 온 것은 아니었던 것 같아요. 다만 월문주가 신검산 기습에 실패했다는 소식을 듣고 이장로님의 부탁으로 잠깐 도우러 왔던 것 같더군요."

"음… 일장로님과 삼장로님이 월문을 떠났다고 하더니 그 말이 사실이었구나."

무광이 고개를 끄덕였다.

"세 분 장로님이 나타나자 만계지마가 싸움을 멈추고 홍안령으로 떠났는데, 문주가 재차 그를 추격해서 홍안령으로 갔습니다. 하지만……"

시월이 말꼬리를 흐렸다.

"또 무리한 선택을 하였구나. 이곳에서 잡지 못한 만계지마를 홍안령에서 어찌 잡겠다고… 후우……"

무광이 한숨을 쉬었다.

월문주 백문보야 자신이 선택한 일이니 죽어도 억울할 것이 없지만, 그를 따르는 겨우 몇 남지 않은 월문의 문도들은 그야말로 사지로 끌려간 것이나 다름없었다.

"장로님들이 함께 있다니 그나마 낫겠지요."

무광의 마음을 아는 부리가 말했다.

그러자 시월이 고개를 저었다.

"고 장로님과 천 장로님은 홍안령으로 가지 않았어요. 그 때문에 문주와 언쟁이 있었지만, 두 분은 끝내 월문의 사람으로 돌아가지 않겠다고 하더군요. 이번에야 이장로님이 애원하니까 마지막이다 싶어 온 것이지만 또다시 만계지마를 추격하려는 문주의 행동에는 동참할 수 없다고 하더군요."

"하아, 그렇다면 정말 위험하겠구나. 왜 그렇게 무리할까. 다른 사람의 생명까지 위험하게 만들면서까지."

무광이 안타까운 듯 말했다.

"그래서 검옹 어르신과 저도 홍안령으로 가보려고요."

"홍안령으로?"

무광이 놀라서 되물었다.

"예, 이번 기회가 아니면 만계지마를 잡기 어려울 것 같아서요."

"하지만 홍안령으로 숨어든 만계지마를 어떻게 찾을 수 있단 말이냐?"

무광이 물었다.

"이번에 만계지마가 퇴각한 것은 마련이 크게 패해서 물러난 것이 아니잖아요. 동쪽 방어선이 무너져서 요동 무림인들의 진격으로 전세가 불리해지니까 미리 퇴각한 거죠. 그래서 그는 홍안령 먼 곳으로 도주하거나 숨는 대신 마련의 전력을 추슬러 반격의 기회를 노리거나 새로운 터전을 찾으려 할 겁니다. 그를 찾기가 어렵지 않을 거예요."

"그렇다면 더 위험한 것 아니냐? 마련의 세력이 건재하다면……."

"의천무맹이라고 가만히 있지는 않겠죠. 아마 각파에서 뛰어난 고수들을 골라 만계지마를 추살하려 할 거예요. 그럼 만계지마도 마련의 세력을 재수습하는 데 제법 시간이 걸릴 거예요. 그 안에 그를 벨 기회가 있지 않을까 싶어요."

"음… 그럴 수도 있겠구나."

무광이 고개를 끄덕였다.

그런데 그때 불쑥 부리가 말했다.

"그럼 이번에는 나도 같이 가자. 그자를 찾는 데는 내가 제일 적합할 테니까."

*　　　　*　　　　*

부리는 어린아이 떼를 쓰듯 무광을 졸랐다. 그래서 무광은 어쩔 수 없이 부리의 홍안령행을 허락했다.

물론 시월 역시 부리가 동행했으면 좋겠다고 무광을 설득했다. 만계지마를 추격하는 일에서는 자신보다 부리가 훨씬 뛰어날 것이기 때문이었다.

또 홍안령의 거대한 산맥 속에서 어떤 변수가 일어날지도 알 수 없었다. 싸우는 일이야 시월 자신이 부리보다 낫겠지만, 만계지마의 흔적을 찾고 숨어 있는 적을 발견하는 일, 그리고 먼 거리에 있는 적을 활로 공격하는 일은 시월도 부리를 따라갈 수 없었다.

부리의 천부적인 감각은 칠선문의 일곱 사형제 중에서도 독보적인 것이었다.

그런 이유로 시월까지 동행을 바라자 무광도 부리의 홍안령행을 허락할 수밖에 없었던 것이다.

하지만 무광은 허락하면서도 내내 부리에게 조심할 것을 당부했다. 시월과 검웅 천복이야 어떤 경우든 자신들의 몸을 건사할 수 있는 절대고수들이었지만, 부리의 무공은 두 사람의 무공과는 분명한 차이가 있었다.

두 사람이 부리를 지킨다 해도 갑작스러운 변수가 발생해 부리가 위험을 처할 수 있다는 사실을 잘 알고 있는 무광이었다. 그래서 시월 일행이 떠나는 그 순간까지 무광은 부리에게 조심하라는 잔소리를 늘어놓고 있었다.

"제발 침착하게 움직여. 넌 성미가 급한 것이 문제니까."

이미 말에 오른 부리에게 무광이 다시 한번 주의를 줬다.

"사형, 벌써 열 번은 넘게 그 말을 했어요."

부리가 질렸다는 듯 말 위에서 말했다.

"듣기 싫어도 들어. 귀에 인이 박이면 너도 모르는 사이에 내 충고를 떠올리게 될 테니까."

무광이 엄한 표정을 지으며 말했다.

"알았어요. 그리고 너무 걱정 마세요. 시월과 검옹 어르신이 있는데 뭘 그렇게 걱정하세요."

"그런 말 말아! 무림에선 언제나 자기 몸은 자신이 지켜야 하는 법이다. 난전이라도 벌어지면 그때는 더더욱 그렇지."

"알았어요. 조심하겠습니다."

부리가 이번에는 순순히 무광의 충고를 받아들였다.

소후가 한쪽 다리가 잘려 불구가 된 이후 무광은 사형제들의 강호행에 무척 신중해져 있었다.

그 마음을 알고 있는 부리여서 무광의 충고를 마냥 귀찮아만 할 수는 없었던 것이다.

"이제 그만 갈게요. 대사형!"

부리를 붙들고 계속 충고를 하고 있는 무광에게 다가온 시월이 말했다.

아무리 추격에 자신이 있다 해도 너무 늦으면 만계지마가 예상과 다르게 움직일 수도 있기 때문에 서둘 수밖에 없었다.

"음, 그래. 아무튼 부리를 잘 지켜야 한다."

"사형! 내가 시월의 사형이라고요. 그런데 누가 누굴 지켜요!"

부리가 시월에게 자신을 부탁하는 무광에게 결국 화를 냈다. 무인으로서 자존심이 상한 모양이었다.

"말이 그렇다는 거지. 아무튼 둘 다 조심해서 잘 다녀와."

무광이 부리가 화를 내는 것에는 관심도 없는 듯 두 사람을 번갈아 보며 말했다.

"에이, 나 원 참, 얼른 절대고수의 경지에 올라야지. 다녀올게요."

부리가 빈정이 상한 듯 무광에게 고개를 꾸뻑하고는 먼저 말을 몰아가기 시작했다.

그러자 시월이 웃으며 말했다.

"부리 사형 걱정은 마세요. 우리 중에 가장 눈치가 빠른 사람인데요."

"알고는 있는데 그래도 걱정이 되는구나."

무광이 한숨을 쉬며 말했다. 그렇다고 차마 소후의 이름을 입에 올리지는 못하는 무광이었다.

"얼른 다녀올게요. 그럼!"

시월이 고개를 숙여 보이고는 서둘러 말을 몰아 이미 멀찍이 가고 있는 부리와 검옹의 뒤를 따라갔다.

*　　　*　　　*

시월 일행은 느리지도 빠르지도 않게 홍안령으로 향했다. 만계지마의 흔적은 곳곳에 노출되어 있었다. 그는 홍안령으로 퇴각하면서 굳이 자신의 흔적을 지우지 않았다.

일단 홍안령 안으로 들어가기만 하면 그 이전과 완전히 다른 상황이 펼쳐질 것이라는 자신감 때문인 듯했다.

그런데다 사실 굳이 만계지마의 흔적을 찾지 않더라도 그를 추격하는 게 어려운 일도 아니었다.

만계지마가 월문주 백문보의 저지를 뚫고 홍안령으로 도주했다는 소식이 전해지자마자 의천무맹 각파에서 뛰어난 고수들을 뽑아 추살대를 조직해 홍안령으로 보냈기 때문이었다.

그들의 뒤를 쫓으면 만계지마가 도주한 방향으로 이동하는 일이 어렵지 않았다.

방해하는 자들도 없었다. 그 많던 마련의 마인들이 거짓말처럼 사라져서 초원에는 뒤늦게 만계지마를 추격하는 정파 무인들이 간혹 보일 뿐 마련의 마인들은 눈을 씻고 찾아봐도 보이지 않았다.

그래서 시월 일행은 떠난 지 하루 만에 홍안령을 앞에 두게 되었다.

"이제부터는 저들과 달리 움직이자."

초원이 끝나고 풍광이 서서히 산과 숲으로 바뀌는 지점에서 부리가 말했다.

그의 시선이 멀리 보이는 의천무맹의 추살대에 닿아 있었다.

"왜요?"

시월이 물었다.

시월에게는 만계지마를 꼭 자신이 잡아 무훈을 날리겠다는 욕심이 없었다. 의천무맹의 추살대가 그를 잡을 수 있다면 굳이 자신이 나서고 싶지 않은 시월이었다.

그런 시월의 귀에 추살대와 길을 달리하자는 부리의 말은 마치 추살대와 만계지마 추격을 두고 경쟁하자는 말처럼 들렸던 것이다.

"조금 달라."

"뭐가요?"

시월이 물었다.

"흔적들 말이야. 만계지마와 마련의 마인들이 이곳까지는 같은 길을 왔지만, 조금 전부터 그들의 흔적이 여러 갈래로 갈리기 시작했어. 한눈에 봐도 대여섯 무리로 갈라진 것이 분명해."

부리가 신중하게 말했다. 그제야 시월은 부리가 의천무맹의 추격대와 길을 달리하자고 한 이유를 이해했다.

"만계지마의 흔적을 구분해 낼 수 있겠나?"

검옹 천복이 부리에게 물었다.

"어느 흔적이든 확실치는 않습니다. 그래서 검옹 어르신의 도움이 필요합니다."

부리가 천복의 물음에 대답했다.

"뭘 도우면 되겠는가?"

"조금 더 가서 숲이 깊어지면 초지가 사라지고 오래된 숲이 나타날 겁니다. 그럼 마련의 마인들이 남긴 흔적들이 좀 더 선명해지겠지요. 어르신께서는 무공의 고하에 따라 발자국의 깊이가 다른 것을 알아보실 수 있으시지 않습니까?"

"음, 여러 길로 흩어진 무리 중 마련의 최고수들이 움직인 흔적을 구분해내자는 말이군."

"그렇습니다. 제 생각에는 일단 이 방향으로 간 것 같습니다."

부리가 손을 들어 가파른 산비탈로 이어지는 방향을 가리켰다.

"지금은 알 수 없다면서요?"

"확실치 않다는 거지 대충 짐작은 돼. 초원이라고 흔적이 없겠어?"

"난 모르겠는데요?"

시월이 풀밭을 살피며 말했다.

"사제, 네가 무공을 믿고 그동안 게으름을 피웠구나. 그렇게 감각이 무뎌지다니. 흐흐흐, 완벽한 우리 막내 사제께서 이런 허점이 있을 줄이야."

부리가 재밌다는 듯 웃음을 흘렸다.

"내가 무뎌진 게 아니라 사형이 날카로워진 것 아닌가요?"

"…그런가?"

부리가 고개를 갸웃했다.

"아무튼 사형이 원하는 대로 가 봐요."

시월의 말에 부리가 고개를 끄덕이고는 다시 말에 올라 자신이 지목한 가파른 산비탈을 향해 달리기 시작했다.

*　　*　　*

"이 방향이 맞는 것 같군."

검옹 천복이 한참 동안 낙엽 쌓인 땅에 희미하게 남겨진 발자국을 살피다가 말했다,

"이 정도로 가벼운 발자국을 남긴 자들이라면 역시 뛰어난 고수겠지요?"

부리가 물었다.

"후후, 이제 보니 자네가 내게 부탁을 한 건 내 체면을 살려주기 위한 것이었군. 내가 아니어도 충분히 자네가 가려낼 수 있었

을 것 같은데?"

검옹 천복이 미소를 지으며 부리에게 물었다.

"그런 건 아닙니다. 물론 저도 고수의 발자국을 찾아낼 수는 있지만, 일은 확실한 것이 좋으니까요."

"그렇군. 한 명보다는 두 명, 두 명보다는 세 명의 눈이 더 정확하겠지."

검옹 천복이 부리의 말에 동의했다.

그러자 부리가 다시 고개를 숙여 사람의 발자국과 말발굽 자국이 섞여 있는 숲의 땅을 한 참 들여다봤다. 그러고는 잠시 후 고개를 들어 시월을 보며 말했다.

"추격자 중에서도 이 길로 간 사람들이 있는 것 같아."

"그래요?"

"응, 이 숲은 워낙 오래된 원시림이라 땅에 습기가 많아. 그런데 발자국들마다 흙이 마른 정도가 다르거든. 그건 여기 찍힌 발자국을 두 부류의 사람들로 나눌 수 있다는 뜻이지. 다시 말해서 앞서간 자들과 뒤따라간 자들이 있다는 거야."

부리는 발자국의 습기 차이로 도망자와 추격자를 구분해냈다.

"추격자들이 어떤 자들인지는 알 수 없죠?"

"그거야 알 수 없지. 다만 숫자로 보면 대략… 열 명 조금 넘는 것 같은데……."

부리가 말했다.

그러자 시월이 살짝 눈살을 찌푸렸다.

"혹 문주일까요?"

"…글쎄. 그럴지도 모르지."

"다시 보고 싶지 않은데……."

시월이 중얼거렸다.

"아직은 모르는 거니까."

말은 그렇게 하면서도 부리도 불편한 표정을 감추지 못했다. 그 역시 월문주 백문보를 만나는 것은 곤욕스러운 일이기 때문이었다.

시월 일행이 만계지마의 도주로를 확인한 이후에는 이동하는 속도가 좀 더 빨라졌다.

하지만 앞서 이동한 자들의 속도도 느리지 않아서 시월 일행은 앞서간 자들을 쉽사리 따라잡지는 못하고 있었다.

이틀 밤은 짧게 노숙을 하기도 했다. 다행인 것은 앞서간 자들 역시 잠을 잔 흔적들이 보인다는 것이었다. 그래서 느리긴 해도 그들과의 거리가 조금씩은 줄어들고 있었다.

그렇게 추격을 한 지 삼 일째 되던 날, 드디어 일행은 앞서가는 자들을 시야에 넣을 수 있었다.

"젠장! 정말 문주네!"

부리가 쓴 약을 마신 듯 침을 뱉으며 중얼거렸다.

멀리 위태로운 산비탈을 따라 이동하는 한 무리의 무인들이 보였는데 그들이 백문보 일행임을 알아본 것이었다.

"확실한가?"

검옹 천복이 부리에게 물었다.

그는 부리에 비해 몇 수 위의 고수여서 뛰어난 시력을 가지고 있었지만, 부리의 시력은 애초에 무공으로 도달할 수 없는 특별한 것이었다.

그는 보통 사람들에 비해서는 서너 배, 무공을 수련한 고수들에

비해서도 두어 배는 더 밝은 눈을 가지고 있었다.

"확실합니다. 문주라면… 십 리 밖에서도 알아볼 수 있죠."

부리가 불편한 표정으로 대답했다.

"만나기 힘들다면 그냥 뒤를 따르는 것도 한 방법일세. 그가 먼저 만계지마를 상대하게 하는 거지. 월문의 사람들이 만계지마를 잡으면 그걸로 족하고, 만약 잡지 못하면 그때 우리가 나서면 되니까. 우리가 만계지마를 잡아 무공을 세우려는 것은 아니니까."

검옹 천복이 굳이 시월과 부리가 처음부터 백문보와 마주치지 않아도 된다고 말했다.

그러자 시월이 고개를 끄덕였다.

"어르신 말씀대로 하겠습니다. 제발 우리가 나서는 일이 없었으면 좋겠어요."

"그럴 리가 있겠어? 홍안령에 들어오기 전에도 막지 못했는데 이번이라고 막을 수 있겠냐고? 다른 누군가의 도움이 없다면 결국 우리가 나서야 할 거야."

부리가 고개를 저으며 말했다.

제 10장

사악한 마공

"아무래도 끝을 봐야 할 것 같군."

걸음을 멈춘 만계지마 중산이 중얼거렸다. 이미 홍안령 깊은 곳에 이르러 더 이상 말을 타고 이동할 수 없는 지형에 이르러 결국 말에서 내려 걷고 있던 만계지마였다.

"끈질긴 자요. 겨우 열 명 남짓 남았는데도 불구하고 계속 따라오고 있으니……."

곁에서 천인혈마 공후가 질렸다는 듯 말했다.

"…그만큼 나에 대한 원한이 크다는 뜻일 거요. 생각해 보면 그럴 만도 하고……."

만계지마 중산이 자신을 따라 가파른 산비탈을 오르고 있는 월문주 백문보를 보며 말했다.

그로서도 신검산을 빼앗기고 월문을 최고의 전성기에서 한순간에 나락을 떨어뜨린 자신에 대한 백문보의 원한을 이해할 수 있는 모양이었다.

"저들을 모두 죽이려면 우리도 제법 손해를 봐야 할 것 같소이다만. 그를 따르는 자들이 보통 인물들이 아니니 말이오."

여전히 백문보 곁을 지키고 있는 호천밀사들을 보며 천인혈마 공후가 말했다.

사혈문의 살수들은 후퇴하는 와중에도 곳곳에 숨어서 추격자들을 기습했다. 그 덕에 월문의 문도들은 이제 거의 다 죽었고, 백문보의 곁을 지키는 자들은 대부분이 호천밀사들이었다.

사혈문 살수들의 기습적인 공격도 호천밀사들에게는 큰 타격을 주지 못했던 것이다.

"내가 맺은 원한이니 내가 끝내도록 하겠소."

만계지마 중산이 말했다.

"어떻게 하시려고?"

천인혈마 공후가 의아한 얼굴로 되물었다.

"조금 더 가면 산 위로 올라가는 절벽 사이 협로가 나오게 되오. 그곳에서 그와 일대일 싸움을 제안하겠소. 그 협로는 일당천의 길이어서 몇 사람만 지켜도 그 누구도 통과할 수 없는 곳이오. 그러니 월문주도 내 제안을 거절하지는 못할 것이오. 내 제안을 거절하는 순간 더 이상 날 따라올 수 없다는 것을 알 테니 말이오."

"그렇다면 굳이 싸울 필요가 있겠소이까? 그냥 협로에 수하 몇 사람 남기고 떠나면 되는데……."

천인혈마 공후가 굳이 백문보와 싸우려는 만계지마가 이해가 되지 않는다는 듯 물었다. 지금 눈에 보이는 것은 월문주 백문보 일행 정도지만 그 뒤에는 훨씬 많은 의천무맹 추격대들이 자신들을 찾아 홍안령 곳곳을 헤집고 다니고 있었기 때문이었다.

"저자는 오래전부터 엄청난 끈기를 보여주었던 자요. 변방의 작은 문파였던 월문을 의천무맹 십대천문에 올려놓은 자니까. 그가 평생 수많은 굴욕을 참아내며 이룩한 그 성과를 난 결코 무시할 수 없소. 그러니 살려두면 두고두고 입안의 가시 같은 존재가 될 것이오. 이참에 악연의 뿌리를 뽑는 것도 나쁘지 않을 것 같소."

"…생각보다 그를 많이 경계하고 있었구려."

천인혈마 공후가 의외라는 듯 만계지마 중산을 바라봤다.

"뱀의 심성을 가진 자요. 정파에 속했지만, 우리 마도에 더 어울리는 인물이랄까. 인정하고 싶지 않지만… 나와 무척 닮은 자랄까. 저런 자의 원한은 묻어둘 일이 아니오. 그리고 그를 죽이면 우릴 추격하는 자들에 대한 경고도 될 것이고."

"…알겠소이다. 그렇게 결심을 하셨다면 그리하시지요."

공후가 만계지마가 결심을 굳힌 것을 확인하고는 순순히 그의 말에 수긍했다.

* * *

"산세가 너무 험하오. 이런 곳에서 기습을 당하면 꼼짝없이 몰살당할 수밖에 없소."

호천밀사 곡천이 묵묵히 만계지마 중산의 뒤를 좇아 걸음을 옮기는 월문주 백문보에게 말했다.

"놈이 눈에 보이는데 추격을 멈출 수는 없소."

백문보가 단호하게 말했다.

"이러다가 정말 우리 모두 다 죽을 수 있소이다."

호천밀사 구찬서가 화를 내듯 백문보에게 말했다.

"그럼 저놈을 눈앞에 두고 포기하잔 말이오?"

백문보가 되물었다.

"그자를 따라잡아도 싸워 이긴다는 보장이 없소. 그러니 물러나든 아니면 최소한 거리를 유지한 채 의천무맹의 추격대가 오기를 기다리는 것이 현명한 일이오."

구찬서도 더 이상 양보할 수 없다는 듯 말했다. 이대로 만계지마를 추격하는 것은 스스로 사지(死地)로 걸어 들어가는 것이기 때문이었다.

그러자 백문보가 물끄러미 호천밀사들을 바라보다가 입을 열었다.

"좋소. 그럼 월문과 운중오문의 거래는 오늘 이곳에서 끝내겠소. 그동안 날 도와줘서 고마웠소. 돌아가 운중오문의 주인들께 전해주시오. 그동안 월문에 대한 배려에 감사드린다고. 또한 앞으로 월문과 운중오문은 서로에 대해 갚을 빚이 없다고 말이오. 그럼 조심해서 돌아들 가시오. 가세!"

백문보가 짧게 작별을 고하고는 만계지마를 놓칠 수 없다는 듯 서둘러 위태로운 절벽 길을 달리듯 오르기 시작했다.

그러자 의룡단주 정천보와 살아남은 네 명의 월문 무인들이 흘깃 호천밀사들을 바라본 후 백문보의 뒤를 따라 걸음을 옮겼다.

"참 사악한 자군."

백문보의 갑작스러운 결별 통보에 어안이 벙벙한 표정으로 서 있다가 문득 호천밀사 곡천이 입을 열었다.

"우리가 이대로는 떠나지 못할 거란 걸 알고 하는 행동이겠지요?"

호천밀사 양소산이 말했다,

"후… 월문과 운중오문 사이에 빚이 없다는 것은 앞으로 월문의 행보에 관여치 말라는 뜻이고, 그건 그가 운중오문에 해가 될 일이라도 자신에게 도움이 된다면 거리낌 없이 할 수도 있다는 의미요."

곡천이 말했다.

"떠나지 말라는 협박이구려."

구찬서가 말했다.

"난 이해할 수가 없소. 대체 운중오문이 월문에 무슨 빚을 진 것인지 말이오. 그동안 저자를 도우면서도 내내 궁금했던 것인데, 혹시 곡 대형께선 알고 계시오?"

양소산이 곡천에게 물었다.

"오래전부터 운중오문은 월문을 이용해서 의천무맹의 행보에 관여하고 있었소. 그사이 그가 운중오문을 위해 어떤 일들을 했는지는 나도 상세히는 모르오. 하지만 그중 일부는 세상에 알려지면 운중오문이 무척 곤란해질 수 있는 일이 있다고 하더이다."

곡천이 대답했다.

"혹 이런 경우를 대비해서 운중오문의 어르신들께서 미리 당부하신 말씀은 없소?"

구찬서가 곡천에게 물었다,

호천밀사는 운중오문과 철저히 거리를 두고 생활한다. 그래서 일반 호천밀사들은 운중오문의 수뇌들을 만날 기회가 전혀 없었다.

그들 중 유일하게 운중오문의 수뇌들을 만날 수 있는 사람이 호천밀사의 수장인 곡천이었다.

"죽이라고 했소."

곡천이 짧게 대답했다.

"……."

호천밀사들이 놀라서 곡천을 바라봤다.

"그는 운중오문의 치부를 많이 알고 있는 자요. 또 그것을 이용할 줄도 알고. 다만 그 영악함 때문에 운중오문에도 도움이 되는 자였소. 그래서 살려두었던 건데, 만계지마를 포기하고 신검산으로 돌아가 월문을 재건한다면 여전히 그는 운중오문에 쓸모가 있는 자일 거요. 하지만 그는 만계지마에 대한 집착을 버릴 수 없는 모양이오."

"정말 그를 죽일 것이오?"

양소산이 물었다.

그러자 곡천이 고개를 저었다.

"굳이 그럴 필요가 있겠소? 만계지마를 만나는 순간 그는 죽임을 당할 텐데. 오직 그 자신만이 그것을 모를 뿐이오."

"…그래도 만약이라는 것이 있지 않소?"

구찬서가 혹시라도 백문보가 이길 가능성도 있다는 듯 말했다.

"그래서 잠시 남아 있어야 할 것 같소. 그가 운중오문과의 관계를 끝내겠다고 한 이상, 그의 처리를 고민해 봐야 하니 말이오. 기다려 봅시다. 그에게 어떤 일이 일어나는지."

곡천이 무감정한 표정으로 말했다.

*　　　*　　　*

길은 점점 좁아졌다. 그리고 급기야 사람 서넛도 지날 수 없는 좁은 길이 수직에 가까운 절벽 사이로 나타났다.

그 너머로 홍안령의 고산준령들이 하늘의 지붕처럼 늘어서 있었는데, 절벽을 넘는 순간 더 이상 추격이 불가능한 지역으로 이어질 것이 분명했다.

그런데 만계지마는 서둘러 좁은 절벽 사이로 도주하지 않고 오히려 그 앞에서 백문보를 기다리고 있었다.

"어서 오시오! 월문주!"

숨을 헐떡일 만큼 급하게 만계지마 중산을 추격하던 백문보가 갑작스러운 만계지마의 외침에 걸음을 멈췄다.

"무슨 뜻이냐?"

도주하지 않고 자신을 기다리고 있는 만계지마 중산을 보며 백문보가 물었다. 타고난 본성이 의심이 많은 사람이어서 만계지마의 행동에 어떤 계략이 숨어 있는 것이 아닌가 의심부터 하는 백문보였다.

"그대를 기다리고 있었소. 그대와 나, 정사 양도 최고의 두뇌들인 우리의 악연을 끝내기 위해서 말이오."

"…우리 둘 중 하나가 죽기 전에는 끝나지 않을 악연임을 모르느냐?"

“그래서 하는 말이오. 나와 악연을 끝낼 승부를 여기서 겨뤄보지 않겠소?”

만계지마가 백문보에게 물었다.

“…단둘이 말이냐?”

“그렇소. 그게 낫지 않겠소? 당신을 따라온 월문의 문도라 봐야 겨우 다섯인데.”

만계지마 중산이 손을 들어 자신의 뒤쪽 절벽 길을 가리키며 말했다. 그의 손이 향한 곳에 적지 않은 수의 마인들이 백문보 일행을 지켜보고 있었다.

그의 뜻은 분명했다. 월문의 전력으로는 절대 자신들을 이길 수 없다는 것, 그러니까 자신과의 일대일 대결을 받아들이라는 것이었다.

“왜 이런 제안을 하는 거지? 수하들을 동원하면 더 쉬운 싸움이 될 텐데… 그만큼 자신이 있다는 거냐?”

백문보가 모욕을 당한 기분이 들었는지 만계지마를 노려보며 물었다.

“그런 의미보다는 그대에 대한 존중이라고 해둡시다. 내가 월문을 몰락시켰으니 그에 대한 빚도 갚아야 하고, 그렇다고 그대를 살려두면 두고두고 내 일에 방해가 될 테니 차라리 이곳에서 깨끗하게 정리를 하는 게 나을 것 같았소. 두렵소? 그렇다면 없던 일로 할 테니 그만 돌아가시오. 다른 추격자들 때문에 문주를 쫓아가 죽일 여유는 나도 없으니 말이오.”

만계지마가 백문보의 심기를 건드렸다.

“…그 제안이 네 인생의 가장 큰 실수임을 알게 될 것이다!”

창!

백문보가 거침없이 검을 빼 들었다.

"역시 날 실망시키지 않는구려. 하하하!"

만계지마가 자신의 생각대로 일이 진행되자 기분이 좋은지 호탕하게 웃음을 터뜨리며 훌쩍 몸을 날렸다. 한순간에 그의 몸이 이삼 장 앞쪽으로 날아왔다.

만계지마가 다가서자 백문보가 검을 머리 위로 올렸다가 다시 가슴 앞으로 내렸다.

순간 그의 검을 따라 눈부신 만월의 검광이 일어났다. 어둑해지는 깊은 산중 오후라서 더더욱 백문보의 검광은 크고 화려하게 보였다.

그러자 만계지마도 검을 들어 올렸다.

쿠오오!

노을 때문인지, 붉은 기운이 살짝 묻어나는 검은 마기가 만계지마의 검으로부터 일어나 그의 전신을 가렸다.

앞서 신검산 북쪽 협곡에서 싸울 때보다 더 강렬한 기운을 뿜어내는 두 사람이었다.

그렇게 자신이 만들어낼 수 있는 최대치의 진기를 끌어올린 두 사람이 잠시 멈춘 듯 서로를 바라보다 한순간 무서운 속도로 상대를 향해 달려들었다.

콰아아!

눈부신 백문보의 검기와 검붉은 만계지마의 검기가 강력한 파공음을 일으키며 서로를 향해 밀려갔다.

두 개의 검기가 만나는 순간 거대한 바위가 갈라지는 듯한 굉음이 일어났다.

콰르릉!

검기의 충돌에 그치지 않고 두 사람의 검이 검신을 마주했다. 그러자 두 사람이 만들어내는 기운들이 무서운 속도로 두 사람을 휘어 감았다.

"아!"

두 사람의 대결을 지켜보던 누군가의 입에서 탄성이 흘러나왔다.

이 한 번의 격돌에서 사람들은 두 사람이 그동안 자신들의 진면목을 숨기고 있었다는 것을 여실히 깨달았다.

그들의 무공은 소위 말하는 무림 십대고수와 견주어도 전혀 모자람이 없어 보였다.

백문보와 만계지마 중산은 그렇게 서로 검을 맞댄 채 진기의 대결을 벌이기 시작했다.

그들에게서 흘러나온 기운들이 시간이 지날수록 더욱 강해져서 급기야는 반경 십여 장 안쪽이 그들이 만들어내는 기운들로 가득 찼다.

그런데 그렇게 팽팽하게 이어지던 두 사람의 대치가 어느 순간부터 조금씩 변하기 시작했다.

백문보가 만들어내는 눈부신 검기의 광채 일부가 가는 실처럼 변하더니 만계지마 중산의 검붉은 기운 속으로 빨려 들어가기 시작했던 것이다.

그 모습을 본 백문보의 입에서 경악스러운 노성이 터져 나왔다.

"이놈! 사악한 무공을 익혔구나! 흡정공이라니!"

*　　　*　　　*

무림에서 흡정의 사술을 수련한 자는 마도에서조차 배척당했다. 하지만 그럼에도 불구하고 정사를 막론하고, 사악한 흡정술의 유혹을 견디지 못한 자는 늘 나타났다.

그만큼 흡정술은 빠른 시간 안에 놀라운 무공 성취를 얻을 수 있는 사술이었다. 물론 그 흡정술을 수련한 것이 드러난 자는 늘 비참한 최후를 맞이했다.

정파에서는 그런 자를 마인 이상의 사악한 존재로 보아 강호 공적으로 지목해 끝까지 추살했고, 마도에서도 흡정의 술을 가진 자는 자신들의 무리에서 배척시켰다.

언제라도 자신의 진기를 빼앗을 수 있는 자를 가까이할 자는 마도에서조차 없었기 때문이었다.

그 흡정술을 만계지마가 사용했다.

월문주 백문보는 만계지마 중산과 진기 대결을 하는 와중에 자신의 진기가 미세하게 만계지마에게로 흡수된다는 것을 뒤늦게 알아챘다.

그리고 그것을 알아채는 순간 만계지마로부터 벗어나려 했지만, 이미 그는 그물처럼 그를 옭아매는 만계지마의 그물에 걸려 쉽사리 그를 벗어날 수 없었다.

만계지마 중산과 맞대고 있는 그의 검은 지남철이 붙은 것처럼 만계지마 중산의 검에서 떨어질 줄 몰랐다.

"세상의 모든 무공에는 흡정의 술(術)이 가미되어 있다. 그렇지 않다면 어찌 사람의 몸에 자연의 기운을 받아들여 내공을 쌓을 수 있단 말이냐? 그러니 날 비난할 자는 강호인 중 누구도 없다."

만계지마 중산이 비릿한 미소를 지으며 속삭이듯 월문주 백문보에게 말했다.

"천지의 기운을 모으는 것과 사람의 진기를 빼앗는 것은 엄연히 다른 것임을 모르지 않을 텐데 어디서 사악한 궤변을 늘어놓느냐? 모두 뭘 보고 계시오! 이 자는 사악한 흡정술을 익힌 악귀요. 모두 공격하시오!"

월문주 백문보가 주변에서 자신의 싸움을 지켜보고 있을 호천밀사들을 향해 소리쳤다.

애초에 호천밀사들은 백문보가 만계지마에게 죽임을 당하기를 바랐었다. 그가 운중오문의 통제를 벗어나겠다고 선언한 순간, 아니, 운중오문을 협박하는 순간, 언젠가는 반드시 정리해야 할 인물이 되었기 때문이었다.

하지만 만계지마 중산이 흡정의 사술을 수련했다는 것이 드러나는 순간, 호천밀사들의 마음이 흔들렸다.

예로부터 흡정의 사술을 수련한 자는 보는 즉시 무조건 주살해야 한다는 것이 무림의 불문율이가 때문이었다.

"어쩔 수 없구려. 일단 어떻게든 놈을 죽여야겠소. 흡정의 술을 가진 자를 보고도 월문주를 돕지 않은 게 세상에 알려지면 곤란하지 않겠소?"

호천밀사 곡천이 다른 호천밀사들을 돌아보며 말했다.

"그렇긴 한데, 우리가 개입할 수 있는 여지가 없는 것 같소이다만……."

호천밀사 구찬서가 눈을 가늘게 뜨고 만계지마와 백문보의 싸움을 살피며 말했다.

"구 대협의 말씀처럼 이곳 지형은 다른 사람이 싸움에 개입하기 어려운 지형이오."

호천밀사 양소산도 구찬서의 말에 동조했다.

그러자 곡천이 말했다.

"그래도 일단 접근해 봅시다. 그럼 만계지마가 물러날 수도 있으니 말이오."

"알겠소이다. 하긴 검을 던져 월문주로부터 놈을 떼어놓을 수도 있겠소. 그럼 일단은 흡정의 술을 사용하지는 못할 테니 말이오."

구찬서가 고개를 끄덕였다.

"갑시다!"

다른 사람들이 동의하자 곡천이 먼저 몸을 날렸다.

"놈들의 접근을 막아라!"

호천밀사들이 접근하자 만계지마의 입에서 음울한 명령이 흘러나왔다. 그러자 기다렸다는 듯이 절벽 사이 좁은 협로에서 검은색 강전들이 날아왔다.

쐐애액!

날카로운 파공음과 함께 백문보와 만계지마의 머리를 넘은 화살들이 호천밀사들을 향해 떨어졌다.

카카캉!

호천밀사들이 도검을 휘둘러 날아오는 화살을 쳐냈다.

그런데 그 순간 부러져 나가는 화살들에게서 검은 연무들이 피어올랐다.

"독(毒)!"

곡천의 외침에 호천밀사들이 황급히 뒤로 물러났다.

그러자 절벽 위쪽에서 싸늘한 경고성이 흘러나왔다.

"두 사람의 싸움에 관여하는 자는 죽을 것이다. 목숨이 아까운 자들을 뒤로 물러나라!"

낮게 깔리는 경고성에서 싸늘한 살기가 느껴진다.

사혈문주 천인혈마 공후의 경고였다.

"쉽지 않겠소이다."

십여 장 뒤로 물러나 독에 중독되었는지 자신의 몸을 살핀 후 구찬서가 곡천에게 말했다.

"그렇구려. 이런 독시(毒矢)를 쓰는 자들이라면 사혈문의 살수들일 것이오. 이 지형은 그들에게 너무 유리한 지형이오."

절벽 사이 좁은 길, 그것조차 가파른 경사를 가진 길이어서 그 안쪽의 지형을 전혀 짐작할 수 없다. 이런 곳에서는 살수들의 장점이 최대한 발휘될 수 있었다. 어떤 고수라도 함부로 진입할 수 없는 지형인 것이다.

"이러다가 백문주가 결국 죽을 것 같소."

양소산이 걱정스러운 표정으로 말했다.

그의 말대로 이미 진기의 상당 부분을 빼앗긴 백문보는 만계지마에게 짓눌려 한쪽 무릎을 꿇고 힘겹게 만계지마의 검을 막아내고 있었다.

"어쩔 수 없구려. 조금이라도 도움이 되려면!"

곡천이 갑자기 서너 걸음 앞으로 도약하더니 들고 있던 검을 만계지마를 향해 던졌다.

쐐애액!

곡천이 던진 검이 백문보를 짓누르고 있는 만계지마를 향해 무서운 속도로 날아갔다.

순간 만계지마가 재빨리 한 손을 움직여 날아오는 검을 향해 빠르게 휘저었다.

쿠오오!

만계지마가 휘두른 손의 움직임을 따라 검붉은 장력이 일어났다. 장력은 그를 향해 다가드는 검을 단번에 휘감더니 가볍게 그 방향을 틀었다.

쾅!

곡천이 날린 검이 만계지마를 지나쳐 절벽 깊이 박혔다.

그렇게 만계지마가 놀라운 임기응변으로 곡천의 검을 막아냈지만, 그 사이 진기가 분산되어 백문보에게도 기회가 생겼다.

"놈!"

백문보가 욕설을 터뜨리며 자신의 모든 진기를 검에 쏟아부었다.

지잉!

백문보의 검에서 일어난 강력한 기운이 날카로운 마찰음을 일으키며 만계지마의 검을 밀어냈다.

그리고 그 순간 벌어진 찰나의 틈을 이용해 백문보가 땅을 굴러 뒤로 물러났다.

"갈 수 없다. 가려면 너의 모든 것을 내놓고 가야 한다!"

만계지마 중산이 자신에게서 도망치는 백문보를 독수리처럼 덮치며 소리쳤다.

"헉!"

백문보가 구름처럼 일어나는 검붉은 기운에 휩싸인 만계지마에게서 두려움을 느낀 듯 헛바람을 토해내며 어지럽게 검을 휘둘렀다.

파파팟!

다급하게 휘두른 그의 검에서 검기들이 유성처럼 뻗어나갔다. 만월검을 펼칠 여유가 없어 다급하게 시전한 성하검의 검기들이었다.

하지만 만계지마를 향해 뻗어나간 검기들은 만계지마의 검붉은 기운이 닿은 순간 갈대처럼 부서졌다. 진기를 빼앗긴 백문보의 검기는 이전보다 확연하게 약해져 있었다.

캉!

성하검의 검기들을 부수며 닥쳐든 만계지마의 검이 다시금 백문보의 검과 충돌했다.

"윽!"

백문보가 신음을 토해내며 다시 한 쪽 무릎을 꿇었다. 만계지마의 검에 실린 힘을 이겨내지 못했던 것이다.

"월문주 당신의 진기는 정말 정순하군. 이상한 일이야. 이런 내공을 가지고 있으면서 왜 그동안 무공을 논할 때 아들인 월문신룡에 뒤처진다는 소문이 있었을까."

백문보가 소림과 무당에서 받아낸 신단들을 백유검을 위해 사용하지 않고 스스로 복용한 사실을 모르는 만계지마가 재차 백문보의 진기를 흡수하며 중얼거렸다.

"유검만 있었어도……."

백문보가 이젠 더 이상 만계지마의 그물에서 벗어날 수 없다는 것을 깨닫고 절망적으로 중얼거렸다. 그로서는 어떻게든 만계지마를 자기 손으로 죽이려 했던 욕심이 이런 파국을 몰고 왔다는 사실이 한탄스러울 수밖에 없었다.

하지만 뒤늦은 후회는 아무 소용이 없는 일이었다. 그의 얼굴에서 서서히 생기가 사라지기 시작했다. 주름이 깊어지고, 푸석한 각질들이 비늘처럼 일어났다.

조금만 지나면 그의 육신은 목내이(木乃伊)처럼 변하고 말 것 같았다. 백문보로서는 비참한 최후가 아닐 수 없었다.

호천밀사들은 지금의 상황이 당황스럽기만 했다. 운중오문의 비밀스러운 호법 무사들로 살아온 그들에게 이렇게 속수무책인 경우는 거의 없었다.

하지만 그들은 절벽 길 안쪽에서 도사리고 있는 마정궁의 마정사들과 사혈문의 살수들 때문에 백문보를 구할 수가 없었다.

또 한편으로 그들은 백문보가 죽기를 바랐던 사람들이었다.

드러내놓고 운중오문과의 관계를 끝내버린 백문보를 더 이상 보호할 이유가 없었다. 다만 백문보의 죽음이 만계지마의 흡정공에 의한 것이라는 것이 불편할 뿐이었다.

하지만 그렇다고 목숨을 걸고 만계지마를 공격할 생각은 없는 호천밀사들이었다.

"끝이다. 죽어가면서 나에게 이렇게 정순한 공력을 선물한 대가로 고통 없이 보내주마."

만계지마 중산이 고목처럼 말라가는 백문보를 보며 말했다.

그런데 그때 갑자기 남쪽에서 한 마디 서늘한 노성과 함께 한 자루 검이 날아들었다.

"정말 사악한 자가 아닌가! 그래도 한 무리의 우두머리라는 자가 사악한 사술인 흡정공을 사용하다니!"

쐐애액!

만계지마를 향해 날아오는 검은 앞서 호천밀사 곡천이 날린 검과는 차원이 다른 힘을 지니고 있었다.

미처 만계지마에게 이르지도 않았는데, 그 기운이 만계지마의 몸을 일그러뜨릴 정도였다.

"흡!"

월문주 백문보의 마지막 공력을 뽑아내려던 만계지마 중산이 날아오는 검의 위력에 놀라 다급하게 월문주 백유검을 밀어내며 후방으로 몸을 날렸다.

카앙!

뒤로 물러나며 휘두른 만계지마의 검과 충돌한 적의 검이 살짝 방향을 틀었다. 그러면서 그의 왼쪽 어깨를 살짝 베고 지나갔다.

삭!

날카로운 절단음과 함께 만계지마의 잘린 옷자락이 바람에 펄럭였다.

"누구냐?"

자신이 비껴낸 검에 실력 강력한 기운에 놀란 만계지마가 검이 날아온 방향을 향해 소리쳤다.

"본래 마도의 종주인 천마는 과거 흡혈과 흡정의 무공은 마도

조차 벗어난 사악한 것이라며, 그 무공을 수련한 자는 마도의 일원에서 배척하겠다고 했지. 그런데… 당금 마련의 우두머리를 자처하는 자가 사악한 흡정마공을 익혀 공공연하게 사람들 앞에서 사용할 줄은 몰랐구나."

어느새 장내에 나타난 노인이 노한 목소리로 말했다. 검옹 천복이었다.

"누구냐?"

만계지마 중산이 다시 물었다.

"날 처음 보는 건가? 그렇군. 생각해 보니 그대는 날 본 적이 없겠군. 난 요동 이가검문의 검옹 천복이란 늙은이인데. 이름은 들어보았을 테지?"

검옹 천복이 물었다.

"검옹 천복! 당신이 어떻게 이곳에……?"

"이 기회에 모든 혈란의 주모자인 그대를 없애는 것도 좋겠다 싶어서 따라왔는데, 오길 잘한 것 같군. 이렇게 사악한 무공까지 숨기고 있던 자라면 오늘 목숨을 거두는 것이 무림을 위해 좋을 테니."

"흐흐흐, 늙은이! 변방에서 이름 좀 날렸다고 감히 나 중산을 이길 수 있을 것 같으냐?"

만계지마 중산이 어느 정도 여유를 찾은 듯 다시금 검붉은 진기를 끌어올려 자신의 몸을 휘감으며 말했다. 월문 백문보의 진기까지 흡수한 만계지마의 기운은 앞서보다 훨씬 짙어져 있었다.

"물러나지 않겠다니 나로선 기쁜 일이지. 괜히 도주라도 하면 한동안 또 추격을 해야 할 텐데 말이야."

슥!

검옹 천복이 몇 걸음 걸어가 백문보 옆에 떨어져 있던 그의 검을 주워들었다. 그러면서 백문보에게 말했다.

"잠시 검 좀 빌리겠소."

그의 검은 백문보를 구하기 위해 던져 버렸기에 다른 검이 필요한 천복이었다.

그렇다고 해도 평소 사용치 않던 다른 사람의 검을 스스럼 없이 집어 들었다는 것은 그가 이미 사용하는 검의 종류에 구애받지 않는, 검에서 자유로워진 검객이란 의미였다.

"늙은이! 늙은이까지 내게 공력을 선물해 주겠다면 마다치 않겠다. 오늘이야말로 나 중산이 등봉조극의 경지에 오르는 날이 되겠구나! 후후!"

백문보의 공력을 완전히 자신의 것으로 만들지는 못했지만, 그래도 그 덕에 한 단계 높아진 공력을 갖게 된 만계지마 중산이 뒤늦게 검옹 천복에 대한 살의를 일으키며 새로운 먹잇감을 발견한 승냥이처럼 음소를 흘려냈다.

*　　　*　　　*

"사람이 아니구나!"

검옹 천복이 자신을 향해 다가드는 만계지마 중산을 향해 검을 휘두르며 말했다.

파파팟!

그의 검에서 일어난 투명한 검기들이 빛살처럼 퍼져나갔다. 검기들은 만계지마 중산이 일으키는 검붉은 기운을 사방에서 공격했다.

그러자 만계지마의 전진이 멈췄다.

카카캉!

검붉은 기운을 파고들어 간 검옹 천복의 검기들을 막아내는 소리가 그 기운 안에서 어지럽게 터져 나왔다.

검옹 천복의 검기는 보통 사람이라면 결코 막아낼 수 없는 것이지만 일단 만계지마의 검붉은 기운에 닿는 순간 그 위력이 급격히 약해져서 만계지마는 자신의 기운을 뚫고 들어오는 천복의 검기들을 어렵지 않게 막아내고 있었다.

"후후, 늙은이 이따위 공격으로는 절대 날 상대할 수 없다."

천복의 공격을 모두 막아낸 만계지마가 득의만만한 음성으로 중얼거렸다.

하지만 검옹 천복은 예상하고 있었다는 듯 침착한 표정으로 재차 검을 뻗어내 만계지마를 공격했다.

쐐애액!

검옹 천복의 검에서 다시금 강력한 검기가 눈부신 광채와 함께 뻗어나갔다. 그의 검기는 동죽헌 죽림에서 시월과 비무를 할 때처럼 그 기운이 사방으로 퍼져 만계지마가 움직일 수 있는 모든 방향을 차단하고 있었다.

검옹은 이미 만계지마가 월문주 백문보를 상대하는 것을 보고 그와 직접 검을 맞대면 위험하다는 것을 알고 있었다.

일단 검과 검이 맞닿으면 만계지마 중산의 흡정공이 위력을 발휘할 것이 분명하기 때문이었다.

그래서 검옹 천복은 만계지마를 죽이기보다는 그의 움직임을 제어하는 데 목적을 두고 있었다.

그리고 그의 의도대로 만계지마는 검옹 천복이 만들어내는 검기의 그물에 걸려 쉽사리 앞으로 전진하지 못했다,

"늙은이가 겁이 많구나."

검옹 천복의 강력한 공격 때문에 움직임이 제약되자 만계지마 중산이 짜증스러운 음성을 흘려냈다.

"사람의 정기를 갈취해 키운 네 공력이 얼마나 대단한지 천천히 확인해 보겠다. 결국 너의 그 사악한 공력도 영원할 수는 없겠지."

검옹 천복이 가볍게 검을 휘두르며 말했다. 반경 십여 장 안, 그의 검기가 이르지 못하는 곳이 없었다. 비무할 때 시월조차 감탄했던 그 무공이었다.

그 안에서 만계지마는 그물에 걸린 맹수처럼 날뛰었다. 검옹 천복의 검기를 뚫고 그에게 다가가려는 그의 움직임은 처절함마저 느껴졌다.

무인의 본능으로 검옹 천복의 기운을 벗어나지 못하면 오늘 이 자리에서 죽을 거라는 불길한 예감이 만계지마를 초조하게 만드는 것 같았다.

그러자 백문보의 공력까지 흡수한 만계지마의 공력이 드디어 위력을 발휘해 검옹 천복이 만든 검기의 그물을 조금씩 무너뜨리기 시작했다.

콰쾅!

천둥이 치는 듯한 파공음과 함께 끊임없이 뿌려대던 검옹 천

복의 검기 일부가 만계지마의 검붉은 기운에 밀려 뒤로 튕겨 나갔다.

그 순간 만계지마가 그 틈을 이용해 서너 걸음 앞으로 전진했다. 한 번 뚫린 검기의 그물은 쉽게 복원되지 못했다.

"늙은이, 네 정혈을 모두 먹어주마!"

만계지마가 시신을 먹는 악귀가 된 것 같은 표정으로 검웅 천복과의 거리를 좁히며 중얼거렸다.

그런데 그때 갑자기 월문의 문도들 뒤쪽에서 한 대의 강전이 만계지마 중산을 향해 쇄도했다.

팡!

가볍게 날아오른 강전은 만계지마를 향해 다가갈수록 속도와 힘이 강해졌다.

그리고 만계지마가 만들어낸 검붉은 기운에 닿은 순간 무서운 속도로 회전하면서 만계지마를 꿰뚫을 듯 폭사했다.

"읏!"

자신이 만들어낸 진기의 기운으로 충분히 화살을 막아낼 수 있다고 생각했던 만계지마의 입에서 놀란 음성이 흘러나왔다.

그가 재빨리 몸을 비틀어 화살을 피하자 화살이 그의 귀밑을 아슬아슬하게 스치고 지나갔다.

"음!"

화살이 닿았던 만계지마의 귀밑에서 붉은 선혈이 비쳤다. 그의 귓불 일부가 화살에 찢어진 듯했다. 만계지마와 같은 고수로서는 당혹스러울 뿐 아니라 수치스러운 일이었다.

"웬 놈이냐?"

만계지마가 서너 걸음 뒤로 물러나 흔들린 기운을 회복하며 소리쳤다.

그러자 호천밀사와 월문도들을 지나 화살을 든 부리의 모습이 나타났다.

"이 빌어먹을 작자야. 내가 있는 한 넌 마음대로 움직일 수 없어!"

부리가 소리쳤다.

"겨우 숨어서 화살이나 날리는 놈이 감히……! 네놈은 오늘 반드시 가장 고통스럽게 죽여주겠다."

만계지마 중산이 젊은 부리의 화살에 부상을 당했다는 사실이 화가 나는지 흉성을 폭발시키며 소리쳤다.

"그 전에 네 목숨부터 건사해야겠지!"

검옹 천복이 서늘한 표정으로 말하며 다시 만계지마를 향해 검기를 날리기 시작했다.

퍽! 퍽! 퍽!

빠르지는 않지만 그렇다고 여유를 갖기도 힘든 검옹 천복의 검기가 사방에서 만계지마를 향해 끊이지 않고 파고들었다.

만계지마는 다시 시작된 천복의 공격에 큰 부상을 입지는 않았지만, 조금 전처럼 뚫고 나아갈 수도 없었다.

부리에게 욕설을 퍼붓기는 했지만, 그는 부리의 화살을 경계하지 않을 수 없었다.

아무리 기습이라 해도 자신의 귓불을 찢은 부리의 궁술은 무림일절로 불려도 손색이 없는 실력이기 때문이었다.

그가 움직이는 순간 부리가 허점을 노려 화살을 날릴 것이 분명해서 그는 함부로 검웅 천복에게 반격을 하지 못하고 있었다.

그리고 시간은 결코 만계지마의 편이 아니었다.

이대로 시간을 끌다가는 자신의 공력도 한계에 달할 것이고, 또 검웅 천복 이외의 다른 의천무맹의 추살대가 나타날 수도 있었다.

그와 그의 수하들이 지키고 있는 절벽 사이의 길이 난공불락의 험지이기는 하지만, 의천무맹의 추살대들이 몰려오면 감당할 수 없는 일이 벌어질 수도 있었다.

애초에 그가 이곳에서 하고자 했던 일은 월문주 백문보를 죽이는 일이었다. 예상치 않게 검웅 천복이 나타난 것부터가 그의 계산에 없었던 변수였다.

"도움을 받아야겠소!"

만계지마 중산이 갑자기 소리쳤다.

그가 도움을 청할 사람은 한 명뿐이다. 사혈문의 문주 천인혈마 공후, 그만이 지금 그를 도와 검웅 천복과 무서운 궁술을 가진 부리를 감당할 수 있었다.

만계지마 중산의 부름에 절벽 사이에서 홀연히 검은 그림자가 나타났다. 얼굴의 반을 가리는 두건을 쓴 자는 강호 살수들의 제왕 천인혈마 공후였다.

그도 이미 만계지마의 상황이 그리 좋지 않음을 알고 있었다. 그래서 만계지마가 도움을 청하지 즉시 그 요청에 호응에 모습을 나타낸 것이다.

"활을 쓰는 젊은 놈을 상대하면 되겠소?"

만계지마 뒤에 나타난 천인혈마 공후가 물었다.

"놈만 막아주면 저 늙은이는 내가 알아서 하겠소."

만계지마가 대답했다.

"알겠소."

천인혈마 공후가 대답한 직후 그 자리에서 사라졌다.

그리고 잠시 후 거짓말처럼 천인혈마 공후가 검옹 천복까지 지나쳐 부리 앞에 나타났다.

"죽어줘야겠다!"

부리 앞에 혼령처럼 나타난 천인혈마 공후가 잠깐의 여유도 주지 않고 부리를 향해 달려들며 뇌까렸다.

그의 손에서 검은 독침들이 날아올랐고, 뒤를 이어 빼든 가늘고 날카로운 검신을 자랑하는 검을 부리를 향해 뻗어냈다.

파파팟!

독침들이 공기를 가르는 소리가 날카롭게 일어났다. 부리가 검을 들어 다급하게 휘둘렀다. 그러자 그의 검에서 일어난 검기들이 아슬아슬하게 독침들을 막아냈다.

하지만 독침의 뒤를 따라 달려드는 천인혈마 공후를 막을 여유는 없었다.

"젠장!"

부리가 욕설을 내뱉으며 자세를 낮추며 옆으로 몸을 날렸다.

팟!

부리가 서 있던 자리를 천인혈마 공후의 검이 날카롭게 파고들었다. 그의 검이 만들어내는 검기는 워낙 가늘게 날카로워서 땅에 격중 되고도 흙먼지조차 거의 일어나지 않았다.

"벗어날 수 없다!"

부리가 땅을 굴러 자신의 검을 피하자 천인혈마 공후가 재빨리 몸의 방향을 튼 후, 이삼 장 거리 밖에서 몸을 일으키는 부리를 향해 재차 검을 뻗었다.

그런데 그 순간 갑자기 좌측 절벽 위에서 검은 인영이 부리와 천인혈마 사이를 가르며 뚝 떨어졌다.

"흡!"

천인혈마 공후가 다급하게 숨을 들이쉬며 뒤로 물러났다. 그러고는 재빨리 자세를 바로잡고 절벽에서 떨어져 내린 자를 바라봤다.

그러자 그의 눈에 화살을 쓰는 청년 무사보다 더 젊은 듯 보이는 청년이 들어왔다.

"넌 또 누구냐?"

천인혈마가 물었다.

그러자 젊은 무인이 검을 들어 올리며 말했다.

"우린 모두 칠선문의 사람들이다!"

그렇게 정체를 밝힌 시월이 한 발을 앞으로 내디뎌 몸의 중심을 단단히 한 후 머리 위로 검을 들었다가 가볍게 사선으로 내리그었다.

그런 시월을 보며 천인혈마 공후도 시월의 공격을 막기 위해 검을 몸 앞에 세웠다.

시월이 검을 너무 가볍게 내리그어 천인혈마 공후는 그것이 자신을 공격한 초식이 아니라 공격 전에 진기를 고르는 행동이라고 생각했다. 그래서 그는 시월의 공격에 대비하는 자세를 취할 뿐 다른 움직임을 보이지 않았다.

그런데 다음 순간, 갑자기 검을 들고 시월의 공격을 기다리던 천인혈마 공후가 돌처럼 굳었다. 아니, 그냥 굳어 버린 것만이 아니었다. 그의 팔이 그의 몸에서 미끄러지듯 스르륵 흘러내렸다.

그리고 그 직후 당사자인 천인혈마 공후는 물론 장내의 모든 사람을 경악게 하는 일이 벌어졌다.

스륵!

툭!

검을 든 천인혈마 공후의 팔이 팔뚝에서 흘러내리더니 검을 쥔 채 땅에 떨어졌던 것이다.

"…헉!"

뒤늦게 땅에 떨어진 것이 자신이 팔이라는 사실을 확인한 천인혈마 공후의 입에서 경악스러운 음성이 흘러나왔다. 그리고 뒤를 이어 이번에는 비명이 터져 나왔다.

"악!"

뒤늦게 자신의 팔이 잘린 것을 깨닫자 엄청난 통증이 일어났던 것이다.

그런 천인혈마 공후를 향해 시월이 다가서며 다시 한번 검을 휘둘렀다.

이번에는 하늘을 수놓은 화려한 유성들처럼 여러 개의 검기가 천인혈마 공후를 향해 날아갔다.

앞서 백문보도 선보였던 월문의 독문검법 성하검이다. 하지만 시월의 성하검은 월문의 문주인 백문보의 성하검과 완전히 다른 검법으로 보일 장대하고 강력했다.

"어… 떻게?"

자신을 향해 유성처럼 날아드는 수십 개의 검기를 보며 천인혈마 공후가 반발할 의욕도 잃은 채 중얼거렸다. 그는 아직도 자신의 팔을 자른 시월의 무형검에 대한 충격과 의문에서 벗어나지 못하고 있었던 것이다.

그런 천인혈마 공후를 시월의 성하검이 덮쳤다.

퍼퍼퍽!

둔탁한 소음과 함께 천인혈마 공후의 온몸에 성하검의 검기가 박혀 들었다.

"큭!"

천인혈마 공후가 짧은 신음 소리를 토해냈다. 그러고는 고통을 느낄 사이도 없이 단번에 숨이 끊겨 그대로 땅에 무너져 내렸다.

쿵!

묵직한 소리를 내며 천인혈마 공후가 쓰러지자 갑자기 장내에 무거운 침묵이 흘렀다.

삼십육마의 일인이며, 마련의 발호 이후에는 마련십천마로 불리며 강호 제일의 살객으로 공포의 대상이었던 천인혈마 공후, 그의 최후라고는 믿을 수 없을 만큼 급작스럽고 허무한 죽음이었다.

그 천인혈마의 갑작스러운 죽음이 준 충격으로 인해 장내가 얼어붙은 듯 침묵에 빠져 있을 때, 한 사람만은 그 충격에서 벗어나 빠르게 움직였다.

"늙은이, 다음에 보자!"

검옹 천복과 치열한 대결을 펼치던 만계지마 중산이 천인혈마 공후의 죽음에 위기를 느끼고 그대로 절벽 사이로 난 길을 따라 도주하기 시작했던 것이다.

"허허! 참 싱거운 인간일세."

도주하는 만계지마를 보며 검옹 천복이 떨떠름한 표정으로 실소를 흘렸다.

그러자 그의 곁으로 시월이 다가서며 말했다.

"이대로 보낼 수는 없지요."

"당연히 그를 살려두면 안 되지. 그럼 지금까지 수고한 보람이 없으니까. 따라가 보자. 어디까지 도망을 가는지!"

검옹 천복의 말에 시월이 먼저 만계지마 중산이 도주한 절벽 사이로 몸을 날렸다.

『칠마선문』 10권에 계속…